가로수 길

가로수 길

발행일	2021년 11월 23일

지은이	최영만		
펴낸이	손형국		
펴낸곳	(주)북랩		
편집인	선일영	편집	정두철, 배진용, 김현아, 박준, 장하영
디자인	이현수, 한수희, 김윤주, 허지혜, 안유경	제작	박기성, 황동현, 구성우, 권태련
마케팅	김회란, 박진관		
출판등록	2004. 12. 1(제2012-000051호)		
주소	서울특별시 금천구 가산디지털 1로 168, 우림라이온스밸리 B동 B113~114호, C동 B101호		
홈페이지	www.book.co.kr		
전화번호	(02)2026-5777	팩스	(02)2026-5747
ISBN	979-11-6836-025-9 03810 (종이책)		979-11-6836-026-6 05810 (전자책)

(주)북랩 성공출판의 파트너

북랩 홈페이지와 패밀리 사이트에서 다양한 출판 솔루션을 만나 보세요!

홈페이지 book.co.kr • **블로그** blog.naver.com/essaybook • **출판문의** book@book.co.kr

작가 연락처 문의 ▸ ask.book.co.kr

작가의 연락처는 개인정보이므로 북랩에서 알려드릴 수가 없습니다.

최영만 장편소설

가로수 길

하룻밤의 실수가 불러온 거대한 나비효과

북랩 book Lab

15

머리말

전화위복을 맛보게 된 주인공 임찬숙은 돈을 벌어다 주던 아버지가 급작스럽게 세상을 떠나시게 된다. 임찬숙은 그 때문에 인문학교가 아닌 취직 목적의 상업고등학교를 다니게 된다. 임찬숙은 상업고등학교 졸업과 동시에 중소기업인 미림기업 경리사원으로 취직하게 된다.

중소기업 경리사원이기는 해도 예쁘기는 여느 친구들보다 예뻐 앞으로 괜찮은 신랑감 만나 웃고 살아보자는 맘이었을 것이다. 그러나 임찬숙은 여자로서의 순결을 거래처 회사 유부남에게 허락하고 만다. 순결을 허락한 것으로 그만이 아니라 미혼모가 될 위기까지다. 어떻게 태어났든 태어난 아이를 잘 키워내겠다는 생각으로 있는데 주인공 친정엄마는 친부에게 보내버린다. 그것도 미안은 하나 우리 형편으로는 키워낼 수 없으니 이해하라는 말도 없이 말이다.

그렇게 업둥이처럼 보내주었던 딸아이가 잘도 자라 누구나 부러워할 가정법률사무소까지 운영 중인 변호사까지 된다. 선한 부모로부터 이어받은 것으로 보이는 착한 본심을 가진 부장검사인 사위는 장모님도 아닌 어머님 하며 고맙게도 해주어 임찬숙은 뜻하지 않은 복을 누리게 된다.

임찬숙은 생계조차 위기에 내몰려 키워낼 수 없다는 이유이기는 해도 버리다시피 한 딸아이가 어쩌면 몹쓸 엄마를 호강시키기까지냐며 미안해한다. 그래도 임찬숙은 엄미진 네가 태어나지 않았고, 일부러 만나주지 않았다면 다 늙은 나이에 어쩔 뻔했냐며 조잘대다 잠든 손주들의 손을 붙들고 흐뭇해한다.

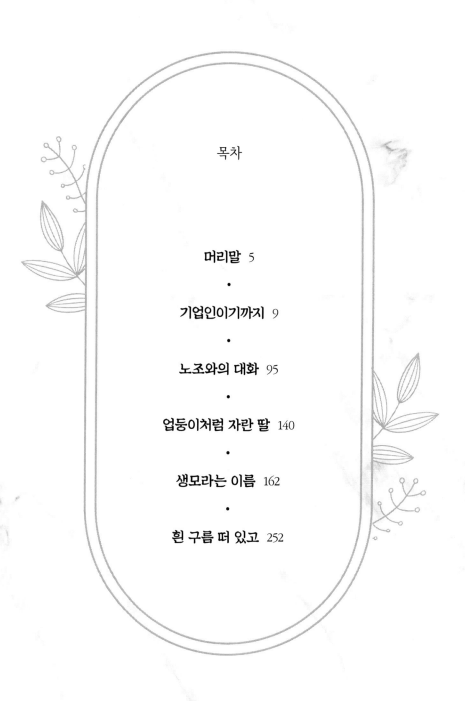

목차

기업인이기까지

"우리가 가난하지도 않은데 이렇게 초라하게만 살 수는 없잖아. 그래서야."

엄기성은 맏형으로서 하는 말이다. 또 남한으로 내려오기 몇 년 전 돌아가신 아버지 말씀이 생각나기도 해서다.

'기성이 너는 우리 집안 장남으로서 돈을 벌 수만 있으면 많이 벌어야 한다. 장남 구실 잘하려면 동생들을 도울 만큼의 돈이 필요할 것이니 그리 알고…'

아버지의 그런 유언도 있지만 생각을 해 보면 매형 문상진도 토지를 정리하고 남쪽으로 내려가야 한다고 한 것이 오늘이라고 보면 될 게다.

매형은 일본 와세다 대학에서 경제학을 공부했던, 지방에서는 소문도 날만큼의 지식인이다. 정계에 진출할 정도의 지식인 말이다. 그러다 보니 대학 교수가 되고 싶어 했으나 마땅한 자리가 없어 고등학교 교사로 근무했다. 때문에 매형은 공산주의가 무엇인지 잘 알았을 것이다. 남하하기 얼마 전 매형이 말해 주어 알게 된 일이나 공산주의는 사유재산을 인정하지 않는다. 그래서 매형은 부모님이 그동안 마련해두신 토지를 급하게 모두 처분했고, 처가인 우리 집도 동시에 처분하게 되었다. 기업을 세우기까지는 악으로 철저하게 무장된 오늘의 북한을 있게 한 소련의 붉은 군대처럼 해야겠지만 말이다.

북한에서의 엄기성은 생활 형편도 머슴을 두 명씩이나 두기도 한 부족함 없었던 생활이었다. 그래서 엄기성은 가내공업 수준일 수는 있겠으나 공장도 가지고 있었다. 엄기성은 독립자금 조달에만 애쓰신 아버지 때문에 조금은 어렵기는 했어도 고등학교도 다닐 수 있었다. 졸업까지는 뜻하지 않은 상황이 가로막고 말았지만 말이다.

아무튼, 국가는 물론 개인적으로도 원망스러운 삼팔선. 부모 형제들조차도 만나지 못하게 철저하게 가로막아버린 삼팔선. 그런 삼팔선을 이제라도 지울 수는 도저히 없는 걸까.

남북관계가 고향 마당을 밟을 수도 없게 돼 눈물이 날 일이나 삼팔선이 지워질 수 있다면 그동안 생각해두었던 기업을 고향에 세우고 싶은 마음이다. 아무튼 기업이 잘 되길 바람에서 하는 말이다.

"그렇기는 해도 형은 초라하게 안 살 무슨 대책이라도 있다는 거야?"

둘째 동생 엄하성 말이다.

"형이라고 별다른 수 있겠냐, 그렇지만 지금 사는 꼴이 너무도 답답해서 하는 말이야."

말은 답답하다고 했으나 엄기성은 어디 답답해서 하는 말이겠는가. 살길을 찾아야겠다는 그런 생각에서 나온 말이지.

"가만히 보니까 형은 무슨 수가 있는 것 같은데 맞는 건가?"

"생각을 해 봤는데 사실은 미군들 캔 있잖아."

수백만의 목숨을 무참하게 앗아간 6.25 전쟁을 기억하게 할 수도 있는 미군들 캔.

"미군들 캔…?"

"그렇지, 미군들 캔을 생각해 봤어."

미군들 캔을 말하다 보니 의정부가 원조가 된 부대찌개가 생각난다. 지지리도 가난했던 시절 미군 부대에서 쓰레기로 나온 음식물을 한국 사람들이 재처리해서 먹을 만하게 다시 만들었던 요리가 부대찌개인 것이다. 당시로 돌아가 생각을 해 보면 그런 부대찌개도 고급에 해당이 되기도 했다. 물론 지금이야 그때와 달리 이름만 부대찌개이지만 말이다. 어떻든 가진 자들이야 경제를 살리자는 차원으로든 고급 음식을 군이 사양할 필요는 없을 것이나, 오늘의 부대찌개가 바로 그때의 부대찌개로 그리도 넘기 어렵던 보릿고개 말이다.

"그러면…?"

동생 엄하성은 따져 묻기까지 한다.

"그걸 우리가 만들면 해서야."

"그래, 만들면 소비처는…?"

이번엔 친정에 온 엄기성 누나 엄숭여의 말이다.

"소비처야 없어서 못 팔 거야. 물론 짐작이기는 해도…."

"그러면 기계며, 기술자며, 공장부지 등은 어떻게 하고?"

동생 엄하성 말이다.

"하성이 너는 싫다는 거야?"

"싫다는 것은 아니지만 나는 취직 준비 중이라 하는 말이야."

"취직은 월급을 받자는 건데, 월급만 가지고는 목구멍에 풀칠밖에 더 하겠어?"

"목구멍에 풀칠…?"

형이 말해서 생각이지만 월급만으로는 어렵게 살 수밖에 없다. 그래서 돈을 벌 수만 있다면 무엇이든 해야 할 것이 아닌가.

"그러니 딴생각 말고 내가 하자는 대로만 해. 알았어!"

"'알았어!'라는 말은 독재자가 하는 말 같네."

형의 말을 반박하기는 잘살아보자는 의미로 하는 말이기에 윽박지르는 말이라고 하기는 동생으로서 아니기는 하다. 그러나 형은 사업계획서까지 만들어 놓고 하는 말 같다. 가정에서의 맏형 말은 곧 부모님 같은 말일 수도 있다.

"형한테 독재자라니…. 말버릇이 그게 뭐야."

화난 엄기성 어머니 말씀이다.

"정치인이면 그럴 것 같다는 얘기지, 다른 얘기 아니에요."

말을 잘못했다는 것인지 엄하성은 말을 더듬거린다.

"그래도 그렇지 형에게 대드는 말 같잖아!"

이번엔 누나 엄승연 말이다.

"엄마가 보기에도 그렇다."

부모로서 가장 바리기는 자식들이 오순도순하는 것이다.

"그런 말 그만하고 본론부터 얘기하자."

엄기성은 동생 엄하성을 보면서 하는 말이다.

"형은 그런 생각을 언제부터 하게 된 거야."

"언제부터라기보다 몇 달 전부터 생각인데 현재로만 살아서는 지금 있는 돈 다 까먹고 말 것 같다는 생각이야."

사실이다. 돈을 버는 사람과 그렇지 않은 사람의 씀씀이는 다르다. 빈둥빈둥 노는 사람은 돈 쓸 곳이 많지만 장사하는 사람은 돈을 쓸 시간도 없다.

"형 생각이 정 그렇다면 한번 보자고 까짓것…."

"까짓것이 아니야, 우리가 살길은 그 길밖에 없어."

지금은 안 계시지만 독립자금을 모으시던 아버지 말씀이기도 해서다.

"일리 있는 말이니 생각을 해 봐라!"

옆에 있는 누나 엄승연 말이다.

"생각해 볼게."

형이 공장을 세우자는 말을 하기까지는 상당한 연구를 했을 것이다. 아버지 엄창호는 독립운동자금을 모금해서 독립운동 주체들에게 돈을 대주다 일본 경찰에 붙잡혀 심한 고문까지 당하셨단다. 심한 고문 후유증일 것으로 젊다면 젊은 오십 대 초반 나이에 돌아가시고 말았지만 말이다.

"그래, 명령조로 말해서는 안 되는데 내가 말을 잘못했다."

"형, 그건 아니야."

"아무튼, 우리가 이대로만 살 게 아니라 뭔가를 해야 할 것이 아니냐. 그래서야."

"공장 지을 땅이 있어도 건물 지을 돈, 기계 살 돈은 어떻게 하고?"

"그거야 준비해둔 돈이 없으니 땅을 팔아야지."

"땅까지 팔아?"

땅을 팔아서라도 공장을 세우겠다는 형의 말은 상당한 이문을 볼 것이라는 나름의 계산이 있어서 하는 말일 게다. 그러나 공장을 세우기가 생각처럼 되겠는가. 북한에서의 경험이라고 해도 말이다. 사실은 경험이 아니라 공장주인 아들로 지켜만 본 경험뿐이다.

"어려움이야 있겠지. 그렇지만 우리 한번 해 보자!"

"그러면 언제부터…?"

"준비해야 할 것도 있으니 당장은 안 되겠고, 설 명절 지나서야."

"너희들 북한에서처럼 뭔가를 해 봐야겠지? 물론 아버지가 하신 일이지만."

누나 엄승연 말이다.

"누나 돈 있지?"

둘째 엄하성 말이다.

"야! 누나가 무슨 돈이 있냐. 돈 없어."

"사돈어른은 장사를 잘해 부자로 살았잖아."

매형인 문상진의 아버지는 장사수완이 좋아 돈을 많이도 벌었다. 그래서든 매형은 누나를 얼마나 좋아했는가. 넉넉하게 산다는 이유로 결혼을 했다. 상대를 위하자는 결혼이 있을까마는 우리 누나는 웬만한 남자는 쳐다보지도 않았다고 한다.

"돈 빌려주면 뭐 하게? 장사하게…?"

"장사…? 장사일 수도 있지. 공장을 세우는 일이니까."

"공장은 무슨 공장?"

짐작이지만 공장 얘기를 누나 엄승연도 알 것이다. 북한에서 해 봤던 공장 얘긴 것 같아서다.

"알고 싶으면 돈부터 빌려줘. 그러면 말할게."

둘째 엄하성 말이다.

"그런 말이 어디 있냐. 돈 빌려주면 말하다니…"

그래, 요것들이 뭘 하기는 하려는가 보다. 나이로든 그동안 그럴 기회조차 없었기는 하나 마냥 놀고만 있어 누나로서 답답했다. 가장 보기 싫은 사람이 돈을 벌 수 있는 체력인 사람이 마누라 덕에 사는 거고, 가장 멋진 사람은 애써 번으로 힘들어하는 사람을 돕는 것이라고 할 것 같지만 말이다.

"아니, 누나. 그런 말 했다고 너무 서운해하지는 마."

"내가 너희들 누나이기는 해도 이제는 다른 식군데 뭘 서운해하냐. 그런 걱정은 안 해도 돼."

"그러면 다행이지만…"

"그런데 뭘 할 건지는 몰라도 네 매형과 의논도 하고 그래라."

"매형 집에 있어?"

"지금은 어디 가고 없어."

"매형 오면 얘기해 봐."

이번에는 맏형 엄기성 말이다.

"승철이는 학교에서 안 왔냐?"

누나 엄승연 말이다.

"곧 오겠지. 왜…?"

"승철이가 학생이기는 해도 승철이가 들어서는 안 되는 얘기 말고는 승철이도 알 수 있게 해."

막내 승철이는 누나가 업어 키운 사랑하는 동생이다. 지금이야 고등학생일 만큼 많이도 커 버렸지만 이 녀석이 누나를 곤란하게도 하기도 했던 개구쟁이다. 엄마의 심부름이기는 하나 외가에 갔을 때다. 날이 좋을 줄로만 알고 그랬겠지만 멍석에다 널어놓은 벼를 말리는 중인데 서쪽 하늘이 우중충한 걸 보니 소낙비가 곧 쏟아질 태세다. 번개 불이 번적번적하기도 하고 뇌성은 우르릉 쾅쾅하면서 말이다. 그것을 보고 널어놓은 벼를 가마니에 담는데 쥐가 구멍을 냈겠지만 구멍이 난 가마니를 지푸라기를 뭉쳐 막아놓은 것이 완벽하지 못해 빠지는 것이다. 그것을 본 막내 녀석은 같은 여성들이 듣기에도 민망할 말을 하더니 도망을 친다. 나이로는 열여덟 동갑쯤 될 외가 옆집 총각 앞에서 말이다. 그런 일도 있지만 어느 날은 누나 젖 좀 만져 보자고도 했던 막내다. 그래서 얄밉기는 했어도 어디를 가든 데리고 다녔고, 이 누나를 따라다니길 좋아했던 것 같다. 그래서든 더 사랑스러워서 하는 말이다.

그래, 누나가 도울 수 있는 일이면 도와 주어지 누나로서 나 몰라라 할 수 있겠는가. 더구나 친정어머니가 계시는데 말이다. 다행인 것은 니네들이 하고자 하는 일에 네 매형도 돕자는데 있을 것이다. 아버지와 네 매형 아버지는 친구이기도 했다. 그런 세세한 얘기까지는 아닐 수 있으나 생각을 해 보면 친정아버지와 시아버지가 나눈 얘기다.

"친구야, 우리 사돈 삼으면 어떨까?"

문상진 아버지 말씀이다.

"그거야 자네 아들이 좋다고 해야지."

"솔직히 그런 말은 내가 할 참이었는데 잘 됐다."

"그래?"

"그러면 날짜만 잡으면 되겠네."

"그런데 궁합은 안 봐도 될까?"

친구 엄창호 말이다.

"궁합? 궁합은 맺어지는 날부터 맞게 되어있어."

"내 딸을 며느리로 데려갈 거면 사부인 눈에도 들어야 할 건데."

"사부인…?"

"아직은 사부인 말까지는 아니기는 해도"

"그렇기는 한데 사주는 안 봐도 되고?"

"사주…?"

"궁합이나 사주나 같은 말 아냐?"

"같은 말이기는 하지."

"사주든 궁합이든 맺어지면 그만이지 않겠어? 허허…"

결혼에 있어 현대는 전날처럼 중신할미가 없기는 하나 결혼 중개업으로 돈을 벌자는 업체는 있는 것 같다. 그렇다면 궁합은 어떠냐고 묻는 사람도 있지 않을까. 혼인문제에 있어 궁합 말이 나오기까지는 어른들의 지혜라고 할까. 아무튼 다 좋은데 궁합이 좀… 그렇네요, 핑계의 말이었다. 요즘으로 말하면 조상대대까지는 아니어도 질병(유전적 정신병)을 앓은 집안 사람인지 살피자는 게 궁합인 것이다. 유전적 질병을 앓은 가족력은 현대의학으로도 어쩔 수 없다는데 조심성이 요구된다. 한참 아래 손주 대에도 나타나기 때문이다. 물론 너무 따지려고 해서도 안 되겠지만 말이다.

아무튼, 엄기성 부친 엄창호와 문상진 부친 문상만은 어려서부터 친구다. 그래서 엄기영 부친 엄창호 씨는 시집을 보낼 만큼인 엄승연을 두었고, 문상진 부친 문성만 씨는 문상진을 둔 것이다. 물론 그 아래로 여러 자녀를 두기는 했어도 말이다. 그래서든 친구끼리 사돈을 맺는 것은 바람직하다 하겠다 하겠으나 친구끼리는 안 좋을 수도 얼마든지 있다. 살아가다가 탈이라도 나게 되면 더 복잡해질 수도 있기 때문이다.

"아니, 얘기 잠깐 들었는데 네 매형 몰래는 안 되는데…"

엄기성 모친은 공장을 하겠다는 아들 말에 걱정스러워하시는 말씀이다.

"그런 말을 누나가 해요?"

"아니야."

"누나한테 그런 말은 안 했는데요."

"어떻든 네 누나도 매형 몰래는 안 된다. 알겠냐!"

"몰래요? 그럴 수는 없지요."

"그래야지."

네 매형은 나이도 있고 일본 와세다 대학을 나오기도 한 괜찮은 인물이다. 때문으로 보기는 아닐지 몰라도 아들들 사업에 도움을 청할 수도 있을 것 같아서다. 자식 잘 두는 것도 복이지만 사위를 잘 얻는 것도, 잘 둔 자식 못지않게 복이지 않겠나. 이 장모가 지금 무슨 생각을 하고 있는지 문 서방은 알까?

"그렇지만 매형이 적극적이지 않을 수도 있는데 어머니는 그러세요."

공장을 하겠다는 취지는 알겠으나 적극적 협조라야지 그렇지도 않은 상태에서 말하면 도움을 바라지 않을까 해서다. 나는 자수성가다. 그러니까 누구의 도움은 절대로 아니다. 떳떳하게 살자는 것이 옹고집이라면 옹고집 말이다. 당당함을 빼버리면 남자가 아니라는 주장이다. 벌려놓은 사업이 실패 직전에 있을지라도 사적인 도움은 죽었다 깨어나도 내 사전에는 없다. 벌떡 일어나는 오뚜기처럼 할 것이다. 그래서든 사업 실패자의 사례나 사업 성공자의 사례를 참고로 할 것이다.

"그래?"

"예, 매형이 하시는 일 때문에 한께 할 수가 없다고 하면 몰라도, 아니면 생각해 볼게요. 어머니."

"그래, 알았다."

엄기성 형제들은 그렇게 해서 가내공업 수준의 공장을 세우게 된다. 회사 간판은 가칭 선진기업으로 하고 말이다. 형제들은 앞으로 잘 되게 해달라는 의미로 돼지머리 입에다 종이돈도 물리고 해서 선진기업을 세우게 된다.

"엄마!"

"왜?"

"자식들이 공장을 세웠으니 공장 잘되라고 열심히 비세요."

딸 엄승연 말이다.

"잘되라고 너도 힘 보태라."

시집간 딸이기는 해도 제 아버지가 일찍 떠나고 없어 의지가 된다. 사위는 어려서부터 알고 있지만 말이다. 사위는 가정적으로 괜찮다는 말도 듣는 가정에서 자라 일본 유학도 했다. 때문인지 사위는 나이에 비해 의젓하다. 물론 처가 일에 항상 적극적이고. 그래서 사위에게는 무슨 말이 든 하게 되지만 말이다. 왜 그런 말이 생겨났는지 몰라도 사위는 백년손님이라고도 한다. 그렇지만 내 사위 문상진은 우리 집안에 없어서는 안 될 고마운 사위다. 장남 노릇까지 해서다.

"문 서방이 앞장설 테니 나는 보고만 있을 거예요, 엄마."

딸 엄승연은 동생들 걱정도 된다는 표정이다.

"그렇기는 하지, 여자가 설쳐대서는 싫다고 할 테니…"

"엄마, 그런데 자식들이 공장까지 세우게 됐는데 안 계신 아버지 생각은 안 나세요?"

"네 아버지 생각?"

"예."

"생각이 안 난다면 거짓말이지. 그렇지만 나도 고생 많았다."

"그래요? 내가 보기는 그렇지 않은 것 같은데요."

"승연이 너는 잘 몰라. 어렸을 때니까."

"어리기는 했어도 어느 정도는 알 것 같은데요."

　　그렇기는 하네요. 엄마는 팔자에 없는 장사까지 한다고 투덜대기도 하셨어요. 다행히도 괜찮게 사는 집안으로 시집을 보내게 된 것을 위로 삼으려고 하시는 게 아닌가 싶기도 했지요. 아버지는 독립운동자금을 조달하는 데만 신경을 쓰셨고 집안 경제적 사정은 엄마에게 일임하신 기억이어요.

"너희들을 학교에 보내야 해서 나는 팔자 없는 장사도 했다."

"우리 4남매를 다 학교를 보내기 위해 고생하신 것은 인정하나 팔자 이야기까지는 아닌 것 같은데요, 엄마."

"야. 너 엄마가 누군지나 아냐. 부잣집 딸이라고 괜찮은 집안 자식도 외할아버지는 쳐다보지도 않았다."

"엄마 말 믿어도 돼요?"

"믿어도 되냐니…. 진짜야."

"그래도 그게 자랑이 아닌 것 같은데요, 엄마."

"자랑? 자랑은 아니지. 그렇지만 말은 해진다."

"그런데 외할아버지가 어떻게 아버지와 혼인하게 허락하셨을까요?"

"네 아버지 생활 형편도 그 정도면 괜찮지, 주변 평판도 괜찮지, 그러신 것 같다."

"지금 생각이지만 아버지는 독립운동자금 대주는 데만 신경을 쓰신 것 같은데요."

"네 아버지가 그래서 밉기는 했다."

"그래요? 내가 생각하기는 아닌 것 같은데요?"

"하긴 밉기만 했으면 너희들을 낳았겠냐."

"미운 남편과 못 살기는 하죠."

그런 말을 몰라서 하는 말이 아니다. 엄승연은 딸로서 엄마 주름살 좀 펴시라는 의도의 말이다. 모녀는 못 할 말이 없다. 그래서 딸이 있어야 한다고 말한다. 우리 엄마는 다른 엄마들에 비해 많이 늙어 보이지는 않으나 늙어만 가시는 것이 딸로서 마음이 아프다.

"그렇지만 네 동생 기성이를 앉혀놓고 하신 말씀이 생각난다."

"무슨 말씀을 하셨는데요?"

"'기성아!' '예, 아버지.' '기성이 너, 아버지가 하는 일이 뭔지나 알고 있냐?' '조금은 알지요. 집안일은 어머니에게 맡기시고, 독립자금 만들어 대주는 데만 신경 쓰시잖아요.' '아버지가 집안일에 적극적이지 못해 미안하기는 하다. 그러나 너희들 생각은 아닐지 몰라도 아버지는 힘이 모자라 빼앗긴 조국을 되찾아야 한다는 생각 때문이다. 조국을 되찾지 않고는 일본 사람들 종살이로 살 수밖에 없다는 것이 아버지의 생각이다. 그러니 아버지가 집안일에 소홀하다고 엉뚱한 생각은 하지 마라. 아버지가 할 일을 네 엄마가 대신하게 해서 미안하지만 말이다. 독립자금도 그렇다. 내가 돈이 있어서 부족함 없게 대주면 싶지만 우리 형편이 거기까지는 못 되잖아. 그래서 돈이 있는 사람들을 찾아가 구걸하다시피 해서 대주는 형편이다. 구걸해서, 라는 말은 독립자금에 협조해 주시는 분들에게 결례지만 그렇다. 그래, 현재로서는 가망이 있어 보이지도 않은 독립운동이기는 하나 그렇다고 독립을 포기해서는 안 되니 너희들도 조국을 되찾겠다는 생각으로 살아라. 그러나 말할 것도 없이 생각만으로는 안 되고 돈도 있어야 한다. 그러니 돈을 많이 벌 수만 있으면 많이 벌어라.' 네 아버지는 그러셨다. 네 아버지는 다시 태어나서도 독립운동가로 사실 거야. 오랜 기억이지만 그때의 말씀이 생각나 하는 말이다."

"그렇게 사시는 아버지가 싫지는 않았어요?"

"싫기는. 당연한 말씀으로 여겼던 같다."

"언제 때 일인데 엄마는 총도 좋으시네요. 아무튼, 아버지 말씀을 기억해서 공장을 세우지는 않았을 거예요. 일단은 돈을 벌자는 데 있지."

"그거야 그렇겠지."

"일단은 엄마는 응원이나 하세요."

출가한 딸 말이다.

"응원…?"

"그렇지요. 응원이요."

"응원이야 당연하다. 그러나 잘 될지가 걱정이다."

"걱정하지 마세요."

"그래. 다소의 경험은 있다지만 남한에 와서 공장을 하겠다는데 걱정 안 할 수가 있겠냐."

세상에 걱정 없이 사는 사람은 누구도 없을 것이다. 다만 걱정이 크고 작을 뿐이지. 그래, 돈 버는 일을 두고 걱정이라고 말할 수는 없다. 생각을 집중시키는 긴장일 것이기에. 긴장은 지혜를 가져다 주기도 한다. 그래서 큰 걱정이 아니면 걱정은 신께서 내려주신 복으로 여기고 살면 한다.

"세상에 걱정 없는 일이 있겠어요."

"그렇기는 하지."

"엄마, 저 그만 갈게요."

딸 엄승연 말이다.

"벌써 가려고…?"

"예. 문 서방이 무슨 일인지 몰라도 일 보러 간다고 갔는데 왔을지도 몰라서요."

남편들은 아내가 집에 있을 줄 알았다가 없으면 마음이 허전하다. 애들이 있어도 말이다. 마누라를 그래서 아내라고 했을까 몰라도 말이다. 아무튼 남편을 위해서가 아니라 내가 젊었을 적에는 밖에 나가본 기억이 거의 없는 것 같다. 그래서 우리 아버지는 집안에 들어서자마자 여보 나 왔소. 항상 그러셨다.

"그래? 그러면 가거라. 그런데 할 말이 더 있기는 하다."

"그래요? 그러면 아직 올 시간이 아니니 조금만 더 있다가 갈게요."

"아니다. 그냥 가거라."

"아닌 것 같은데요?"

"아니라고 하면 아닌 줄 알아!"

"엄마 눈치만 9단이 아니어요. 내 눈치도 7단 정도는 돼요."

"뭐…?"

그래 승연이 너는 딸 노릇 잘하지, 그래 고맙다. 승연이 네 동생들은 사내 녀석들만이라 엄마 밥 줘요. 다녀올게요. 그 정도 선에서 그만이라 서운하다는 생각도 솔직히 든다. 물론 네 동생 세 녀석들 다 네 아버지 닮아 멋진 녀석들이라 뿌듯하기는 해도.

"엄마는 아직도 꾸밀 필요는 없겠지만 파운데이션은 좀 발라요."

딸 엄승연은 엉뚱한 화장품 얘기를 다 꺼낸다.

"그러면 화장품을 사다 주면서나 말해라."

"알았어요."

"꾸밀 필요는 없지만 말해서 생각이 났는데, 네 아버지 고등학생 때다. 이 엄마를 자기 색시로 삼고 싶어 그랬겠지만 멋을 얼마나 부리던지 지금도 계시다면 내가 그렇게 예뻐 보이더냐고 묻고도 싶다. 어느 남자가 예쁜 여자를 좋아하지 않겠는가마는 승연이 네 아버지는 엄마가 너무도 예뻐 보였는지 집에서 나올 때쯤에 미리 나와 서 있기도 했다. 네 아버지는 그랬지만 나는 누가 혹 보기라도 할까 봐 모른 척하기도 했었다. 학생이기는 해도 다 큰 처녀라 쑥스럽기도 했고 말이다. 그래, 여자로서 시집갈 나이가 되면 괜스레 웃음이 나오려고 하는 이유를 알까 모르겠지만 그때는 그랬다. 괜스레 웃어지는 웃음의 해석은 심리학자들 영역일지 몰라도 종족 번식을 위해 짝을 찾으라는 웃음은 아닐까 싶다. 아닌 척하나 생리 시작부터란다. 아무튼, 전날은 다들 그랬던 것 같다."

"그러면 그때의 얘기를 한번 해 봐요."

"너 곧 갈 것처럼 말해 놓고 얘기해 보라고 하나?"

"좀 늦으면 어때요."

"그러면 조금만 말해 볼게."

엄승연의 엄마는 딸에게 말해둘 필요가 있다는 것인지 물을 마시기까지 한다.

"임춘희!"

엄창호는 어른들이 볼까 봐 학교 가는 길 저만치 서서 부른다.

"뭐야, 놀랬잖아!"

"놀래기는 왜 놀래."

"누가 보면 어쩌려고 그러냐. 나, 간다."

학교만 다를 뿐 엄창호도 임춘희도 고등학교 1학년들이고, 좀 떨어지기는 했으나 같은 동네다. 그래서 초등학생 때까지는 그냥 동네 애들로 숨바꼭질도 하면서 성장했다. 그렇지만 고등학생이 되고부터는 부모들조차도 관심을 두게 되었고 결국은 혼인까지였지 않았는가.

"오냐. 학교에서 지금 오는 길이냐?"

임춘희 아버지가 엄창호의 인사를 받고 하시는 말씀이다.

"예."

엄창호 학생은 엄청 공손한 대답이다.

"창호야!"

임춘희 아버지는 엄창호에게 하실 말씀이 있어 부르는 게 아니다. 남의 자식이지만 너무도 좋아 보여서다.

"예."

무슨 말씀을 하시려고 불러 세우실까?

"아니다. 그냥 가거라."

"아, 예."

엄창호는 인사를 머리를 또 깊숙이 숙인다. 엄창호가 그렇게까지 인사하는 것은 '아저씨, 나 임춘희를 좋아해도 돼요?' 그런 의미일 것이지만 말이다.

"창호 네 아버지께서는 어디 가실 건지, 문밖에 나와 계시더라."

엄창호 생활 형편은 큰 머슴, 작은 머슴 이렇게 둘씩이나 둔 동네에서는 부잣집인 셈이면서 5천여 명이나 되는 구장(區長)으로 어른 대접을 해드리는 편이다. 어머니 임춘희 집안 생활 형편은 머슴만 두지 않을 뿐 자식들 학교 보내기는 지장이 없을 정도다. 생활 형편이야 그렇지만 딸 임춘희는 예쁘게도 커 주어 아들을 둔 부모들은 눈여겨봐 지게 될 것으로 그것을 딸을 둔 부모로서 어찌 모르겠는가. 잘 안다. 임춘희 아버지도 그런 생각으로 구장댁 아들 엄창호를 바라보게 된다.

"춘희야!"

엄창호 어머니 말씀이다.

"예."

"내가 한번 만들어봤는데 간이나 맞는지 춘희 네가 맛 좀 봐줄래?"

딸을 둔 가정은 사윗감을, 아들을 둔 가정마다 며느리감이 봐질 것이지만 엄창호 어머니 눈에는 아무리 봐도 임춘희가 며느리감이다.

엄창호 씨와 임춘희 씨는 그렇게 해서 혼인을 하게 된다.

"어험… 너희들 이리 좀 앉아봐라."

임춘희 시아버지 말씀이다.

"예."

무슨 말씀을 하시려고 그러실까. 초긴장이다. 혼인하기 전까지는 춘희야. 아저씨, 마음 편하게 그랬는데 이제부터는 아버님, 아가야로 호칭이 바뀌었다. 그렇기도 하지만 시아버지는 너무 엄위하시다.

"너희들에게 해둘 말이 있어서니 허투루 듣지 말아야 한다."

"아, 예."

무슨 말씀을 하실지 몰라도 제가 어떻게 아니라고 하겠습니까. 죽으라면 죽는시늉이라도 할게요. 며느리 임춘희 표정이다.

"너는 싫은 말이 될지 모르겠다. 우리 집안 내역을 아기 너도 보고 있어서 굳이 말할 필요는 없겠으나 이제부터는 며칠 전까지 살던 집은 친정집으로 알고 살아야 해서 당부하고 싶어서다."

"예, 아버님."

아들 엄창호와 며느리 임춘희는 동시 대답이다.

"애기 너는 이제부터 우리 집안을 바르게 세워 주어야 될 어쩌면 힘겨운 며느리다. 그래서 말이지만 생활방식은 네 시어머니로부터 배워 익히면 되겠으나 네 남편 생각에 반기를 드는 그런 행동은 하지 말아야겠다."

그러니까 독립운동자금 조달 문제를 가지고 트집 잡지 말라는 말씀일 것이다.

"저 반기 드는 행동은 안 할 건데요."

'예'만 해야 할 건데 전날 아저씨에게 했던 말투가 튀어나오고 만 임춘희는 어색해하는 표정이다.

"그거야 믿지. 네가 누구냐. 반듯한 집안 딸이다. 그걸 내가 모르고 하는 말이 아니다."

"예, 아버님"

고삐 풀린 망아지처럼 행동 말라는 말씀은 아닌가요?

"내가 애기 너에게 무슨 말을 하고 싶어서 그런 말을 하냐면 너도 보다시피 이 시 애비는 구장을 여러 해를 하고 있다. 그런데 우

리 민족이 일본에게 빼앗겼다는 것은 되찾기 전까지는 슬픈 일인데 일본 순사들은 우리 민족을 필요 없으면 내던져도 되는 무슨 물건처럼 취급하려 든다. 성씨조차도 우리 엄씨를 일본어로 고쳐 オム氏라고 하고 임씨를 고쳐 イム氏라고 하고 말이야. 이것을 그냥 두어서는 우리 민족 정체성조차 없어지지 않겠니. 그래선데 우리 민족을 되찾겠다고 나선 독립운동가들을 돕자는 거야. 독립운동가들을 돕자면 독립자금이라도 보내야 할 것 같다. 그러나 그렇게는 우리 형편으로는 어림없다. 어림없지만 독립군을 도와야 한다는 생각만은 버리지 말아야겠다. 그리고 네 시어머니와의 관계다. 항상 가까이하려고 노력해라. 물론 그런 문제는 네 시어머니가 먼저 잘해야겠지만 말이다. 그래, 잔소리한 것 같은데 나는 너를 의지해야 될 시 애비다. 아무쪼록 건강하고 앞으로 복 많이 받아라. 사랑한다. 이상이니 나가서 볼일들 봐라."

"네 할아버지는 그러셨단다."
"그런데 할아버지 얘기는 있는데 할머니 얘기는 왜 없어요?"
"할머니 얘기까지 하려면 날 샌다. 기회가 되면 할 테니 그만 가봐라."
"알았어, 엄마."
바쁘게만 살아가는 현대사회에서야 엉뚱한 말일지 모르겠으나 직장에서 집에 들어오기는 아내가 먼저 들어오면 좋을 듯하다. 아내는 엄마의 품 같은 존재이기 때문이다. 집안은 항상 훈훈해야 한다. 그렇지만 집안을 훈훈하게 하는 것은 아내의 몫이라는 것을 알면 한다. 가정은 계산적으로,나 논리적으로 살아갈 수가 없는 구조다.

가내공업 수준이었던 선진기업은 뜻한 바대로 기업운영이 잘 돼 사원 900여 명이나 되는 괜찮은 기업으로 성장하게 된다. 세금을 많이 낸다는 이유이기는 하겠지만 구청장도 몇 차례 찾아주기도 했고 말이다. 그래서만은 아나나 선진기업에서 사원모집 광고를 내면 괜찮은 대학 출신들이 몰려오기도 한다. 물론 사무직이기는 해도.

"여보!"

선진기업을 창업하고서 어려움도 있었으나 이만큼 성장을 했다는 것은 성공한 일로 자랑하고 싶다는 남편의 부름이다.

"왜요…?"

"당신 덕에 회사가 잘 돌아가 오늘의 선진기업인 것으로 나는 평가를 하오."

엄기성 사장은 서진기업을 자식들에게 물려줄 나이가 돼 기업 일선에서 물러날 생각으로 아내에게 하는 말이다.

"회사가 이만큼이나 된 것은 엄 사장이 잘해서이지요."

"나는 그렇게만이 아니라고 생각하오. 이렇게까지 보조한 것이 누구요. 바로 당신 아니요."

"새삼스럽게 그게 무슨 말이에요. 나는 아니요."

"새삼스러운 게 아니요."

가정은 기업 경영자에게 힘을 실어주어야 할 것은 말할 나위 없겠지만 다음날 들어왔음에도 말 한번 안 했다. 생각을 해 보면 미안한 일로 자주 그랬던 같아 하는 말이다.

"나야 애들 기른 일밖에 없는데요."

"당신이야 그렇게 말하겠지만 내 마음을 편하게 해준 것만은 사실이요."

면전에서 칭찬은 아니나 하고 싶은 말이다.

"말씀만이라도 고마워요."

"말만이 아니요. 진심이요."

"그런 말은 쑥스럽네요."

기업 경영자가 바람을 피울 수도 있다는 생각은 가지고 있다. 그러나 마음까지는 아니었다. 그래, 기업 경영자가 아니었다면 다투기도 했을 것이다. 성깔이 순한 성격이 못되기 때문이다. 어떻든 잘못했다는 말 같은데 거기다 대고 다른 말을 하겠는가. 그래서다.

"말만이 아니오. 사실이오. 애들도 말썽부리지 않게 당신은 잘 키워주었소."

"내가 들을 말은 아니나, 인정해 주시니 고마워요."

"난 기업에만 신경 쓰느라 가정에는 소홀히 했네요."

"무슨 말을 하시려고 없던 말을 그리해요?"

"그래요. 그동안 없던 말이기는 하네요."

"엄마 역할 말이 나와 생각인데 아이들이 혹 말썽이라도 부릴까 봐 긴장하기는 했지요. 그러나 다행하게도 말썽부리지 않고 잘 커주어 고맙지만 말이에요. 모르는 줄 알았는데 인정해 주어 고맙네요."

"여보, 우리도 이제 해외여행 한번 갈까요?"

회사 일만 하다 보니 우리는 부부이지만 여행을 가본 일도 없이 나이만 먹어 간다. 그래서 생각인데 이제는 회사도 이만큼 성장했고, 애들도 다 컸으니 우리 날 잡아 해외여행도 해 보자는 엄기성 사장 말인 것이다.

"해외여행이요?"

"그래요."

"괜찮지요. 그러면 어디로요?"

"일본 여행을 생각해 봤는데 어때요?"

"일본은 어쩐지 좀 그렇다, 나는…"

"왜요?"

"지나간 일이기는 하나 아버님께서 독립운동을 하셨잖아요."

"당신 말대로 그렇기는 하니 다른 나라 생각은 못 했어도 일본여행은 우리 선진기업과 관련이 있는 여행지인 거요."

"그러면 엄 사장은 순수여행이 아니라는 거잖아요."

"이것이 직업인가 싶기도 하네요. 그래요, 내 생각만 하는 것 같아 미안해요."

"아니에요. 그러나 오랜만의 여행이라 그런지 마음은 좀 그러네요."

"회사를 시작할 때는 걱정했지만 지금은 괜찮은 회사로까지 성장시켰다면 다른 말을 해서는 안 되는데도 해지네요."

"아니에요."

"회사를 키우기까지는 앞서도 말했지만 당신 공이 커요."

"공이 크다니요. 그건 아니에요."

가로막지 못하는 세월 때문이기는 하나 이제는 나이 먹은 부부로 살아간다. 그래, 지금까지 살아오는 동안 엄 사장과 티격태격도 해 본 일이 없는 것 같다. 그래서든 누가 보기나 듣기라도 하게 되면 간지러운 대화다.

"회사가 잘되게 하려면 가정에 신경을 쓸 수가 없어요."

"알았어요."

"여행 얘기 하다 말고 기업 얘기만 하게 되는데 생각을 해 보면 포항제철을 세우기는 했으나 우리나라 산업은 아직 초기 단계로 봐야 할 거요. 일본에 비하면 말이요."

"박정희 대통령은 경제개발을 한 거 아니에요?"

"그렇지요."

아마 아니라고 말할 국민은 없을 것이나 박정희 대통령은 어느 국가 대통령도 해내기 어려운 근대화를 이루어 낸 대통령이다. 경제적으로 세계에서 꼴찌라는 오명을 벗어나 선진국 대열에까지 올라서려는 야심도 가진 대한민국이다.

"그러면 얼마간이요?"

"한 주간 정도는 어때요?"

엄 사장은 담배 재떨이를 끌어당기면서

"해외여행 한 주간이면 돈이 많이 들 텐데요."

"자주도 아니고 오랜만에 가는 여행인데 당신은 돈 들어가는 걱정을 하는 거요?"

"그렇지는 않지만…"

엄 사장은 회사에만 파묻혀 살아서는 안 되겠다는 것인지, 아니면 마누라를 위하겠다는 것인지 느닷없는 해외여행 얘기다. 사실은 내키지 않은 해외여행이지만 싫다고 하기는 아닌 것 같다. 그동안은 애들 키우느라 국내 여행도 못 했다. 그렇기도 하지만 돈을 쓸 줄도 모른다. 그래서만은 아니나 그동안 졸장부로만 살아서인지 돈 들어갈 생각부터다. 큰돈도 아닐 것이고 돈 쓰는 것은 엄 사장이 다 알아서 쓸 것인데 말이다.

"사원 900여 명이나 거느리는 사장이 그 정도의 비용은 써도 돼요. 물론 여행비용은 사장 월급으로 써야겠지만 말이요."

"그러면 날 잡아 보세요."

"그리고 오늘은 공장장과 저녁 먹자고 했으니 그리 아시오."

"알았어요. 그러면 저녁은 혼자 먹게 생겼네요."

엄기성 사장은 김근호 공장장에게 전화를 걸었다.

"김 공장장, 나 사장일세."

"예, 사장님!"

"쉬는 날인데 김 공장은 어데 안 나가고 집에만 있는 건가?"

"예, 그냥 집에만 있습니다."

"그러면 오늘 저녁 시간은 어때…?"

"오늘 저녁이요?"

"그렇지."

"시간이야 되지요. 시간은 몇 시쯤이요?"

"시간은 김 공장장과 저녁 한번 먹고 싶어 그러는데 다섯 시쯤 춘추식당으로 나와~!"

그렇게 해서 엄기성 사장과 김근호 공장장 둘만의 저녁 시간을 갖는다.

"공장장 쉬는 날인데 쉬지도 못하게 하는가 모르겠네."

엄 사장은 공장장 김근호 표정을 보면서다.

"아니에요."

"아니면 다행이고."

"다행은 사장님이 아니고 저지요. 이렇게 불러주시는데요."

"부르기는 했으나 저녁 한 끼 먹자고 한 것뿐이네."

"그렇기는 해도 일부러 불러주셨잖아요."

"일부러?"

"예."

"그렇기는 하지. 그런데 김 공장장을 이렇게 나오라고 한 이유, 짐작은 할까?"

"짐작이요…?"

"우리 선진기업이 이만큼 커진 것은 면전에서 말하기는 좀 그렇지만 김 공장장 노력 덕분도 크다고 나는 생각해."

"아, 아닙니다."

"김 공장장은 아니라고 말하지만 나는 인정해."

"감사합니다."

말은 했지만 듣지 말아야 할 말을 들을지도 모르겠다 싶었다. 그동안 없으셨던 칭찬도 그렇지만 저녁 자리까지이기 때문이다. 그것은 1,000여 명의 사원을 거느리는 회사 경영자가 공장장과 단둘이 만나 식사할 일은 없다고 보면 될 건데 말이다. 그러면 회사를 위해 그동안 수고 많이 했으니 그만 쉬라는 사실상 해고 얘기는 아니겠지만 말이다. 그렇게 보는 것은 노동법상 그런지는 몰라도 해고는 하는 것이 아니라 대기발령인 경우가 대부분이기 때문이다. 해고를 대기발령 명분으로는 반발심이 염려되어 근무조건이 매우 불리한 곳으로 내보내기도 하지만 말이다. 노동조합 설립이 그런 문제 때문에 시작되었다고 보면 될 것이지만 말이다.

"선진기업 경영자로서 현장 소리도 들을 필요가 있을 것 같아서 부른 걸세."

선진기업을 운영하는 사장 입장에서 현장사정까지 알아둘 필요가 있다. 그래서 생각인데 현장 사정은 누구보다 공장장이 잘 알 수밖에 없다. 때문에 김 공장장 생각을 듣고자 부른 것이다. 선진기업 일선에서 물러날 준비에 있다면 선진기업을 이어받아 기업을 차질 없이 운영하게 될 자식에게 일러둘 말도 해야 해서다. 생각을 해 보면 기업 경영에 있어 판단오류로 부도나는 경우가 얼마나 많은가. 어디까지 변할지 몰라도 시대는 날로 변하고 있다. 기업이 생존하느냐 그렇지 못하느냐는 고도의 판단이 필요하다. 바둑을 둘 때 돌 하나가 승패를 가르기도 하지 않은가. 기업 경영도 바둑과 같다면 말이 될지 모르겠지만 말이다. 다시 말해 누가 대통령이 되느냐 정치적 판단 등 말이다. 그런 점에서 보도가 사실일 것으로 보이는 그동안 잘나가던 모 그룹이 신군부 정부가 들어섰음을 간파 못하고 넘어진 것처럼 말이다.

"선진기업이 이만큼은 발전한 것은 제 노력이 때문이 아닙니다."

"난 사실을 말하는 것이지, 김 공장장이 듣기 좋으라고 하는 말이 아니야."

"감사한 말씀이나 저는 아니에요."

"김 공장장이야 아니라고 하겠지. 그건 그렇고, 회사 경영에 있어 김 공장장 생각을 듣고 싶어."

"제 생각을요?"

"그렇지, 김 공장장 생각."

"저는 생각이 짧아서 사장님께 도움이 될 만한 지식이 없어요."

"아니야. 김 공장장 지식을 보자는 게 아니야. 제품생산 현장의 소리도 듣고 싶어서 그래."

"저는 생산현장 감독자일 뿐입니다."

"김 공장장이야 그렇게 말하겠지만 아까 말한 대로 김 공장장 생각을 듣고자 함이야."

"저는 공장장으로서 현장에 있기는 합니다만, 다른 면도 보이기는 합니다."

사장님께서 말씀하시니 생각이지만 선진기업 경영자는 평사원이 생각 못하는 고도의 능력을 지녀야 한다고 저는 봅니다.

그런 말이 입에서 튀어나올 뻔했다는 듯 김근호 공장은 엄 사장 표정을 본다.

"아니, 다른 면…?"

"아니에요."

"아니라고만 하지 말고 다 말해 줘. 김 공장장 생각이 회사에 큰 도움이 될 수도 있으니."

"제 생각을 말해도 될까요?"

"무슨 소리야. 당연하지."

"당연한 말이기는 하나 회사 경영은 평사원이 생각 못하는 고도의 능력을 지녀야 한다고 저는 봅니다."

"그렇지."

그래, 김근호 공장장 말이 아니어도 소비자들 소비심리. 거래처, 같은 업종상대 업체. 순할 수만 없는 기업 경쟁, 변화가 예상되는 사회적 분위기. 국내정치, 거기다 국제정세. 그렇기는 하지.

"사장님은 제가 하고 싶은 말을 하게 해 주셨습니다."

"그리고 이건 자랑 같은 말이나 선진기업을 세운 입장에서 어깨에 힘이 들어간다고 할까. 솔직히 그래지는데 공장장은 어때?"

"예, 저도 힘이 들어갑니다."

말을 하고 보니 농경사회에서 있었던 일로 머슴을 둔 주인이 했다는 말이 생각난다. 인절미를 먹으면서 머슴에게 하는 말 '아니, 올해는 풍년도 들고 해서 이렇게 인절미도 먹게 돼 기분이 좋은데 자네 기분도 괜찮지?' '기분이요? 제가 기분 좋을 리 있을까요?' '그러면 나쁘다는 건가?' '그렇지는 않지만 제 것이 아니잖아요. 주인님 것이지.' '내가 자네한테 괜한 말을 했는가 보네 미안하네.' '미안까지는 아닌 것 같습니다. 내년에도 머슴으로 해 주실지는 주인님이 알아서 하실 일이지만⋯.'

"그러면 다행이고. 그런데 생산직원이 현재 몇 명이지?"

"이번에 모집한 인원까지 890명인 것 같습니다. 그러니까 제가 관리하게 될 생산직 사원만입니다."

"그렇구먼. 처음 시작할 때는 우리 가족까지 해서 37명인가 그랬는데⋯."

엄기성 사장은 혼잣말처럼 한다.

"그러셨군요."

"지금이야 이만큼이지만 그때는 공장이라기보다 가내공업 정도였어."

그래, 기업들이 다 그렇겠지만 기업을 세울 때는 소비처를 고려함을 말할 것도 없고, 변화 될 내일을 고려해서 기업을 세울 것이다. 그렇지만 예상치도 못한 악재가 터질 조짐은 항상 존재해서 기업을 세우게 되는 날부터 걱정일 것이다. 특히 회사운영자금에 있어서다. 그래서 내일이 보장된 기업은 어느 기업도 없다고 보면 될 것이다. 때문에 공개적으로 말을 안 해 그렇지, 대기업이 휘청거리게 될 경우 하루아침에 기업 문을 닫게 되는 경우가 얼마나 많은가. 특히 중소기업은 아슬아슬한 운영자금이다. 회사운영자금은 금융계로부터 대출이지만 대기업이 아니고는 그만큼의 담보가 필요하다. 담보가 여의치 않으면 이자가 높은 사채까지 얻어 쓰게 되는 경우가 다반사다. 때문에 생겨 난 것이 어음제도일 것이지만 말이다.

우리 선진기업도 마찬가지로 약속어음을 발행하곤 했다. 그렇지만 어음 날짜가 왜 그리도 빨리 다가오는지, 피가 마를 정도일 때가 한두 번이 아니었다. 잘 돌아가는 기업어음은 3개월짜리, 그렇지 못한 기업어음들은 6개월짜리다. 그래서 하청 업체들은 어음 날짜까지 기다리기는 운영자금이 쪼들려 손해를 보면서까지 어음을 팔아넘긴다. 그래도 금융계에서 인정하는 기업의 어음은 손해를 덜 보지만 그렇지 못한 기업의 어음은 많은 손해를 보는데 그런 줄 알면서도 어쩔 수 없이 팔아넘긴다. 생각을 해 보면 우리 선진기업도 그런 때가 여러 번 있었던 같다. 여간 힘들어했던 기억이다.

"사장님과 단둘이라 좀 이상하네요."

"아니, 나와 단둘이라 이상하다고⋯?"

"예."

"그래, 이렇게 한 차례도 없었다는 말이 되는데 미안하네."

"그건 아니에요."

사장과 단둘이 저녁을 먹으면서 회사 일에 대화를 나누기는 처음이다. 단국대학을 졸업하자마자 입사한 지 올해로 21년째, 공장장 된 지가 11년째인 것 같은데 말이다.

그래, 어느 기업 공장장이든 사장과 대화는 업무상일 때만일 것이다. 오늘은 그런 형식을 갖춘 업무 자리가 아니다.

"현장 사정은 누구보다 김 공장장이 잘 알 것 같아 부른 거야."

"아, 예…"

"이렇게 단둘이 저녁을 먹는 것도 공장장 쉴 시간을 빼앗은 회사 일일 수도 있지만…"

"그건 아니에요."

"아니면 다행이지만 기업 경영자는 회사 미세한 부분까지 알 필요가 없을지 몰라도 현장 소리를 듣고 싶어서야. 그러니 사장 앞이라고 부담 갖지 말고 말해 주었으면 좋겠어. 무슨 말인지 공장장은 알겠지?"

"사장님이 그렇게 말씀하시니 생각되는 게 한 가지 제안을 들여도 될까요?"

"무슨 제안인데?"

이런 자리를 마련한 것은 김 공장장 말을 듣고 싶어서다. 그러니 회사에 관한 얘기라면 다 말해. 기업인이 사원들의 생각을 몰라서는 안 되잖아. 강성노조가 왜 있게 되는지 나는 알 것 같아. 사장단과의 얘기가 솔직하지 못해서는 아닐까 해. 물론 정부를 힘들게 하는 강성노조도 있지만 말이야.

"회사는 구호단체가 아니라는 생각이 들어서입니다."

"회사는 구호단체가 아니지. 그런데…?"

"제가 말씀드릴 사안은 아니나 사원을 채용하실 때 친인척은 배제하면 해서입니다."

기업을 흥하게 하느냐에 있어 사원채용은 매우 중요하다. 때문에 사원채용을 쉽게 생각하는 기업인은 없을 것이나 오늘의 삼성그룹을 있게 한 이병철 회장은 사원채용을 특별하게 했단다. 학벌보다도 관상을 중시했단다. 사원모집 할 때 개인 면접에서는 관상 전문가를 모시기까지 했다고 해서다. 변한 시대 시각으로 보면 아닐지 모르겠으나 일리가 있는 얘기다. 관상 전문가가 입사자 속마음까지는 볼 수는 없겠지만 속마음은 겉모양으로 나타난다는 데있기 때문이다. 말할 것도 없이 똑똑하게 생겼는지, 그렇지 못하게 생겼는지는 관상 전문가가 아니라도 금방 알 수 있다. 그래서든 선진기업도 능력을 고려해야 할 건데 그동안은 그렇게 하기보다는 사장과 관계된 사람들이 밥 좀 벌어먹게 해달라고 하면 채용해 준 것 같다. 그러는 바람에 관리책임자이지만 제품생산에서 잘못을 지적하기가 쉽지 않다는 과장의 말이 있어서다.

"그래, 회사는 구호단체가 아니기는 하지."

"그래서 생각인데 사원채용 때 친인척은 배제하는 쪽으로 하시면 해서요."

"그러면 우리 선진기업에 친인척이 몇 명이나 되지?"

"제가 거기까지 말씀드리기는 아닌 것 같습니다. 죄송합니다."

"김 공장장이 말할 때는 그만한 이유가 있어서 하는 말이겠지만 채용된 사람을 그만두라고 할 수는 없는데…."

"당연한 말씀입니다. 거기까지를 생각한 게 아니라 앞으로는 그렇게 했으면 해서 드리는 말씀입니다."

같이 일하는 입장들도 감시자라는 생각 때문인지 일손들마다 자유롭지 못하다.

개인적 기분으로는 마음에 안 들 땐 누구에게든 욕도 할 수 있는 현장 분위기라야 할 것은 말할 것도 없다. 그러니까 일을 할 때 누구의 눈치든 눈치를 볼 필요가 없어야 손이 잘 돌아간다는 얘기다. 어디 제품생산 라인에만 해당 될 자율성이 이겠는가마는 사원들의 자율성은 매우 중요하다. 생산라인을 총괄하는 공장장 입장에서 봐지는 자율성은 제품생산에 없었으면 하는 친인척들이다. 귀로 듣지 않아도 그러리라 싶지만 회사에 관한 얘기를 하자도 옆에 친인척이 있나 없나를 봐진다는 것이다. 친인척이기는 해도 인간성으로는 괜찮은 사람임에도 말이다.

"김 공장장 생각, 참고하겠네."

"제가 엉뚱한 말로 사장님 마음을 불편하게 했는지 모르겠습니다."

"아니야. 그런 말도 듣고자 이렇게 만나자고 거야."

"아니시라면 다행입니다."

"내가 사장이라고 해서 너무 어려워하지는 마. 회사관계로 사장이지, 어디 인간관계까지 사장인가 안 그래?"

"아, 예."

"자, 술 한 잔 더 해야지?"

"저는 그만하겠습니다."

"고작 한 잔만 하고 마는 건가?"

"저는 분위기를 살리는 정도로만 마시는 편입니다."

"그래? 그러면 나도 그만하겠네."

"사장님, 감사합니다."

"감사라니 그게 무슨 말이야?"

"사장님이 아시는 대로 저는 전라도입니다. 그래서 달리 보실 줄 알았는데 그렇지 않으셔서요."

"뭐? 전라도 사람…?"

사실이다. 전라도 출신은 생각해 보라는 말 듣기도 해서 좀은 경계심이 들었다. 이를테면 예상치도 못한 전라도 출신이라는 본색을 드러내지 않을까 해서다. 경상도 출신이니, 충청도 출신이니, 강원도 출신이니, 그런 말은 별로 없는 것 같은데 유독 전라도 출신이라는 말을 콕 집어 할까?

"전라도 출신임을 굳이 숨길 이유 없을 것 같은데 부끄럽게 저도 그래집니다."

"면전에서 말하기는 좀 그렇지만 김 공장장은 인상부터가 편해."

"감사합니다만, 인상과 맡은 일과는 상관없을 건데요."

"척 보면 안다는 말 김 공장장도 알고 있을 텐데."

"척이요?"

"아까 김 공장장이 했던 말 중에 기업은 친인척을 받아들이는 자선단체가 아니라는 말에 충격을 받았는데 그런 문제에 있어 앞으로 참고하겠네."

"때문만은 아니겠지만 말을 들어요."

"그래, 알겠네."

회사마다는 아니겠지만 전라도 출신이라면 생각해 보라는 말도 듣는다. 왜 그럴까. 우리나라는 단군을 조상으로 하지만 유별나게 전라도 경상도 구분 지어 살아간다. 그것을 타파하자는 취지로 경상도 출신 전두환 대통령은 88고속도로를 건설했다. 건설했지만 경상도니 전라도니 그런 나쁜 어감까지 없애기는 아직도 멀기만 하다. 그것을 말하듯 5.18 당시 선동자들이 외치기를 경상도 군인들이 도청 앞에서 전라도 사람들을 다 죽이네~ 선동했음을 보면 말이다. 그런 선동의 말은 보도가 안 돼 조심스럽기는 해도 말이다. '사원을 뽑을 때 전라도 출신인지를 보고 뽑아라.' '잘 뽑았을 경우 지휘 자리는 배제해라.' 삼성그룹을 창업자 이병철 회장 일화다. 전라도 출신을 싫어하는 기업을 다 열거할 수는 없어도 세제 등 생활용품을 만드는 피죤 회장도 전라도 사람이면 싫어했다는 것 같다. 오늘날이야 아니지만 서울에서 월세를 얻어 살 때도 어디 출신인지를 물었단다. 그것은 전라도 사람들이 사기를 잘 치고 배신을 잘한다는 소리가 졸부들 귀에 전해진 것이 그것이겠지만 말이다. 그래, 어느 지역 출신이라고 정직하고, 아니고 가 있겠는가. 그렇지만 전라도 출신이 본인이 아니게 말 한마디 잘못 했다가는 전라도 놈이라는 평가절하까지다. 물론 다툴 수도 있기에 면전에서는 못하겠지만 그렇다.

"제가 조심스럽지 못한 말까지 했는지 모르겠습니다."

"그건 아니야. 인간성을 출신 지역으로 봐서는 안 되지."

말이야 그렇게 했지만 충청도 출신이나 강원도 출신은 그렇지 않게 보여도 전라도 출신은 왠지 좀 아니게 보이는 것만은 사실이다.

"말씀드린 김에 한 가지 더 말씀드려도 될까요?"

"한 가지만 아니라 김 공장장 생각을 다 말해. 공장장 생각을 듣고자 이런 자리를 마련한 거니."

"해야 할 일 다 했고. 퇴근 시간이 됐음에도 사장님이 늦게까지 계실 때는 사원들이 어쩔 줄 몰라 합니다."

"그래?"

"예."

"그러면 정시퇴근을 말해야 할까?"

"그렇게 말씀을 해 주셔도 되겠지만 특별한 일 말고는 회사에 늦게까지 안 계시는 게 사원들의 마음을 편하게 할 것 같습니다."

가내공업 같은 소기업 말고는 사장 얼굴이 사원들에게 보여서는 안 된다. 일손들이 자연스럽지 못하기 때문이다. 그런 생각이 입사 처음부터다. 그래서 마음속으로는 말해 드리고 싶기도 하지만 회사 출근을 재미로 하는데 거기다 대고 말할 수는 없지 않은가. 무슨 말이든 다 하라고 해도 말이다.

"말을 듣고 보니 그렇구먼. 앞으로는 김 공장장 말대로 노력하지."

"제 생각일 뿐인데요."

"아니야. 누가 말하느냐가 뭐가 중요하겠어."

"그렇기는 해도 제 말대로 하시면 안 되는데요."

"안 되기는 왜 안 돼. 김 공장장 말이 맞는 말인데."

"제 생각은 참고만 하시면 됩니다."

"참고…?"

"예."

"그래. 누구의 생각이냐가 아니라 그만한 가치가 있느냐가 중요해."

한참 배우는 학생들에게 하는 말이지만 누구 말이든 많이 듣고, 책을 많이 보고, 많이 써보고 하라지 않은가. 그런 점에서 선진기업을 창립해 이만큼 키워는 놓았으나 이제부터라도 새로움을 배우고 익혀할 것 같다. 물론 회사 경영 일선에서 물러나기로 말해 두기는 했지만 말이다. 그래, 김 공장장 말대로 참고로 하겠지만 생각을 해 보면 기업운영질서상 지시를 하고, 지시대로 움직이는 것이 맞겠지만 기업이 성장하려면 윗사람 생각을 내려놓고 아래 계층의 소리도 반영하는 게 옳을 것이다. 때문에 사외이사를 두기도 하고 회사 연구팀도 두기는 하지만 말이다. 모르는 기업인은 없겠으나 기업 경영자는 정말 똑똑한 참모를 두는 것이고 공부도 그만큼 해야 할 것이다. 그러니까. 실패한 기업, 성공한 기업, 그런 사례를 분석하는 것도 좋지만 스스로 판단은 한계가 있을 테니 기업컨

설팅회사 조언은 필수일 것이다.

"그렇기는 합니다만, 제품생산 라인은 제가 알아서 하겠습니다."

"그래야겠지. 알았네."

공장장으로 세우기까지는 능력도 있지만 믿을 만하니까 세운 게 아닌가. 그래, 전라도 출신은 충청도 출신이나 강원도 출신과는 달리 믿어만 주면 인정받고자 하는 것 같다. 꼭 그래서만은 아니나 믿고 채용했던 강원도 출신으로부터 돈을 떼인 일이 있다. 생각하기도 싫지만 거래처로부터 수금한 돈을 몽땅 가지고 줄행랑을 쳐 버렸다. 400여 명의 사원들에게 줄 한 달치 월급을 그래 버렸으니 월급을 주어야 될 입장에서 어떻게 되겠어. 월급날 4일밖에 안 남았는데. 여유자금이 단 얼마도 없는 상태에서 말이다. 그래서 기업이고 뭐고, 다 때려치우고 싶었다. 하지만 회사에 기대고 살아가는 사람들이 얼만가. 물론 나 혼자만 빠져나오면 되겠지만, 나는 누군가. 가정으로 보면 가족을 먹여 살려야 하는 가장이 아닌가. 그래서 급한 대로 이자가 비싼 사채를 얻어 썼다.

김근호 공장장과 얘기를 나누고 있다 보니 북한에서의 생각이 떠오른다. 누구든지 이겠지만 가장은 가족을 책임질 각오로 임해야 할 것이지만 아버지는 그것보다는 독립운동자금만 조달에만 힘쓰셨다. 아버지는 독립자금 조달하시다 일본 경찰에 붙잡혀 고문도 당하신 것 같다. 그런 고문 때문에 결국에는 고문 후유증으로 돌아가신 것 같다. 돌아가시기 전 하신 "돈을 많이 벌 수만 있으면 많이 벌어라. 그래서 가치 있게 써라. 남자는 그래야 한다. 그래,

이런 말을 집안일도 돌보지 않으면서 너한테 말하기는 좀 그러기는 하다. 그렇지만 하게 된다."는 말씀이 생각난다.

아버지 말씀대로 꿈을 안고 선진기업을 설립해서 사원 900여 명 정도이기는 하나 선진기업을 이만큼이라도 키워 왔고, 더 크게 키울 생각으로 있던 어느 날, 회사 고문(경찰조직에서 큰소리치던 남철상 씨를 회사 바람막이 고문으로 세움)이 말했다. '엄 사장.' '예.' '연세대학 경영학 출신인 내 친조카가 있는데 한번 써볼 생각 없소?' '그래요? 영업경력은 있고요?' '영업경력은 없지만 잘할 같아 추천하는 거요.' '그래요? 그러면 한번 봅시다. 그렇게 해서 믿거니 하고 영업사원으로 세운 것이 결과적으로 도둑을 세운 꼴이 되고 만 것이다. 때문에 기업 경영자로서 자신이 너무도 초라해졌다. 그때는 그랬지만 김근호 공장장은 업무상 돈을 만지는 영업사원이 아니기는 해도 수년을 지켜본 김 공장장은 틀림이 없어 보인다. 그래서 단둘이 저녁도 먹지만 말이다.

"사장님은 1.4 후퇴 때 오신 건가요?"

김근호 공장장은 회사에 관한 얘기만 해서는 사장님과의 얘기가 부드럽지 못할 것 같아 하는 말이다.

"아니야. 해방이 되고 얼마 안 있다가 왔어. 그건 왜 물어?"

"사장님 고향이 북쪽이라고 하시는 것 같아 그냥 궁금해서요."

"이봐, 김 공장장은 해방 후 출신이라 모르겠지만 해방이 되자마자 김일성이가 등장한 거야. 그건 김 공장장도 배웠잖아?"

"예, 배운 게 아니라 들어 알고 있습니다."

"그랬지만 김일성이가 누군지 처음에는 다들 몰랐어. 몰랐다가 토지몰수, 개인 기업을 국유화하게 된다는 말이 떠돌더라고."

"아, 예."

"나중에 알게 되었지만 그런 말을 듣고 보니 학교에서 배웠던 공산주의 사상이 생각나더라고."

"나중에, 라는 말씀은요?"

"매형이 말해 주기는 했어도 민간 기업을 국유화로 하게 될 것으로 보고, 재산정리를 하게 된 거야."

"그렇군요. 사장님은 그렇게 해서 남하하셨군요."

"그렇지, 그래서 부랴부랴 정리해 짐을 싼 것이 오늘인 거지."

"다른 사람들도 그랬고요."

"내가 아는 사람은 없어."

"그러니까 쉽게 오시기는 매형분 때문이시겠네요?"

"그렇지. 아버지도 안 계신 어려운 상황에서 매형이 챙겨준 거야."

"아… 그러셨군요."

"김일성 지도력을 설명하자면 공산주의는 계급사회를 타파하고 평등사회를 건설하기 위해 폭력행위를 포함한 시위 등의 여러 활동을 통해 프롤레타리아 정권을 이루어야 한다고 했어. 그래서 가진 자는 지배권을 가진 자로 볼 건데 많이는 아니나 우리 아버지는 독립운동자금을 대주기도 하셨어. 그래서 동네에서는 잘사는 집으로 알고 있는데 공산세력이 가만히 두겠어. 빼앗기고 말겠지.

우리 매형은 공부는 일본 와세다 대학에서 했는데 공산주의가 무엇인지 공부도 했나 봐. 그래서 판단을 해 보니 재산을 빼앗기기는 기정사실로 많은 재산은 아니나 빨리 처분하고 남하한 거지.”

우리나라가 해방은 되었다. 그러나 일본사람들이나 어쩔 줄 몰라 했을 뿐 평양시민들은 해방되었다는 만세나 불렀을 뿐인데 며칠 후부터는 느닷없는 소련 붉은 군대가 쳐들어와 페스티벌을 벌이기까지 했다. 페스티벌 행사까지 벌인 소련 붉은 군대를 학생으로서 이해 못 할 이유는 없다 해도 생각이 있는 사람들은 국가가 잘못 되고 있음이 직감을 했다. 소련 붉은 군대가 그렇게까지는 아마 러일전쟁에서 러시아가 무참하게 패한 쓰라림을 맛봤기 때문이리라 싶지만 여기서 생각해 볼 수 있기는 우리나라 화랑도 정신과 일본 사무라이 정신이다. 화랑도 정신은 국가를 위함이면 내 한 몸 바치겠다는 정의에 불탄 용감성이고 사무라이 정신은 국가를 위해 어디든 무찌르고 말겠다는 살벌한 정신이다.

동네 한 바퀴를 돌던 아버지가 사탕 가게 주인과 말다툼하는 아들을 보게 된다. 사탕 가게 주인은 아들에게 사탕을 훔쳐 먹었다고 우기고, 아들은 사탕 훔쳐 먹지 않았다고 우긴다. 그것을 본 아버지는 아들 억울함을 벗겨주기 위해 아들 배를 가른다. 아들 배를 갈라놓고 보니 사탕을 훔쳐 먹지 않음이 확인되자 아버지는 사탕 가게 주인 목을 치고, 자결한다,. 잔인한 얘기일 수도 있으나 이것이 정의에 불탄 화랑정신과 소위 막가파식 사무라이 정신이다.

“재산을 처분하자마자 곧바로 오신 거면 참 잘하신 거네요.”

"그렇지. 그러길 잘했지."

"그 덕 저도 보고요."

"김 공장장도 보고?"

"저를 공장장으로 세워 주셨으니 말이에요."

"김 공장장을 내가 세웠나, 자네가 만든 거지."

"감사합니다."

"감사는 김 공장장이 할 게 아닌 것 같네. 그건 그렇고 공산주의 체제에서는 못살 것 같으니 남으로 내려가야 한다고 우리 매형은 장모인 우리 모친에게 그렇게 말하더라고. 그런 말을 들은 우리 모친은 걱정을 하시더니 대학 공부를 일본에서 한 사위가 모르고 말하겠는가, 그런 생각이셨는지 그래 내려가자 해서 내려온 거야."

"그러셨군요."

"아무튼, 그렇게 된 거야."

"그러시면 북한에는 친인척이 없으신가요?"

"먼 쪽은 있어도 가까운 친인척은 없어."

"그렇기는 해도 고향에서 사시던 기억 때문에 삼팔선이 무너지기를 누구보다도 바라시지요?"

"그거야 말해 뭐해."

"제가 엉뚱한 말을 했습니다. 죄송합니다."

"아니야. 죽었는지 살았는지는 몰라도 다정했던 친구들도 있기는 해."

그래. 편지만이라도, 아니면 간접 소식만이라도 있으면 좋으련만 그렇게 될 가능성은 나이만 먹는다.

"삼팔선이 무너지는 날이 오기는 할까요?"

"삼팔선이 무너지는 날…?"

"예."

"글쎄 삼팔선이 무너질 날이 언젠가는 오지 않겠어. 그렇지만 고향을 그리워하는 사람들 죽기 전에 무너져야 할 건데 그렇게 될 가망은 현재로서는 전혀야."

"엉뚱한 생각이지만 삼팔선이 무너지게 될 경우 북한에다도 공장을 세우실 건가요?"

"이런 공장을 북한에다 세울 거냐고?"

"예…."

"그런 생각은 해 본 일이 없었는데 김 공장장 말을 듣고 보니 달콤한 말일세."

다른 사람도 그렇겠지만 세상에 태어나 고등학교까지인 고향은 뼛속까지 고향이다. 때문으로든 기회가 주어져 공장을 세운다면 얼마나 좋겠는가. 아니, 공장 세울 길이 생겼다는 말만 들어도 잠이 안 올 것 같다. 아, 삼팔선이여!

"제가 사장님의 마음을 아프게 하는 말을 꺼냈는지 모르겠습니다."

"아니야. 현실적으로는 불가능한 일이지만 괜찮은 생각이야."

"북한은 사기업이 없다고 하는 것 같은데, 그게 사실일까요?"

"나도 말만 듣고 있어서 잘 모르겠지만 우리나라처럼 민주노총 같은 노동자대회가 없다면 사기업이 없지 않겠어."

"생각인데 기업을 경영하시는 사장님 입장에서 노조는 있어야 할까요?"

"그 얘기까지 하려면 술 한 잔 더 해야겠네."

엄 사장은 그러면서 공장장이 따른 소주 반 잔쯤을 홀짝 마신다.

김근호 공장장과의 얘기가 길어진다.

"사장님!"

"그래."

"지금은 아니나 저도 평사원이었다면 노조원에 가입했을 겁니다."

"노조 가입…?"

"예."

"노조 가입을 마음보가 나쁜 사람만이겠는가. 마음에는 없어도 다들 가입하는데 나만 노조에 가입을 않게 되면 왕따가 될 거라는 심리 때문에라도 노조에 가입하게도 되겠지 나는 그렇게 생각해."

"노조설립 본 취지는 머슴 같은 대접을 받지 말자는 것 같은데 이상을 벗어난 것 같습니다."

"그러면 김 공장장은 노동조합 설립에 관한 책은 봤는가?"

"그건 아닙니다."

"그러면 김 공장장 혼자 생각…?"

"제 생각이지만 그렇습니다."

"회사 경영자로서 노동법을 몰라서는 안 되겠다 싶어 알기 쉬운 부분만 좀 보기는 했는데 지금의 노조 활동은 노동법을 거의 무시한 형태야."

"그렇기는 합니다. 정부에 삿대질까지 하고 있으니까요."

"그렇게까지는 내가 말하기는 아닐지 몰라도 회사 경영자도 아닌 면이 있기는 해."

"아까 드린 말씀대로 비록 노동자이기는 해도 근로자 대접을 해 달라는 그런 노조인 것 같은데 오늘날 노조는 그것을 넘어선 것 같습니다."

"그래, 말도 안 되는 정부 퇴진 요구까지 하고 있기도 하지."

"그래서 생각인데 기업 경영은 장사를 잘하느냐에 있어 사원 관리도 중요한 것 같습니다."

"사원 관리…?"

"예, 사원 관리는 기업 경영을 사원들이 인정하게 하는 것입니다."

"그러면 김 공장장이 생각하는 기업 경영은?"

"대기업 경영에 있어서는 매우 어렵겠지만, 유한양행 설립자처럼 하는 것입니다."

아니, 엄 사장님이 내 생각을 듣고자 한다 해도 그렇지. 공장장 뿐인 사람이 너무 나간 건방진 말을 하고 있지 않은가. 김근호 공장장 표정은 정상적이지 못하다.

"유한양행 설립자처럼?"

"죄송합니다."

"아니야."

"제가 너무 나간 말을 했습니다."

"김 공장장 말이 맞아. 내가 말했는지 몰라도 돈 많이 벌어 잘살아 보자고 선진기업을 세운 게 아니야. 우리 선진기업사원들이 선진기업을 개인 기업처럼 여기고 근무하는 것을 보고자 함이야."

"사장님, 감사합니다."

"진심이야."

"감사합니다."

"감사가 다 뭔가. 저녁을 김 공장장과 단둘이 하게 된 것은 전라도분들이 들으면 기분 나빠할지도 몰라. 조심스럽지만 김 공장장은 많이 달라."

"저라고 다를 게 있겠습니까. 마찬가지지요."

"다시 말하지만 기업인들 얘기를 들으면 전라도 사람들은 경계대상으로 보는 것 같아."

그래, 전라도 사람들을 경계대상으로 볼 수는 없다. 그렇게 보기는 강성노조의 선구자라고 해도 될 전태일은 대구 출신이기 때문이다.

"경계대상이요?"

"극히 일부이기는 하겠지만 심지어 정부조직을 흔들자는 것은 문제야."

"이런 문제에 있어 노조를 순화시킬 방법은 없을까요?"

"나도 기업인이지만 생각을 해 보면 기업인이 강성노조를 만들었다고 보는 입장이야."

"그러니까 기업인 책임이요?"

"돈을 벌자는 기업인이지만 사실까지 왜곡할 수는 없어."

"사장님은 좀 별나십니다."

"별나다고?"

"예, 지금 하시는 말씀은 아무나 못하는 말씀입니다."

"칭찬까지 들을 건 아니야. 이런 말까지는 김 공장장에게 미안한 말이나 나도 돈을 벌겠다는 생각에서 벗어나지 못해."

"말씀드린 대로 기업은 자선단체가 아니지 않습니까."

"그래, 돈을 벌자에 있기는 하지."

기업인으로서 기업 목적을 사회에다 두겠다는 정신은 당연하나 상대 기업과 경쟁을 벗어날 행동은 조폭의 태도다. 그래, 참 기업인이기까지는 어렵다 해도 세금은 속임이 없어야 하고, 일터를 넓혀야 하고, 근로자들 후생복지에 힘쓰라는 말 무시는 안 할 거다

"그러나 그게 어디 쉬운 일이겠습니까."

"쉬울 수 없는 일이기는 하지."

"자녀분들을 다 가르친 사장님은 아니실지 몰라도 부양해야 할 가족도 있고, 나 몰라라 할 수 없는 친인척도 있는데요."

"나도 기업인이니까 유한양행을 설립한 유일한 씨를 기업인의 모델로 해야 할 건데 나는 그를 모델로 할 자신이라고 할까, 미안하지만 그런 배포가 없어."

"유한양행을 설립한 유일한 씨 생각은 아무나 할 수 있는 게 아닌 것 같습니다. 사장님."

"그런데 말일세…."

"…."

엄 사장이 말을 쉽게 못 하는 것은 무엇 때문일까? 물론 회사 일이겠지만 말하기 쉽지 않다는 얘기가 아닌가.

"이런 말은 누구한테도 안 한 말인데 선진기업을 자식에게 물려주어도 될까?"

"기업을 자제분에게 물려주시는 문제요?"

"그래, 기업을 물려주는 문제."

"당연하지요. 국가가 운영하는 공기업도 아닌데요."

"그렇기는 하겠지만 마음은 편치 않네."

"누리는 것 같아서요?"

"그렇지."

선진기업으로 해서 4남매 다 유학도 보내주었고, 모두는 아니나 시집 장가도 보내주었고, 집도 사주었으니 말이다. 기업인으로서 그 정도는 당연하다 할지 몰라도 어쩐지 떳떳하지 못해서다.

"외람된 말씀이나 기업을 물려주실 분은 자제분 중에 누구세요?"

나는 공장장일 뿐이다. 저녁을 먹자고 불러나왔고 얘기가 길어지기까지 했는데 불이익이야 있을까마는 선진기업을 물려받게 될 후임 사장도 모시게 될지도 모르겠다는 생각에서 나온 말이다.

"후계자?"

"예, 다음에 선진기업을 맡아 운영하실 자제분이요."

"기업을 누군가에게는 물려주어야겠지. 그래서 조만간 결정을 내릴 건데 김 공장장은 우리 아들들을 봤지?"

"예, 작은 자제분은 근무 중이니까 알지만 다른 자제분들은 얼굴만 알지요."

"그래? 그러면 관심까지는 아니어도 공장장이 보기에는?"

"차기 경영자 생각은 못하지요."

"그렇기는 하겠지. 묻는 내가 엉터리네."

"저는 기업인의 생리까지는 몰라도 기업인은 용감해야 한다는 생각만은 가지고 있어요."

"용감?"

"예."

"그렇겠지. 말이 될지 몰라도 군대용어로 수백 명, 수천 명을 거느리는 장수일 수도 있지."

"그렇습니다."

그래요, 저는 어느 자제분이 선진기업을 이끌고 나갈 후계자의 공장장으로 있는 한은 제 역할만 할 수밖에 없습니다. 그렇기는 해도 기업 경영은 용감하게 이끌어야 가야 한다는 생각만은 가지고 있습니다.

"수백 명, 수천 명을 거느리는 장수일 수도 있다?"

"아니에요, 말씀하셨으니 제 생각을 더 말씀 드린다면 기업 경영은 일종의 전쟁이 아닐까 해서 외람된 말을 드린 것입니다."

"김 공장장 말 맞아. 당연히 전쟁일 수 있지."

"기업 경영에 있어 한시도 느긋한 생각을 가질 수 없어 잠도 설칠 때가 있었다고 하셨던 적도 있습니다."

"내가 그런 말까지 했었나?"

"말씀하셨어요. 그런데 사장님…!"

"그래."

"저는 공장장일 뿐이지만 선진기업 운영에 대해 생각을 해 봤어요. 외람되지만요."

"외람은 무슨 외람까지. 아니야."

"기업 경영에서 발전해 나가려면 현재 상황을 잘 헤쳐나가는 것도 중요하겠지만 그보다는 앞으로 변할 기업 세계를 예상해서 고급 두뇌를 불러들이는 것이라고 저는 생각합니다. 물론 우리 선진기업은 전혀 새로운 것이 아니라 다른 회사 요구 제품을 생산하기에 고급 두뇌가 필요 없을 줄 압니다. 그렇지만 이건 사실인지는 몰라도 기업에서 연구원을 모집할 때 연·고대 수석들보다는 서울대 꼴찌를 찾는다고 합니다. 주제 넘는 말씀일지 몰라도요."

"아니야. 일리가 있는 말이야. 그렇기는 하나 부장 정도의 대우를 해준다 해도 모집이나 되겠어?"

"회사 이미지 때문에요?"

"그렇지, 이미지…."

"생각을 해 보면 그렇기는 합니다."

중요한 말은 아니나 김근호 공장장은 장단 맞춰 드리자는 의미
로 하는 말이다.
　"제품으로 말하면 유명 브랜드 회사…."
　"유명 브랜드 회사… 그렇겠네요."
　"어떻든 우리 선진기업이 커지기는 했으나 기업 하기가 지금보다
더 어려워질 수도 있겠다는 느낌이야."
　"그런데 제가 공장장이 된 것이 궁금합니다."
　사실이다. 생각으로는 말도 안 될 지방색 때문에 홀대받기도 할
전라도 출신이기 때문이다
　"공장장 된 것이 궁금하다니…?"
　"공장장이 되고 싶다고 제가 말한 것도 아니라서요."
　"그러면 김 공장장 말대로 공장장이 되겠다고 해서 공장장이 된
사람도 있을까?"
　"그럴 수는 없겠지요."
　"전임 공장장이 건강 때문에 그만두겠다고 해서 이루어진 일이
기는 하나 이사진에서 세운 거야."
　"사장님은 그렇게 말씀하시지만, 저는 다 압니다."
　"알기는 뭘 알아!"
　"저를 아시는 분은 사장님밖에 없다고 생각돼서요."
　"뭐…?"
　"사실입니다. 물론 일 시키시는 과장님이 계시기는 했어도요."
　"그런 말을 해서 생각인데 이사진들에게 사실은 말했어."

"무슨 말씀을요?"

"세무조사가 불시에 닥쳤을 때의 얘기."

"그러시면 회사 인사권을 독단으로 결정하는 게 아니시군요?"

"인사권…?"

"예, 인사권이요."

"그래. 회사 인사권을 독단으로 한다고 말할 누구도 없을 거야. 공기업도 아니고."

"당연하지요."

"생각을 해 보면 그렇기도 하지만 사외이사까지 둔 대기업도 아닌, 어디까지나 개인 기업인데 말일세."

"아, 예."

"말 안 해도 김 공장장은 알 것이지만 회사를 세우기는 많은 돈을 벌자는 데 있다면 인사 배치는 매우 중요한 것은 말할 필요가 없지 않겠어? 평사원 채용도 중요한데 지휘를 해야 될 자리에 서 있을 사람을 쉽게 세울 수는 없지 않겠는가. 그만한 능력자인지를 꼼꼼히 살펴 세우게 되는 게지. 때문으로 사장 혼자 생각으로는 아닐 수 있어. 회사 이사진들 의견을 존중하자는 데 있고."

"그런 문제는 저도 알고 있는데, 왜 꼭 저를 세우셨는지, 입니다."

"아니라고 말했지만 김 공장장은 우리 선진기업을 위해 와준 사람 같아."

"무슨 말씀이에요, 아니에요."

"공장장이야 아니라고 하겠지만 나는 그리 생각해."

언 사장은 칭찬의 말을 해놓고 김근호 공장장의 표정을 본다.

"칭찬의 말씀까지는 아닙니다, 사장님."

"미안하네. 면전에서 할 말은 아닌데…."

"감사합니다. 더 잘하라고 하시는 말씀으로 저는 알겠습니다."

"공장장이야 어떻게 받아들이든 기업은 이문(이익)이 절대적일 수 있어 그렇지만 회사를 이끌 인재들이 포진되어 있어야 해."

"그렇기는 하지요."

기업 하기 쉬운 기업이 세상에 어디 있겠습니까. 그 어디에도 없을 것입니다. 기업 성장이 둔화 조짐만이어도 위기는 아닌가. 해져 조마조마해진다. 그래서든 예상치 못한 일은 항상 존재해서 국제적 악제가 돌발하게 되는 날엔 기업 문 닫기는 하루아침이겠지요. 제가 그걸 모르고 드리는 말씀은 아닙니다. 사무직이 아닌 제품생산 라인을 총괄하는 공장장 입장이나 얘기하고 싶은 것들도 있습니다.

"김 공장장도 느낄지 몰라도 월급을 주어야 될 날은 어찌나 급하게 오는지 몰라. 그래서든 수금이 잘 안 되면 잠도 안 와. 물론 은행 문이 열려있기는 해도."

"그러시겠지요."

"월급 얘기가 나왔으니 생각나는데 김 공장장이 우리 선진기업 오기 전에는 과장급 이상은 2개월까지 월급을 못 주기도 했어. 그래서 하는 수 없이 살던 집을 팔아 전셋집으로 나앉기도 했지."

"그때는 사모님도 많이 힘들어하셨겠습니다."

"힘들었겠지. 말까지는 안 들었어도."

"회사가 잘 되는가 싶다가 전셋집으로 나앉기까지면 걱정을 많이 하셨겠네요."

"걱정했겠지."

"회사 경영은 화려한 것 같지만 사실은 아니네요."

"아니지. 그래서 말이지만 마누라 옆에 가고 싶어도 미안해서 못 가게 되더라고."

"허허."

엄 사장 말이 아니어도 사업하기가 너무 어려워 남편이 힘들어할 때 위로 차원으로 남편을 끌어안아 주면 용기가 날 텐데 아내들은 그걸 왜 모를까? 남편을 끌어 않기가 몸이 뜨겁지 않다면 다리만 들어주어도 될 건데 말이다. 돈이 드는 것도 아니고, 손해 볼 것도 없는데 말이다. 그래, 사업이 아니라도 일이 잘 안 풀리거나 할 땐 제일 먼저 봐 지는 게 아내 표정일 것이다.

그래서 말이지만 남편이 힘들어할 때는 아내 역할을 무시하지 말라. 다. 음식으로도 말이다. 냉장고에서 꺼낸 음식 말고. 남편이 힘을 얻으면 효과는 누가 보겠는가. '그렇다고 너무 심란해하지는 말아요.' 돈으로는 살 수 없는 아내의 따뜻한 말. 남편들마다 바라지 않겠는가.

"기업 시작이야 30년이 다 되어 가지만 아직 환갑도 안 된 나이 잖아."

"아직은 아들딸도 두실 만한 연세이지요. 아이고… 헛말 했네요."

"아니야. 그런 말도 김 공장장한테 듣게 되네. 그래, 오늘은 여기서 끝내고 또 만나자고 하면 나오겠는가?"

"또 부르시게요?"

"어렵다면 하는 수 없고…."

엄기성 사장은 공장장을 만나러 갈 때처럼 택시를 이용해 집에 들어간다.

"아니, 오늘은 좀 늦으시네요."

기리던 엄기성 사장 아내 말이다.

"그래요, 공장장과 얘기를 나누다 보니 좀 늦었소."

"아니, 오늘은 회사 승용차가 아니고 택시를 이용하신 것 같네요?"

"사장이기는 해도 택시를 이용할 수도 있지요."

"공장장과는 처음이 아니잖아요?"

"개인적으로는 처음이요."

"김 공장장은 전라도 사람이지요?"

"전라도 사람…?"

"예."

"전라도 사람이 무슨 상관이에요."

"그렇기는 해도요."

"전라도 출신이라고 달리 볼 필요는 없어요."

"오늘은 기분이 좋아 보입니다."

"다른 때는 그렇게 안 보였어요?"

"그동안은 말씀도 잘 안 했잖아요."

"내가 그랬던가."

"그건 그렇고, 공장장과 얘기를 나눴다면서 마음에 들어요?"

"마음에 들고 안 들고가 어디 있겠소. 공장장으로서 자기 일만 충실히 하면 되는 거지 안 그래요?"

"그렇기는 해도요."

엄 사장 아내는 그러고서 엄 사장 표정을 본다.

"기분이 좋아 보여요?"

"예."

"기분까지는 몰라도 그동안 몰랐던 얘기를 김 공장장으로부터 듣기도 했소."

"회사 경영 문제도요?"

"그렇지요."

"다행이네요."

"다행일 수 있겠어요. 생각을 해 보면 그동안 회사 운영을 혼자 생각으로만 했던 것 같아."

"그래요?"

"고마운 말이나 그만한 소득도 얻게 되었소."

"공장장으로부터 소득 있는 얘기를 들었다고요?"

"대단한 소득은 아나나 회사 경영자로서 평사원들 생각도 듣는 기회도 만들 필요가 있겠다, 김 공장장은 그러데요."

"그러면 작은 소득이 아닌 거네요."

"그렇지요. 그동안 듣지 못했던 얘기도 들었으니까."

"엄 사장은 기업 설명회에도 참석했잖아요. 부부라고 해서 나도 참석했지만 말이요."

"그랬네요."

"엄 사장은 여자라고는 세상에 마누라인 나밖에 없지요?"

"그러면 나더러 바람을 피우라는 거요?"

"그건 아니지만…."

회사를 경영하는 남편 마음을 부드럽게 하는 것은 아내로서 당연하지 않겠는가. 그걸 모르고 하는 말이 아니다.

"얘기가 엉뚱한 데로 흘러갔군. 공장장 말을 듣고 든 생각인데, 기업 경영수업도 받고 그래야겠어요."

그동안은 내 머리가 좋다는 생각으로 지시만 했는데 공장장 말을 듣고 보니 그게 아니라는 생각이다. 기업 경영에 있어 남의 말을 들을 기회가 많지 않지만 말이다.

"회사 경영수업이요?"

김근호 공장장이 무슨 말을 했기에 소득이니, 기업 경영수업이니 하는 말까지 할까? 그래. 다들 아는 얘길 테지만 걸어가는 세 사람이 있다면 그중에 한 사람은 스승이 있다는 말도 있기는 하다. 그래서 말인데 서울대 나온 사람들치고 남의 말은 무시 안 하는 사람 별로 없단다. 본인이 들으면 화낼지 몰라도.

"앞서도 말한 것 같은데 듣는 기업인이 돼야겠다는 생각이 번쩍 드네요."

"그래요?"

"생각을 해 보면 지시하는 사람 머리가 제일인 줄 알고 있어요. 내가 바로 그런 사람은 아니었나 싶기도 하네요."

이런 문제가 아니어도 세상에 가장 바보는 귀를 열지 않는 사람이다. 서울대 출신들은 새겨들어야 한다.

"지시 말이 나왔으니 북한 통치자 생각이 나는데 온통 지시잖아요."

"그렇지요. 물론 보도내용만이지만 말이요."

그래, 모두라고 말할 수는 없어도 회사 경영인들마다 지시로 뭉쳐 저 있다고 보면 될 것이다. 그것이 무너진다면 회사가 문을 닫게는 일이 될 수도 있다는 위기감 때문이라도 말이다.

"그래요."

"들은 말인데 사장은 기업 대표자라고 그런 것 같던데요."

"그래요, 기업 대표이지요."

엄 사장 말이 아니어도 북한이 가난한 이유는 지시체계일 것이다. 그래서든 남편의 고향은 북한이다. 때문에 엄 사장은 고향 생각도 하게 될 것이다. 그래, 봐도 그만 안 봐도 그만인 친인척들도 친구들도 있을 것이다. 그분들이 노동당 당원으로 출세를 했으면 또 모를까. 그렇지 못하다면 김일성 동상 앞에 꽃다발을 바치면서 절을 해야만 할 것이고, 집에 걸어놓은 김일성 부자 영정에다 걸레

질도 하지 않을까 싶다. 괜한 걱정이기는 해도.

"나는 사장으로서 앞으로 해마다 두 번씩은 아이디어를 내게 해서 포상도 할까 하는데 임자 생각은 어때요?"

"임자요?"

"당신이라는 말은 이제부터는 안 쓸 거요."

"고맙다고 해야 할지는 몰라도 일단은 고맙습니다. 그건 그렇고 엄 사장은 회사를 누구한테 물려줄 건가요?"

느닷없는 물음이 아니다. 남편은 아내인 나를 만나기 전부터 회사 경영을 했으니 이제는 선진기업 일선에서 물러날 나이가 됐기 때문이다.

"누구까지는 아직 고민이네요. 성공한 기업인으로서 어쩌면 기분 좋은 고민일 수도 있지만. 임자 말대로 나도 어느새 환갑이 다 돼가네요. 환갑까지는 아직도 3년이나 남기는 했어도요."

"고민이야 되겠지만 막내는 아니실 테고. 승원이, 승진이 둘 중 누구한테든 생각에 두었지 싶은데, 아니었어요?"

"임자는 엄마로서 어느 녀석이 더 괜찮을 것 같소?"

"회사는 장남에게 물려주어야 되는 거 아니에요?"

기업을 장남에게 물려주는 것은 상식일 수 있어서다. 우리 선진기업도 그게 순리일 것 같다는 엄 사장 아내 말이다.

"장남이요? 가업은 장남이 맞지만 기업은 경영능력을 봐야 해서 생각 중인데 당신은 누가 더 나을 것 같아요?"

"누구까지는 생각 못했는데, 둘째가 좀 야무진 데가 있기는 해요.”

“엄 사장은 그렇게 보여요?”

“학교는 경영학을 안 했지만요.”

“그래요.”

“일단은 장남에게 생각을 해두고요.”

“선진기업 후계자 생각에 있다면 당신도 이젠 환갑이 돼 가네요.”

“그러니까 늙어간다고요?”

“그러면 안 늙어가요.”

“그러네요. 우리 선진기업 시작이 얼마 안 되는 것 같은데…”

엄 사장 아내는 거울에 비친 얼굴까지 본다.

“내가 없으면 못살 것처럼 엄 사장은 그동안은 그랬는데 요즘은 아닌 것 같아서요.”

“내가 그렇게까지요?”

“사실 당신이 나를 가까이하지 않으려고 해서요.”

“안 그러는데요.”

“그러면 우리 아들 하나 더 둡시다.”

“아들 하나 더 두기는, 나도 오십 대 중반이요.”

“그걸 모르고 하는 말은 아니요.”

나이를 먹어서까지 젊음을 과시하려는 것은 변태처럼 보일까 봐 아닌 척은 하나 남자들은 생리가 끊어진 여자들과는 달리 토실토실한 여자 엉덩이가 보이게 돼 있어요. 그것이 자연인지는 몰라도요. 그래서 인간 사회에 여자들 엉덩이가 절대 필요한 거요. 이런 문제에 있어 아니라고 한 사람도 있을지 몰라도요. 엄 사장은 그런 말도 하고 싶을 것이다.

그래, 부부란 어떤 가치를 지니고 있는지 설명까지 필요 없을 것이나 결혼했다면 어디 자식을 두자에만 있겠는가. 수시로 나타나게 되는 생리현상도 해결 하자에 있는 게지. 이런 문제에 있어 아내들은 참고로 하시라. 내가 싫으면 그만이 아니니.

"그런 말 그만하고 더 늙기 전에 나 한번 여행시켜줄 마음 없어요?"

"아… 그렇구먼."

"여행 말을 하고 보니 나도 나이가 그만큼 먹었다는 증거네요."

"여행 말 나왔으니 가고 싶다면 어디로요?"

아내의 여행 얘기가 처음이기는 하다. 그래, 그동안 회사 일에만 열중했다는 게 미안하다. 그럴 것이다. 아내는 자식들 학교문제로든, 가정주부로서든 가정 외적 일을 생각이나 했겠는가.

"멀리는 말고 제주도나 한번 가보고 싶네요."

"제주도 말고 중국은 어때요?"

"중국이면 어디에요?"

"유명하다는 황산이요."

"중국까지는…"

"그러면 중국이 멀다는 거예요? 제주도보다는 멀지만 4시간 거리밖에 안 된다고 하데요."

"그러면 며칠이요?"

"한 일주일 정도로요."

"아이고…"

"아이고, 라니요?"

"젊다면 또 몰라도 그렇게까지는 안 되고 2박 3일도 힘들 것 같은데…"

여행도 해본 사람이 한다는 말도 듣는다. 물론 나이 먹은 사람들 얘기이기는 해도 말이다. 그래, 일주일 말은 나를 위해 하는 말일 게다. 그동안 여행 한번 시켜주지 못한 미안함에서 해지는 말일 것이나 나이 먹은 사람 긴 여행은 독이 되기도 한단다. 2박 3일로 말한 것은 그래서다.

"젊다면 또 몰라도요?"

"나도 그렇지만 엄 사장도 마찬가지잖아요."

"난 아직인데…"

"마음이야 아직이겠지요. 그렇지만 몸은 벌써 노인이지요."

TV에 나온 건강박사급들은 건강 차원의 운동을 말한다. 그렇지만 신체 조건의 맞춤형 운동이라야지 그렇지 않은 운동은 수명을 단축시킬 수도 있다는 것을 몰라서는 곤란하다. 운동선수들치고 나이를 먹어서까지 건강한 사람 없고, 힘자랑하는 사람 장수한 사람 없음을 보면 말이다. 때문에 만보기도 생각해 볼 일이다.

"임자 말이 아니어도 당연히 젊은 것은 아니지요."

"그건 그렇고, 공장장은 전라도 사람이라고 했지요?"

"전라도 사람이지요. 그런데 왜요?"

"왜요가 아니라 전라도 출신 직원이 책상을 뒤엎고 해서 전라도 출신은 싫다고 그런 말을 엄 사장이 한 것 같아서요."

"내가 그런 말까지 했을까요?"

"사원 채용할 때 전라도 출신인지를 봐야겠다고 말했으면서 김근호 공장장은 아닌 것 같아하는 말이에요."

"내가 그런 말까지 했던가요?"

"얼마 전에 해놓고도 기억이 안 나요?"

"그러면 치매…?"

"치매는 말도 안 돼요."

"그런데 상고 출신이 이력서를 냈는데 자재 한명규 과장 때문에 어쩔 수 없어 채용했어요."

"한명규 과장이 어때서요?"

"한명규 과장이 회사를 그만둬야겠다면서 상고 출신이라야 한다고 말해요."

"그러니까 부기도 할 줄 아는 사람이라야 한다는 거 아니에요?"

"그렇기도 하지만 인상을 보니 일을 맡겨도 되겠다는 거요."

"그러니까 김근호 공장장은 한명규 과장이 세운 거나 다름없네요."

"그렇게 말해도 틀린 말은 아니지만, 김근호 공장장이 계장일 때 기억이요."

"그러면 꽤 오래전 일이네요."

"그렇지요. 초창기로 보면 될 거요. 어느 날인지 날짜까지 기억은 없어도 세무조사가 불쑥 나온 거요."

"불쑥이라면 당황했겠어요."

"당황했지요."

"세무조사를 받을 만한 이유는 있었고요?"

"없었어요."

"불쑥이든 아니든, 세무조사는 혼자는 아니었을 것 아니요."

"혼자는 아니었지요."

"그러면 몇 명이나요?"

"세 명이 왔는데 다짜고짜 재무 관련 서류를 보자는 거요."

"회계장부가 중요한 거 아니요?"

"세무조사이기는 해도 회계장부까지는 아닐 줄 알았어요."

"그러면 왕초보 기업인…?"

"세무조사를 받아본 기억이 없기도 하지만 느닷없는 세무조사라 어리둥절하고 있는데 장부를 보자는 거요."

"그래서요?"

"그래서 한명규 과장은 가만히 있고, 김근호 계장이 회계장부를 가지고 나와요. 그것도 당당하게 말이요."

"숨길이 없다면 당당해야 하는 거 아니요?"

"세무공무원은 그 장부를 보더니 입고와 출고가 딱 맞아 떨어지지 않은지 '사장님이시지요?' 하면서 나에게 물어요. 그래서 '맞습니다.' 했더니 '자재 장부작성은 제가 하기에 사장님은 모르십니다.' 김근호 계장은 그러는 거요. '그러면 자재 입고는 있는데 출고는 없는 것은 왜지요?' '일이 바쁘다 보니 기록까지는 아직입니다.' '그러면 출고되지 않은 제품은 어디 있어요?' '창고에 쌓아두었는데 보시겠어요.' 김근호 계장이 그렇게 말하더군. '확실해요?' '확실한지 직접 보세요.' '아니요, 다른 곳도 가야 해서 여기다 도장이나 한번 찍어주세요.' 세무공무원이 그러는 거요. '그렇게는 못해요. 아닌 것에다 도장 찍을 수는 없어요.' 김근호 계장이 그러는 거요 '그래도 다녀갔다는 표시라도 해야 해서입니다.' '그거는 세무사님들 사정이고 우리는 그럴 수 없습니다.' '회사에 지장은 없어요.' '그래도 안 돼요.' 김근호 계장은 끝까지 버티자는 작전인 거요. 그래서 '회사에 지장이 없다는데 도장 한번 눌러주지.' 했더니 '도장을 찍어줄 마음이시면 사장님이 찍어주세요. 저는 자재 담당 책임자라 그럴 수는 없어요.' 그렇게 단호하게 말하는 거요."

"그래서 공장장으로 세운 거네요?"

"세무사들은 '허허… 알았습니다.' 하고 가데요."

"그랬으면 김근호 계장이 잘한 거네요."

"잘했는지 몰라도 '김 계장 자네는 무슨 배짱이야.' 하니 '아닌 것은 아니라고 했는데 그게 배짱인가요.' 해서 '그래, 김 계장 말이 맞는 것 같네.' 그렇게 말했지요."

"그러니까. 엄 사장은 그때 김근호 공장장을 괜찮은 사람으로 봤다는 거잖아요?"

"괜찮은 사람으로 봤으니까 공장장으로 세운 거지요."

"그러면 자재 계장에서 공장장까지는 몇 년 만에요?"

"몇 년이 아니라 앞에 있던 공장장이 몸이 점점 안 좋아 그만두어야 할 것 같다고 하더군."

"김근호가 괜찮은 사람으로 봐졌다 해도 계장을 공장장으로까지는 안 되잖아요?"

"몸이 안 좋다는 공장장의 말을 듣고는 김근호 계장을 부장으로까지 올려주었고 다음 해 말쯤에는 이사직으로 올려 공장장으로 세워지게 된 거지요."

"그랬어도 말하는 사람 없던가요?"

"속으로는 아니었을지 몰라도 말하는 사람 누구도 없었어요."

"사장한테 말할 사람 누가 있겠어요. 당연히 없겠지요."

"그런데 다음 날 들은 얘기로는 김근호 공장장이 계장들까지 모여 놓고 말했나 봐요."

"뭐라고요?"

"회사방침이기는 하나 회사직급으로 한참 하급이었던 제가 공장장이 된 것은 저 스스로도 많이 어색합니다. 그래서 여러분들에게 이렇게 저렇게 합시다. 그런 말을 하기가 어려울 것 같습니다. 그래서 말인데 어떤 일에 있어 제가 지시가 아니라 회사방침인 것으로 하시면 합니다. 대신에 회사에 요구사항이 있으면 언제든지 말씀해 주십시오. 그러나 제 생각만으로 아닐 같으니 의견이 있으면 언제든지 얘기하세요. 그것은 과장, 부장이 곤란을 겪었다는 말도 들었기 때문입니다. 그런 점도 참고로 하시되 계장은 과장에게 과장은 부장에게 그런 단계적 절차를 무시하지 말기를 바랍니다. 그래요, 개선했으면 하는 근로조건 얘기가 없다 해도 공장장은 현장 근로조건이 더 좋은 조건으로 개선에 앞장서는 것이 맞습니다. 회사운영방침에 따르는 것도 중요하겠지만 말입니다. 아무튼, 앞으로 잘해봅시다.' 이렇게 말이요."

"김근호 공장장 나이는요?"

"나이는 왜요?"

"그냥이요."

"그냥이라니요, 싱겁게…"

"싱거운 게 아니라 손주들이 고등학교에 올라가기도 해서 나도 이제 늙어 가는가 싶네요."

"나이만 늙을 뿐 예쁘기는 변함이 없는데 그러네요."

"나이만 늙을 뿐 예쁘기는 변함이 없다니요?"

"사실이에요."

그래, 손주가 고등학생이니 할머니가 아닐 수 있겠는가. 그렇지만 처가 내력으로 봐야 할지는 몰라도 아내는 할머니로 말하기는 다른 여자들에 비해 아직도 곱기만 하다. 곱다는데 싫어할 여자는 없을 것이나. 나이에 걸맞아야 할 것이다. 남편도 마찬가지이겠지만 아내가 곱다는 것은 기분 좋은 일일 것으로 누구든 바람일 것이다.

"늙어 보인다는 말보다는 듣기에 나쁘지는 않네요."

"사실이요."

"엄 사장 표정을 보니 사실이 아닌 것 같은데요?"

"내 표정이 어때서요."

"선진기업을 자식에게 물려줄 생각으로 있는 엄 사장을 보니 마음은 편치 못해 보여서요."

"아니, 선진기업을 자식에게 물려주는 것이 마음 편치 못하다니요?"

"마음이 편치 못할 것 같다는 말은 다름이 아니라 그만큼 늙었다는 얘기에요."

"늙고, 안 늙고보다도 기업 경영에 있어는 나는 과거 사람이라는 생각이 드네요."

"그렇게까지요?"

"기업 경영도 변하는 시대를 따라야 한다면 자식에게 물려주는 게 맞지 않겠어요."

"승원아!"

회사를 물려주기는 특별한 능력이 아니고는 대체로 장남에게 물려준다. 그렇지만 자식들에게 의견을 들어보고 결정해야 잡음이 없을 것이다. 기업 경영 문제는 생각처럼 간단치가 않아 엄기성 사장은 맏아들 승원이를 불러 앉힌다.

"예."

"너 요즘도 바쁘냐?"

"그렇진 않은데, 왜 그러세요?"

"우리 선진기업을 그동안 내 마음대로 이끌어 왔는데 이제부터는 네가 좀 맡아줄 수는 없을까 해서다."

그런 생각은 얼마 전부터 가지고 있었으나 애기를 꺼내려고 하니 마음이 좀 이상하다. 그래, 가정사도 아니고 900여 명의 사원을 거느리는 기업체인데 심부름시키듯 할 수는 없겠지만 말이다.

"그러니까, 기업 경영권을 말씀하시는 거죠?"

"그렇지."

"언젠가는 말씀을 하실 것이다, 그런 생각은 저도 가지고 있기는 했어요."

"그래?"

"그렇지만 저는 아무래도 아닌 것 같습니다, 아버지."

"아니라고?"

"예."

"아버지도 이제 환갑이 낼 모래다. 그래서인데 너는 그런다."

"아버지 수고 많이 하신 줄 알아요. 그러나 저는 아니에요."

"너는 아니라고?"

"죄송해요."

"아니라고 하면 어쩔 수 없겠지만, 회사 경영도 새로운 시각으로 해야 할 것 같아 너한테 말하는 거다."

"그렇기는 해도 저는 예외로 하시면 해요."

회사 일에 아버지는 바쁘기도 하지만 부탁을 해야 할 거래처 기업인에게는 나이와 상관없이 자존심을 내려놔야 하고 월급 줄 날짜에 못 주는 날엔 절절매기도 하셨다. 아버지 그런 모습을 수차례 보아온 터다. 그렇기도 하지만 승원은 대학 교수가 꿈이다.

"기업 경영에 예외로 하라니?"

"아버지 말씀을 거역하는 것 같아 죄송합니다만, 저는 그렇습니다."

"네가 그렇게까지 나올 줄 몰랐는데 실망이다."

"죄송합니다. 사기업은 장남에게 물려주고 있다는 것을 저도 잘 알고 있습니다. 그렇지만 저는 대학 교수로 살겠다고 박사학위까지 받아 놓은 상태입니다. 그러니까 죄송한 말씀이지만 저는 제 갈 길이 따로 있습니다."

"알았다."

"아버지. 아버지 생각과 달라 죄송합니다만, 회사 경영권은 승진이에게 물려주십시오. 저는 대학 강단에 서고 싶어서요. 승진이는 똑똑해서 회사 경영을 잘할 겁니다."

"승진이에게?"

선진기업 경영권을 승진이에게 물려주라고…? 그래, 회사 경영권을 네 동생 승진이에게 물려주라고 하는 것은 예상치 못한 바가 아니기는 하다. 그러나 단호한 거절하는 것은 좀 아니다.

"죄송해요, 아버지."

"승원이 네가 그렇게 나올지도 몰라 승진이 생각도 하기는 했다."

누구 자식들처럼 아버지 눈치만 바라는 욕심 많은 자식보다야 백번 낫기는 하다만, 거절당하는 것 같아 마음이 편치는 않다.

"아버지도 승진이를 보고 계시지만 승진이는 똑똑하잖아요."

"그러면 승원이 너는 바보고…?"

"물론 듣기만 했으나 기업 경영은 상대 기업과 경쟁도 해야 하는 전쟁터 장수 같아야 한다고 알고 있어요, 아버지."

"아닐 수도 있지만 살벌하다 할 수 있는 기업 경영 사회에서 그렇기는 하지."

"그래서 승진이를 말씀드리는 거예요."

"그러면 네 동생에게 물어는 보겠다만 승진이도 승원이 너처럼 제 갈 길 가겠다고 하면 어떻게 하지?"

"똑똑한 사람치고 회사 경영권을 넘겨받는 것을 싫어하는 사람 없을 거예요. 물론 모두라고 말하기는 어렵겠지만 말이에요."

"똑똑한 사람치고…?"

아니, 그러면 이 녀석이 대학 교수가 되겠다고 마음을 굳혀버린 건가? 이렇게까지 논리를 펴다니….

"예, 제 생각이기는 하나 승진이는 잘할 겁니다."

"가르치는 얘기는 아니겠지."

"무슨 말씀이에요. 그건 아니에요. 아버지가 선진기업 경영권 애기를 하실 줄 알고 있었어요. 그래서 기업 경영인들의 면면을 보기도 했어요."

"그랬더니…?"

"잘 운영되고 있는 기업들을 보면 똑똑하지 않은 사장은 누구도 없는 것 같아요."

"기업 경영자는 똑똑함만 가지고 되는 건 아닌데…."

"그렇기는 하겠지요."

'우리나라는 밥 먹고 살 만한 부존자원이라고는 인력뿐이라고 하는 것 같습니다. 때문이라고 해야겠으나 인력(손재주)들이 만든 수출이 원활하지 못한 경우 무너지는 기업이 도미노 현상으로 이어질 것은 밤에 불 보듯 뻔할 일입니다. 이것이 우리나라 기업환경이라고 말하면 될지 몰라도 그렇습니다. 어떻든 아버지 말씀대로 저는 장남이라 선진기업 경영권을 이어받는 게 당연할 겁니다. 그렇지만 저는 중학생 때부터 교수직을 흠모해 왔고, 경영학도 아닌 인문학을 했습니다. 그래서 무슨 직업을 택해야 되지, 다른 설명이 필요하겠습니까. 당연히 말로 밥 벌어먹는 대학 교수이지요. 듣고 싶지 않으실 것 같아 아버지께 사실대로 말씀드릴 수는 없어도 회사 경영자들 중 대졸자는 아마 없을 겁니다. 석·박사는 그만두더라도 말이지요. 그렇게 말하기는 대졸자는 월급 많이 주는 기업에 취직하고 싶지 회사를 만들겠다는 생각은 아예 갖지 않을 것이기 때문입니다. 말씀드릴 필요도 없이 회사 경영자는 도전정신이 강해야 하지 않겠어요. 그래서 죄송하지만 저는 아무래도 아닙니다. 그래요. 말할 것도 없이 아버지께서 세우신 선진기업을 아들들인 저희들이 맡아 경영해야지요. 그런 생각이 부족해서는 결코 아니라는 점도 이해해 주십시오. 죄송합니다.'

"이런 문제에 있어 너희들에게 말했는지 기억에 없으나 할아버지께서는 독립자금 조달하시면서 하시는 말씀이 돈을 벌 수만 있으면 많이 벌라고 하셨다. 물론 해방된 지금이야 아니지만 말이다."

"돈을 많이 벌라고까지요?"

"그래."

"기업은 어디까지나 돈 문제이기는 하지요. 기업인들은 대부분일 것으로 우리 선진기업도 가내공업 수준에서 지금의 선진기업으로 현재는 900여 명의 사원까지라면 크게 성공한 거지요. 성공하게 된 회사 덕이지만, 아버지는 우리 모두를 대학까지 다닐 수 있게 해 주셨습니다. 때문으로든 저는 대학 교수까지입니다. 그런 점을 이해해 주십시오."

"그래, 그런 말은 그만두고라도 아버지는 기억력이 많이 떨어진다."

엄 사장은 기억력이 많이 떨어진다는 엉뚱한 말로 바꾼다.

"아버지 무슨 말씀이에요. 그건 아니에요."

"아니면 다행이다만…."

"기업 경영을 하시는 데 생각을 많이 해야만 해서 그러시는 거지요."

"그럴까?"

"저는 그렇게 생각해요."

"승원이 네 말을 듣고 보니 그럴 것 같기도 하다만, 기업운영에 있어 용감성이 필요한데 이제는 아무래도 아니다."

"아니에요, 아버지."

"어떻든 기억력이 떨어지는 것은 아무래도 나이 때문일 거야. 그래서 기업 일선에서 물러나고 싶어 승원이 네게 말하는 거다. 무슨 말인지 너는 알겠냐?"

"알지요. 알지만 그런 문제로 동생과 얘기도 했어요."

"그래? 승진이와 의논도 했다고?"

"예."

"그러면 승진이는 뭐라고 해?"

"기업 물려받을 순서는 장남이라고 하데요. 그래서 나는 아니다 했지요."

"그랬더니…?"

"승진이도 아닌 것 같다고 하데요."

"그래?"

" 아닌 것 같다는 말은 못할 법한 말은 아니잖아요."

"네 말을 듣고 보니 그렇기는 하다."

서로들 아니라니…. 전혀 예상치 못한 반응들…. 이거야 정말… 그래, 영 아니면 사위에게 맡길 수는 있다. 그러나 어느 면으로든 회사 경영자로의 충분조건을 갖춘 아들들이 있지 않은가.

"아버지, 죄송합니다."

아버지는 단순 돈만 벌려는 목적으로 기업을 운영하는 게 아니다. 삶의 가치를 할아버지를 통해 학습되었고, 마음먹었던 기회를 만들어 선진기업을 세워 오늘에 이른 것이다. 기업인들 생리라고 말해도 될지 모르겠으나 선진기업을 세워 이만큼 키워 놨으니 기업 경영을 못한 상황까지라면 또 모를까, 먼 훗날까지도 장남으로, 장남으로 이어져야 해서 하신 말씀일 것이다.

"그러면 그런 지금까지의 얘기는 네 동생과 단둘이?"

"아니에요. 어머니도, 누나도, 매형도 같이요."

"그러면 네 매형도 듣고만 있지 않았을 것 같은데…?"

"매형은 제삼자라는 생각인지 듣고만 있었고. 누나는 말하데요."

"네 누나는 뭐라고 했고…?"

"일단은 아버지 말씀을 들은 후에 생각해 볼 일이라고 하데요."

"네 누나 성격상으로 봐 그런 말만 하지 않았을 텐데…. 우리 연아는 할 말 다 하는 성격이다. 키우기도 예뻐만 해서 그런지는 몰라도 초등학교 6학년 때는 이런 일도 있었다. '아빠, 그런 심부름까지 시키면 어떻게 해.' '승연이 너 6학년 아니야? 아버지 심부름도 못해?' '그건 아빠 마음이지, 내 마음은 아니야.' '알았다, 그래.' '오늘만이야. 다음부터는 아닌 거야.' '야, 딸 됐다 어디다 써먹냐.' '어디다 써먹기는 시집갈 때 용돈이나 많이 주면 되는 거지.' '시집은 갈 거고?' '그러면 시집 안 가고 아버지 속만 썩이고 있겠어?' '그래, 너 시집갈 때 용돈을 많이 주면 어디다 쓸 건데.' '어디다 쓰기는. 예쁜 자동차 사야지.' '그렇게 많은 돈을…?' '선진기업 사장님이 그 정도의 돈은 아무것도 아닌 거 아냐?' '야, 다 가져가라, 다 가져가.' '회사도…? 하하….' 네 누나는 그랬다. 지금이야 삼 남매를 둔 아줌마지만, 네 매형을 쥐락펴락하지 않냐. 그런 성격이 제 동생들 말만 듣고 있을 리 없을 것 같아서다."

"아무튼, 누나는 그렇게만 말하고 갈 데가 있다면서 가버렸어요."

"알았다. 승진이에게 말해 보고 다시 얘기하자."

"승진아!"

기업 후계도 문제를 두고 엄기성 사장이 맏아들 승원과 대화를 나눈 며칠 후다.

"예, 아버지."

"승진이 너 요즘도 바쁘냐?"

"그렇지는 않은데 그건 왜요?"

"다름이 아니라 네 형에게도 말했지만 선진기업 문제다."

"아니, 선진기업 문제라니요?"

아버지가 무슨 말씀을 하실지 잘 알면서 모르는 척, 작은아들 엄승진은 시치미를 떼기까지 한다.

"기업에 대해 이렇게까지는 나이 때문이기도 해서 선진기업 경영 일선에서 물러나고 싶어서다."

"그동안 회사 일에 많이 애쓰셨는데 형에게 물려주시면 되겠네요."

"그렇지만 네 의견도 들어봐야 해서다."

"제 의견까지요?"

"그래, 승진이 네 의견?"

"아버지가 결정하시면 되는 거 아니에요?"

"그래?"

"그렇다고 회사 경영권 문제라면 저는 아닙니다."

말은 아니라고 했습니다만 신진기업운영권을 이어받을 줄 알았던 형은 대학 교수로 갈 거라고 해서 제가 맡을 수밖에 없다는 생각만은 하고 있었습니다.

"그러면 선진기업을 누구에게 맡기면 하나?"

엄 사장은 걱정스럽다는 표정을 둘째 아들 승진이게도 내보이며 하는 말이다.

"아버지 그게 무슨 말씀이에요. 당연한 형이지요."

"그래서 네 형에게 말했더니 어렵다고 해서다."

"그렇지만 저는 아니에요. 회사를 이끌 능력도 못 되구요."

"능력이 못 되기는 아버지가 보기에는 선진기업 경영자로서는 네가 적임자다."

"그건 아버지 생각이시지요."

"다음 주 토요일은 가족 모임으로 할 테니 그리들 알아라!"

확답까지는 아니나 작은아들 승진이와 일차적 얘기가 있고 난 며칠 후.

"아버지 저는 그날 누구와 약속한 일이 있어서…"

막내 엄승철은 자리를 피하고 싶어서 하는 말이다.

"약속? 무슨 약속?"

"아닐 거예요."

딸 엄연아 말이다.

"약속이 사실이면 연기할 수는 없겠냐?"

"곤란한데요."

"곤란은 무슨 곤란…. 아니, 승철이 너 여자 친구랑 약속 아냐? 막내며느리가 생겼나 봐요. 아버지. 승철이는 약속 지키라고 둡시다."

"그건 안 돼. 그럴 수는 없어."

엄 사장의 말씀은 단호하다. 그렇다 어떤 모임이라고 지네들 마음대로 하게 그냥 두겠는가.

"아버님, 곤란할 것 하나도 없어요. 잘됐네요. 도련님은 여자 친구가 있는 모양인데 데리고 오게 하면 되겠네요. 가족 분위기도 좀 보라고요."

맏며느리 말이다.

"네 형수의 말이 맞을 것 같다. 그렇게 하면 되겠다."

맏형 엄승원 말이다.

"그래. 네 작은형 승진이를 고생시킬 마음은 없지만, 회사 경영 문제라 어쩔 수 없다."

"그러면 아버지는 선진기업 경영자로 저를 정해 놓으신 건가요?"

"어쩔 수 없다."

"그러시면 안 되는데…. 큰일인데…."

"큰일은 무슨 큰일. 회사운영 문젠데."

"다른 문제도 아닌 회사 문제라 그렇지요."

"다른 말 필요 없다. 그리고 승철이 너도 네 작은형이 사장되면 이사직으로 도와주어야겠다. 알겠냐?"

"나도 회사 일에 참여하라고요?"

"그러면 싫다는 거냐?"

아니, 이 녀석들이 좋아할 줄 알았는데 그렇지 않다니, 무슨 소리야. 그래, 막내 승철이 너는 그렇기는 할 것이다. 용돈이 부족하거나 하면 달라붙겠지만 현재로서는 부족한 것이 없을 것이다. 부족하다면 명문대를 나오질 못했다는 것뿐이겠지.

"아버지, 저는 회사 일에서는 빠지면 안 돼요?"

"다른 일도 아니고 회사 일이야. 그런데 빠지고 싶다니, 그건 안 된다."

다른 집 막내 녀석들도 그러는지 몰라도 우리 막내 녀석은 뭘 해보려고 하기보다는 꽁무니부터 빼려는 태도다. 그렇기는 해도 회사문제를 명령식으로는 할 수 없는 선진기업 후계문제. 생각을 해보면 선진기업을 이끌 후계자 문제를 두고 얼마나 많은 생각을 했는가. 공장장 의견으로부터 아내의 의견, 장남 차남 설득까지 말이다. 막내 너야 사실을 말해도 못 들은 척할지 몰라도.

"아버지 저 좀 봐주세요!"

"봐줄 것이 따로 있지, 회사 문제라 봐 줄 수는 없어."

"아이고… 나는 이제 죽었다."

"죽다니…, 그게 무슨 소리야 딴소리 말고 네 형을 도와야 해. 알았어!"

"알았어요."

"이제부터 딴소리하면 안 되니 그런 줄 알아라!"

"아버지는 너무 일방적이십니다."

"일방적이라니?"

"아직 장가도 안 들었는데…."

"야! 회사 일에 장가와 무슨 상관이냐!"

어디 우리 막내만 그렇겠는가마는 승철이가 회사 일에 빠지겠다고 떼를 쓰는 모양새를 보니 막내는 막낸가 보다. 힘든 것은 제 형들이 다 알아서 할 것이라는 생각을 하고 있으니 말이다.

"물론 장가를 들어야만 회사 일에 참여하는 것은 아니겠지만요."

"다른 것도 아니고, 회사 경영 문젠데 그래서는 안 된다."

"회사 경영 문제이기는 해도요."

"해도요가 아니야. 네 큰형은 대학 교수직으로 갈 거다. 그러니 승철이 너는 싫어도 하는 수 없어. 네 작은 형을 선진기업을 이끌 후계자로 세울 거다. 그렇지만 가족들의 동의를 얻고자 함이니 못 하겠다고 해서는 안 된다."

모이자는 날에 시집을 간 딸 승연이까지 포함해 선진기업 엄 사장의 가족 손주들까지 다 모였다.

"다 모였느냐?"

"강 서방만 아직 안 왔는데 곧 올 거예요. 조금만 기다립시다."

딸 엄연아 말이다.

"그래, 강 서방이 오기 전에라도 해둘 말이 있는데 이렇게 다 모이기는 처음인가 싶다. 물론 명절에서는 늘 모이기는 해도. 그래서 말인데 좋은 일로 자주 모였으면 싶다. 그것은 가정질서 차원이기도 하지만 아이들도 배우게 하면 해서다."

"아이고, 많이 늦었습니다."

"아니야. 그래, 오늘의 모임 성격은 얼굴 보자는 게 아니야. 짐작들 하고 있을 것이나 우리 선진기업을 이끌 후계자를 세우는 문젠데 둘째 승진이를 사장으로 할 거야."

"회사를 제가 물려받겠다고 말은 안 했는데요."

승진이는 아니라고 한다. 모양새라도 아닌 척하는 게 더 이벤트일 것 같아서다.

"여러 말 할 것 없어. 그대로들 진행해!"

"잘됐네요. 뭐, 아버지 말씀대로 진행합시다."

딸 엄연아 말이다.

"저도 아버지 말씀에 동의합니다."

장남 승원이 말이다.

"엄씨 집안 사위지만 저도 재청합니다."

사위 강상진은 이 사람 저 사람 보더니 그렇게 말한다.

"오늘 모임은 이것으로 끝이다. 자, 그러면 만장일치로 박수다."

"예, 박숩니다."

맏며느리 말이다.

"짝짝짝!"

"아이고…"

회사를 물려받을 입장이 되었다는데 고민이다.

"아이고는 무슨 아이고야. 여러 말 말고 해 봐. 재미도 있어."

"마음의 준비도 좀 해야 하는데 큰일이네…."

그래, 회사 경영권을 물려받을 후계자가 없다면 모를까 작은아들이라도 이어받아야 할 것은 당연하다. 그러나 장남 같으면 선진기업 후계가 될 것으로 회사 경영수업도 했어야겠지만 그런 문제에 있어 형은 대학 교수직만 꿈이었나 보다. 기업들을 보면 기업 경영권은 장남이 당연으로 받지 않았는가. 국가가 운영하는 공기업 말고는 말이다.

"그렇다고 당장 사장 자리에 앉으라는 것은 아니야. 3년간은 이사직으로 있으면서 경영자수업을 받으라는 거야."

"경영자수업이요?"

상황을 보니 안 된다고 할 수도 없고…. 아내 민경아는 사장 사모님 말을 듣게 될 테니 좋아할지 몰라도….

"자~ 이제 예약해 놓은 위메프가든으로 갈 겁니다~ 아버지, 어머니는 기사가 모실 테니 우리는 택시를 타면 됩니다~ 택시를 대기해 놨으니 아무 택시나 타시면 됩니다~"

맏며느리 말이다. 아니, 그렇다면 선진기업 후계자를 동생에게 물려주는 것이 잘 됐다는 것 아닌가. 회사 경영권을 이어받고자 형제난도 있게 된다는데 말이다. 그렇게 보면 선진기업 승계문제는 상식적으로는 유별나다 할 것 같다. 그렇기는 할 것이다. 남편은 대학 교수로 마음이 이미 정해진 바고 나도 현재의 직업상이다.

엄 사장 일가족을 태운 택시는 약 30여 분 정도 걸려 예약된 위메프가든에 도착한다. 택시요금은 며느리가 더 주면서 오늘 기분 좋은 운전 되세요, 하며 인사까지 한다.

위메프가든은 가족사진도 찍을 수 있도록 꾸며져 있다. 도착하자마자 사진기사는 사진을 찍자고 말한다.

"아이고, 급하기도 하셔라. 도착하자마자 사진부터 찍어요?"

어머니 말씀이다.

"천천히 찍어도 되겠지만 사진 찍는 것도 부담일 수 있으니 식사 전에 찍으면 차분할 것 같아 그럽니다."

사진기사 말이다.

"그렇게 하세요."

사실 가족이 많다면 사진 찍기도 번거로울 수 있다.

노조와의 대화

선진기업 후계자는 차남 엄승진으로 정해지고, 3년간 이사직으로, 전무직으로, 경영자로 새해를 맞이하게 된다.

선진기업 가족 여러분!

저는 이제부터 선진기업을 이끌 책임을 진 경영자가 되었습니다. 그래서 이 자리에 감히 섰습니다. 그렇지만 여러분들의 삶까지 생각해야 해서 벌써부터 무거운 한 짐입니다. 저는 사장이 되기 전까지는 몰랐는데 생각을 해 보니 제게 주어진 책임이 너무도 무거울 것 같습니다. 여러분들도 알고 계시겠지만 우리 선진기업이 이번에 TV방송으로 해서 전국에 소개된 바도 있기는 합니다. 그렇게 소개되기까지는 여러분의 노력 덕분입니다. 그래서 사원여러분의 기분도 좋으시겠지만 회사를 경영하게 된 제 입장은 기분이 매우 좋습니다. 고맙습니다. 수고 많으셨습니다. 아니 수고하셨다는 말은 아껴두고 싶습니다. 그것은 선진기업이라는 브랜드가 세계인들에게 각인이 되었을 때를 위해서입니다.

선진기업 가족 여러분!

우리 선진기업은 앞으로 창대한 기업으로서 성장해야만 할 건대 그러기까지는 넘기 힘든 산이 있기에 그렇습니다. 그 산이란 뛰어 넘어야 할 세계를 말함입니다. 다들 아시는 것처럼 지금은 지구촌 시대라고 말합니다. 그러기에 저는 기업 경영의 시야를 국내가 아닌 세계에다 두었습니다. 이제는 경쟁상대가 국내 기업이 아니라 세계 유수기업들이기 때문입니다. 그런 기업들과 어깨를 나란히 하고 싶습니다. 우리 선진기업이 아직 이만큼이지만 머지않은 날에 세계 유수기업들과 어깨를 나란히 할 것입니다. 말만이 아닙니다. 기필코 해낼 각오입니다. 우리 선진기업은 지금 그런 출발선상에서 한 발짝씩 내딛고 있다고 할까. 일단은 그렇게 보시면 될 것입니다.

선진기업 가족 여러분!

아시는 대로 오늘날은 무한경쟁시대입니다. 그러니까. 앞서 말했듯이 경쟁대상이 국내가 아니라 세계라는 말입니다. 그러므로 세계를 향해 우리는 부단한 노력을 아끼지 않아야 할 것입니다. 결과물을 얻기 위해서는 부단한 노력이 절대 필요합니다. 때문에 현재에 안주해서는 절대로 안 됩니다. 우리 앞에는 거대 시장이 있기 때문인데 중국, 인도, 중남미, 유럽 등이 있습니다.

선진기업 가족 여러분!

그들 나라 모두가 다 우리 선진기업이 상대해야 될 시장이요 고객들입니다. 저는 거기에다 도전장을 내놓고자 합니다. 아니 도전장은 이미 내 놨습니다. 그런 꿈을 누구는 세금이 없는 꿈일 뿐이라고 폄하할지도 모르겠습니다. 그러나 저는 그런 꿈을 현실로 바꾸어 놓고야 말 것입니다. 물론 여러 가지 여건과 여러분의 협조가 전제되어야 하겠지만 그렇습니다.

선진기업 가족 여러분!

우리 선진기업 제품이 소비자들의 만족도 눈높이가 중요합니다. 그렇습니다. 품질이 그렇고. 가격이 그랬습니다. 곧 가성비 말입니다. 그래서 어떻게 해서든 상대 기업 제품과의 경쟁에서 앞서야만 합니다. 그러려면 높은 임금이라는 문제가 해결되어야 할 것입니다. 솔직히 말해 우리나라 근로자 임금수준이 다른 나라들에 비해 너무 높다고 생각합니다. 아시는 대로 임금을 높이는 것을 한 해도 거르지 않고 연례행사처럼 당연한 것처럼 여기고 있습니다.

그것도 회사가 감당하기 어렵게 말입니다. 그러니 이런 기업환경에서는 기업을 못하겠다는 소리가 나오는 것은 당연하지 않겠습니까. 때문에 기업들마다는 저임금의 나라로 나가고 있고, 계속 나가고 있는 실정입니다. 이러다가는 몇 년 아니면 국내에 머물러 있을 기업이 몇이나 될지 벌써부터 염려가 됩니다.

선진기업 가족 여러분!

기업들이 저임금의 나라로 나가는 것은 따지고 보면 결과적으로 근로자 여러분이 그렇게 만든 것이나 다름 아닙니다. 그렇게 말하는 것은 우리가 살아갈 터전을 밖으로 내쫓는 격인데 그것은 전적으로 근로자들의 책임이라 하지 않을 수 없습니다. 다들 알고 계시겠지만 지금도 취직자리를 구하지 못한 실업자가 얼마나 많습니까.

이런 문제에 있어 여러분들은 어떻게 생각하고 있습니까. 지금이라도 임금수준을 수년전으로 확 낮출 수는 없을까요? 그럴 수만 있다면 외국으로 나간 많은 기업들은 국내로 되돌아올 것은 분명합니다. 그러면 그때는 또 인력부족 현상이 일어날까요? 물론 엉터리 생각이기는 하나 그랬습니다.

선진기업 가족 여러분!

우리 선진기업 임금수준이 너무 높으면 그에 따라 제품의 가격이 어쩔 수없이 높아질 것인데 그러면 상대 기업 제품과의 가격경쟁에서 밀릴 수밖에 더는 없을 것입니다. 그러면 우리 선진기업은 어찌 되겠습니까? 소비자도 그렇습니다. 원자재값 상승은 인정해 줄지 몰라도 임금수준은 인정치 않으려는 습성이 소비자에게는 강합니다. 그런 점을 근로자 여러분들이 참작하지 않는다면 그러면 회사는 그날로 문을 닫을 것은 자명한 일입니다. 무서운 상상이기는 해도요.

선진기업 가족 여러분!

여러분들이 요구하는 임금수준이 결코 지나치다고는 말하지 않겠습니다. 그것은 가정경제가 그만큼 어렵겠다는 생각에서 그렇습니다. 다만 그 요구를 들어주지 못한다는데 안타까울 뿐입니다. 아니 임금요구를 들어줄 수도 있습니다. 사채를 내서라도 요. 하루 잘 먹고 말자면 말입니다. 회사를 운영하려면 은행에서 돈을 빌릴 수밖에 없는 산업구조로 되어 있기에 은행 문을 두드리지만 은행도 돈을 빌려주려면 돈 회수를 여부를 따집니다. 그것을 자기자본비율이라고 하는데 자기자본비율이 얼마냐에 따라 은행대출이 달라집니다.

선진기업 가족 여러분!

이미 보도가 되어서 다들 아시겠지만 세계 항공시장을 주름잡던 JAL이 어떻게 되었습니까. 자금압박을 이기지 못해 결국은 그리되지 않았습니까. JAL의 자기자본비율이 너무 낮은 탓으로 은행으로부터도 미안하지만 자금 대출이 안 돼 그리되었을 것입니다. 물론 회사 경영자의 능력도 점검이 필요하겠지만 그렇습니다. 뿐만이 아닙니다. 세계고속도로를 추월하면서 무섭게 달리던 도요타자동차 회사도 그렇습니다. 부품결함으로 리콜사태까지 이르러 기업 이미지가 말이 아니라는 보도입니다. 그렇게 되기까지는 속내를 들여다보면 거기에도 임금수준이 너무 높다는 데 있습니다.

선진기업 가족 여러분!

그 이유를 여기서 다 설명드릴 수는 없겠지만. 임금요구를 지나치게는 말아야 할 이유가 여기에 있습니다. 기업이란 하루 잘 먹고 잘 살자에 있지 않습니다. 그렇다면 높은 임금요구는 자제되어야 맞지 않을까요. 물론 우리 선진기업만 가지고 말할 수는 없겠으나. 해마다 겪는 일로 임금요구를 관철하기 위해 잔업거부니, 파업이니 하면 너무너무 힘듭니다. 회사도 여러분들의 가정경제가 어렵다는 것을 모르지는 않습니다. 알지마는 도와드리지 못한다는데 미안할 뿐입니다. 그러므로 회사가 살아야 거기서 나도 일을 할 수 있다는 그런 생각으로 임해 주셨으면 합니다.

선진기업 가족 여러분!

제가 말씀을 드리지 않아도 잘 아실지 모르겠으나 기업 경영 현실
은 잔인할 만큼 냉혹합니다. 어제의 친구가 오늘에서는 적이 되기
도 하는 기업구조 하에서의 슬픔이기도 합니다.

제가 학생 때입니다. 월급날이 다가왔는데도 수금이 잘 되질 않아
월급을 드리지 못하고 몇 날을 넘긴 일이 있었습니다. 월급을 제날
짜에 드리지 못하는 회사 경영자의 심정을 여러분은 상상이나 되십
니까? 미안스러운 생각에 밤잠까지 설치며 어쩔지 몰라하는 회사
경영자의 그런 모습을? 그러시던 아버지의 모습이 지금도 기억으
로 남아 있습니다. 이것이 회사 경영자의 입장입니다. 지난날의 일
이라 생각하기도 싫지만 말씀드리는 것입니다.

선진기업 가족 여러분!

우리 회사는 私가 아닌 어디까지나 公이라고 저는 생각합니다. 회
사 경영자는 자본을 투자하고 근로자는 노동력을 투자한다로 보기
에 그렇습니다. 사장이라고 해서 사적인 생각으로 돈을 많이 벌어
서 누리며 살고 싶은 마음이 어찌 없겠습니까. 있습니다. 없다면 그
것은 거짓입니다. 그러나 저는 진정한 기업인으로 살려고 다짐했습
니다. 선진기업 가족 여러분들이 경제적으로 누릴 수 있는 수준까
지라면 그러면 그때 저도 그 수준을 생각해 볼 수도 있을지 모르겠
으나 아직은 아닙니다. 사치나 호사도 저의 체질상 아니기에 그렇
습니다.

선진기업 가족 여러분!

저는 그렇게 생각합니다. 기업인으로써 돈을 많이 벌어서 사회에다 기부하는 것도 좋겠지만 그것보다는 많은 근로자가 일할 수 있도록 터전을 넓히는 것이고. 그 근로자들이 행복감을 가질 수 있도록 하는 것이라 봅니다. 그것이 회사 경영자의 본분이기도 하다는 생각입니다. 그러기에 근로현장에서 거의 쉴 틈도 없이 애쓰시는 여러분들께서는 몸이 많이도 고단하시겠지만 경영자 입장인 저는 여러분과 달리 잠들기 전까지는 많은 생각을 하게 됩니다.

선진기업 가족 여러분!

앞서 말한 대로 저는 꿈이 있습니다. 세계를 향한 꿈 말입니다. 세계인들 모두를 우리 선진기업 고객들로 삼는 그런 꿈 말입니다. 우리선진기업은 그 꿈을 향해 나아가야 합니다. 그들은 우리 선진기업의 고객들임과 동시에 우리와 함께 해야 될 지구촌 친인척쯤으로 보고 싶습니다.

그런 말은 너무 오버라구요? 그렇게 보셔도 잘못은 아닙니다. 그렇지만 저의 꿈인 것만은 틀림이 없습니다. 그러기에 여기다 대고 오버한다는 말은 말아주셨으면 합니다. 어떻든 우리 선진기업은 세계인들을 고객 대상으로 삼아야 할 것이고, 그것이 이루어진다면 그러면 그들을 위해 무언가를 내놔야 할 것입니다. 물론 앞으로의 성공 여부이기는 하지만 그렇습니다.

선진기업 가족 여러분!

저는 기업인으로 살자고 한 이상 돈을 목적으로 할 수는 없습니다. 돈을 버는 것은 목적을 위한 수단으로 할 것입니다. 인간으로서의 삶의 의미가 무엇이라는 것을 알았다면 그러면 거기에다 모든 것을 걸어야 한다고 저는 생각합니다. 저는 보시는대로 아직 젊은 나이인데 그런 생각은 상당한 오버가 아니냐고 누구는 그렇게 말할지 모르겠지만 그렇습니다. 어쨌든 저는 기업가로 살아갈 작정입니다. 그런 정신을 유한양행 창업주인 유일한 씨를 보고서입니다. 유일한 씨는 이미 고인이 되셨지만 지금도 존경의 대상입니다.

선진기업 가족 여러분!

우리는 말할 것도 없이 행복해합니다. 그렇지만 산업사회에 들어와서부터는 돈이 아니게도 행복을 좌지우지하는가 싶어 안타깝습니다. 그렇습니다. 행복하려면 먼저 건강해야 하고, 돈이 그만큼이어야 하고, 행복할 수 있는 환경여건이라고 말할 수 있을 것입니다. 그러나 제가 생각하는 행복이란 하고 싶은 일터라고 생각합니다. 그래서 여러분들이 몸담고 계신 선진기업이 잘 되는 것이고, 저 또한 같은 생각으로 회사가 잘 돼 여러분들이 좋아하시는 모습을 보는 것입니다. 그러니까 돈을 많이 벌어 거창한 빌딩을 가지는 게 아니라는 것입니다. 다시 말해 선진기업 가족 여러분들이 좋아하지 않고는 행복할 수 없다는 것입니다.

선진기업 가족 여러분!

우리 선진기업은 창업 이래로 어려운 고비가 여러 차례 있었습니다. 그러나 넘어지지 않고 발전하여 오늘이기까지입니다. 이렇게까지는 창업주이신 우리 아버지의 절대적 공로 덕분이라고 생각합니다. 물론 선진기업 가족들의 공로도 빼놓을 수 없지만 그렇습니다.

어떻든 이제 저는 기업 경영권의 바통을 아버지로부터 이어받았습니다. 생각을 해 보면 죄송하기도 하지만 선진기업을 세계기업으로 키워내야 한다는데 그 짐이 너무도 무겁습니다. 그러기에 선진기업 가족여러분들께 부탁의 말씀도 드립니다. 한 번 더 힘을 내주십사고 말입니다. 지금도 힘들어하시는데 거기에다 대고 채찍을 가하는가 싶어 미안합니다만 그렇습니다.

선진기업 가족 여러분!

말씀드리지 않아도 잘 아실 테지만 산업사회가 준 이유겠지만 맞닥뜨린 현실은 너무도 냉혹합니다. 어제의 고객이지만 상황이 변하면 언제 봤느냐는 식이 소비자들심리 입니다. 그러니까 하루아침에 등 돌리는 것이 소비자 생리라고 할까요. 극단적인 말로 기업은 죽느냐 (문을 닫느냐) 사느냐에 있다고 해도 과언이 아닙니다. 그래서 남들 먹는 것 다 먹고 남들 놀 때 다 따라 놀아서는 내일이 없다고 감히 말씀드립니다. 그래서든 내일을 위함이면 많이 힘들어도 참아내야만 할 것입니다. 짐이 너무 무겁다 싶어도 쓰러지지 않을 정도면 입니다. 때문에 여러분들은 가정의 아버지요, 가정의 어머니들이십니다. 물론 미혼인 젊음도 있지만 그렇습니다. 아무튼, 선진기업 가족 여러분과 여러분들 가정에 신의 가호가 있기를 기원합니다. 감사합니다.

기업운영에 있어 노동법이 있고, 거기에 대한 노조가 있을 수밖에 없어 선진기업 사장 엄승진 사장은 노조에 대해 신경을 쓰지 않을 수 없다. 때문에 노조간부들이 순하지 않게 봐지곤 한다. 사원이 1,000여 명이나 돼 대기업으로 분리되기는 했으나 대기업까지는 아님에도 노조는 그만큼의 부담이 되어서다. 부담이다 보니 대기업처럼 여차하면 잔업 거부니, 파업이니 수시로 그래서 기업 경영자로서 많이도 힘들다. 그렇지만 그런 노조를 인정하지 않을 수 없어 소위 노조가 말하는 춘투, 임금인상 협상 문제로 노조 간부들과 마주한 자리에서 그동안의 생각을 엄승진 사장은 말할 참이다.

"어서들 와요."

엄승진 사장 말이다.

"사장님, 저희들은 근로자들 대표인 것을 인정하시지요?"

"아니, 근로자 대표인 것을 인정하냐니요? 그런 말씀은 새삼스럽습니다."

불편한 어투로 봐서 노조원들 요구를 들어주지 않으면 파업을 하겠다는, 그런 의미의 말이지 않은가. 그래, 노조의 힘은 말할 것도 없이 파업이다. 그래서 싫지만 인정할 수밖에 없다. 그렇지만 선진기업을 잘 이끌어나가야 할 사장으로서 초긴장 상태다.

"제가 너무 나간 말을 했다면 죄송합니다."

강장원 노조 위원장 말이다.

그래, 노조 위원장은 회사로부터 그만한 것을 얻어내기 위해 기업 경영자와 마주한 것이다. 근로자로서의 근로조건과 임금협상에서만 그렇겠냐마는 상대와의 말할 때는 조심해야 함은 두말이 필요 없다.

"아닙니다. 인정합니다."

"…"

회담 주도권을 쥐자는 의도로 한 말이 너무 나간 말이 되고 말았다는 노조 위원장의 표정이다.

"그런데 인정하느냐는 말씀까지는 아닌 것 같습니다."

"저희들 말이 너무 나간 말이라면 취소하겠습니다."

노조 부위원장 말이다.

"취소 말까지는 안 해도 될 건데, 아무튼 차가 나왔으니 식기 전에 차부터 마십시다."

임금인상 협상을 해마다 있는 일이지만 금년에 올려줄 임금인상도 물가상승분을 따져 이사진에서 임금을 산출해 해놓은 상태다. 그러니까 노조가 이렇게 와서 임금협상을 하자고 말을 안 해도 부를 참이었다.

"이것은 노조원들 요구조건 사안항목인데 한번 보시겠습니까?"

노조사무장 말이다.

"그래요? 이리 줘보세요."

"사장님이 보시는 대로 근로자들은 이렇게 해 달라는 요구입니다."

"잠깐만요. 좀 보고요, 으음… 아, 예, 그렇군요."

엄승진 사장은 요구조건 내용을 꼼꼼히 본다.

"보신 내용이 어떠십니까?"

노조부위원장 말이다.

"이런 요구가 아니어도 더해 드리는 것이 맞을 수도 있습니다. 그래서 말씀하시는 대로 응하고 싶지만 단서를 말씀드려도 될까요?"

"단서요…?"

단서 말을 들은 노조위원장은 전혀 예상 못한 뜻밖이라는 표정으로 엄 사장을 민망할 정도로 빤히 보면서 하는 말이다. 그래, 노조를 달래야 할 회사 경영자 입장과 임금을 더 받아내고자 하는 노조간부들 입장이 다르기는 하다. 임금협상자리에서 나이를 따질 수는 없겠지만 나이로는 노조간부들이 몇 살 더 높기는 하다.

"예, 단서요."

"단서가 무슨 단선지 말씀해 보십시오."

"이건 다른 얘기지만 노조간부님들 중에 두 분 정도는 회사 경영을 어떻게 하고 있는지 점검을 하시게 하고 싶은데 그렇게 하실 수 있겠습니까?"

"회사 경영의 투명성 말입니까?"

"그렇지요."

"거기까지는 생각 못 해 봤습니다."

"그러실 겁니다. 어디까지나 제 생각이니까요."

"사장님 생각이라고 말씀은 하시나 저로서는 어리둥절해집니다."
노조위원장 말이다.

"어리둥절한 말일지 모르나 요구하신 내용을 보니 그런 요구를 회사에서 감당할 수 있을지 너무 무거울 거 같다는 생각에서입니다."

엄승진 사장은 솔직히 선진기업 사장이라는 당당함도 보여주고 싶다.

"그러시면요?"

"제시하신 임금요구를 회사에서 들어드리지 못할 정도는 아닌 것 같네요. 그러니 선진기업 입장에서 일단은 들어드리는 것으로 잠정 결론을 내리겠습니다."

"고맙습니다."

노조 위원장 말이다.

"고맙습니다가 아니라 사실까지는 이사진에서 동의가 있어야 합니다."

"그래요?"

"예. 그래서 고마워하실 일은 아니라고 한 것입니다."

좀 무리한 요구조건이기는 하나 임금협상에서 일단은 부드럽게 하자는 엄승진 사장 의도다.

"그러시면 우리는 결정하신 것으로 믿고 노조원들에게 발표하겠습니다. 그래도 되겠습니까?"

"결정까지는 아니고, 잠정이라고만 말씀드렸습니다. 그런데 그런 문제에 있어 한마디 더 드려도 되겠습니까?"

"예, 말씀하시지요."

이번엔 노조 부위원장 말이다.

"얘기가 좀 길어도 괜찮으시겠습니까?"

"괜찮습니다."

"감사합니다. 제가 선진기업 후계경영자로서 근로자여러분들에게 드리고 싶은 말은 근로자들의 요구를 무시하자는 데 있지 않습니다. 선진기업 경영자 어려움도 어느 정도는 인정해 주시라는 것입니다. 저는 이사직으로 3년간을 지내긴 했으나 기업 경영자수업을 했던 애송이 사장이라고 할까. 아직은 그렇습니다. 그래서 기업 경영자이기는 하나 아직은 부족한 면이 너무도 많습니다. 그렇지만 취임사에서 밝혔듯 저는 기업가로 살아갈 것입니다. 그러니까 돈을 벌자에만 있지 않다는 얘깁니다. 전임 경영자이신 아버지 경영철학은 돈을 많이 벌어 가치 있게 쓰자에 있으신 것 같습니다. 가치란 조부모님께서 그동안 독립운동자금을 조달하신 것 같습니다. 조부님은 독립운동자금을 대주는 일을 하시다 일본 경찰에 발각되어 심한 고문까지 당해 결국은 돌아가셨다고 합니다. 그렇다고 제가 한가하게 그런 얘기를 하자는 것은 결코 아닙니다. 여러분들이야 믿지 못하실지 몰라도 저의 경영철학은 아버지 경영철학과는 조금 달리 사원들의 후생복지에 둘까 합니다. 회사 경영자는 근로자들 후생복지에 두어야 할 것은 말할 것도 없겠지만 그렇습니다. 이렇게 말씀을 드릴 수 있기는 다른 사회단체도 아니고 선진기업을 경영하는 사장 입장이기 때문입니다. 회사 경영자는 사원들 후생복지를 생각하지 않는다면 이건 불량한 기업인이라고 감히 말할 수 있습니다. 다른 회사에서 들으면 건방지다 말할지 모르겠으나 그렇습니다. 그런 문제에 있어 다시 말씀드리지만 사장은 근로자를 위해 있습니다. 그러니까 돈을 많이 벌어 높은 빌딩을 소유하자에 있지 않다는 얘깁니다. 이건 저의 소신이고 진심입니다. 여러분들도 들어 알고 계시겠지만 회사 경영으로 해서 돈을 많이 벌어 사회에 기부한 사람에게 칭찬의 박수를 보내기도 하는 것 같은데 그것을 잘못이라고 말할 수는 없겠으나 회사 경영자는 사원들을 잘살게 해준 다음이어야 합니다. 그러니까 사회에 기부가 아니라 사원들을 잘살게 하는 것이 먼저라는 것입니다. 물론 기업주식으로 번 돈까지를 말함은 아니니 오해는 마시기 바랍니다. 어느 중소기업 사장 얘기입니다. 사장의 집은 사원들이 다 집을 가진 다음에 사겠다고 했답니다. 이런 미담의 말씀을 드리기는 어울리지 않게 저는 이미 집을 가졌습니다. 그래서 당당하게 말을 할 거면 그걸 팔아 사원들 후생복지를 위해 쓴 다음에 해야 맞을 겁니다. 각오면 말입니다. 그렇지만 거기까지는 어렵겠고 방금 소개한 중소기업 사장을 본받고는 싶습니다. 아니, 어떤 형태로든 본받을 겁니다. 진심입니다. 그런 생각은 제가 살아가는 데 행복조건으로 봐지기 때문입니다. 제가 선진기업 사장이 되기까지는 여러분들이 계시기에 가능했다고 저는 생각합니다. 사장은 기업 미세한 부분까지는 파악 못 합니다. 그러니 아닌 부분이 있으면 언제든지 말씀해 주십시오. 그러면 시정이 가능한지부터 살핀 다음 곧 시정해 드리도록 조치하겠습니다. 그리고 개인적으로 힘들어하는 사원이 있다면 그때그때 말씀해 주십시오. 그런 창구도 노조사무실에 두시면 합니다. 노조는 기업인과 싸우자에 있는 게 아니라 기업을 살리자고 있는 조지이 아닐까 해서입니다. 제 말이 너무 긴 것 같기는 하나 앞으로 잘해봅시다."

그로부터 15년이 흐른 뒤, 엄승진 사장이 신년사다.

선진기업 사원 여러분!

새해가 또 열렸습니다. 새해는 우리 선진기업 사원 여러분과 가정이 지난해보다 더 행복하시면 좋겠습니다. 그래요. 행복하게 해드린 다음에 그런 말을 해야 맞는 건데 그렇지도 못하면서 행복이라는 말을 꺼내는 것은 잘못일지도 모르겠습니다.

선진기업 사원 여러분!

제가 말씀드리지 않아도 잘들 아실 줄 압니다만, 어떤 기업이든 기대만큼 잘하면 좋겠지만 그렇게 안 되는 경우가 더 많을지도 모르겠습니다. 그래서 말이지만, 우리 선진기업도 마찬가지로 기대에 미치지 못합니다. 때문이기는 하나 노력하신 만큼의 대가도 드리지 못해 선진기업을 경영하는 사장 입장에서 죄송하기 그지없습니다. 아시는 대로 우리나라 기업환경은 수출에 의존한다고 보시면 될 것 같습니다. 그래서 대기업 수출길이 둔화만 돼도 그 파장의 영향은 모든 기업에까지 입니다. 그러니까 불안한 얘기일지 몰라도 수출길이 막히면 국내에서 아무리 잘나가는 기업이라도 하루아침에 기업 문을 닫게 될 수도 있다는 얘기입니다.

선진기업 사원 여러분!

지금의 정부 정책은 북한이 문을 열기만 하면 우리 대한민국경제는 그날로 좋아질 거라고 하는 것 같습니다만 그럴 수는 없습니다. 그래요, 남북관계가 좀 부드러울 수는 있겠지요. 그렇지만 기업의 생리는 뺏고 빼앗기는 전쟁과도 같기 때문입니다. 그래서 무역 전쟁이라는 말도 하는 것 같지만 그렇습니다. 생각을 해 보면 코미디언 말처럼 인천 앞바다 그 많은 물도 직접 가서 떠 마셔야 하듯 우리가 노력하지 않으면 북한 문이 열려 일터가 생긴다 해도 우리 선진기업은 그림의 떡일 수 있다는 얘깁니다.

선진기업 사원 여러분!

이런 얘기는 불편한 얘기가 될지 모르겠으나 강성노조입니다. 아시는 것처럼 대우자동차회사가 강성노조 때문에 외국기업에 넘어갔고, 종래는 군산 공장까지 문을 닫고 되고 말았습니다. 그렇다면 그 잘못을 회사 경영진에게만 돌릴 건가요. 아닐 겁니다. 물론 그렇다고 해서 기업이 바라는 합리적 노조이기를 바라지는 않습니다. 그러나 회사 문을 닫게까지는 말아야 한다는 것이 저의 생각입니다. 제가 보기로는 기업을 세울 때 근로자를 위해 세우는 기업은 아마 하나도 없을 것입니다. 기업을 하다 보니 근로자를 위해야겠다는 마음이 생기게는 되겠지만, 그렇습니다.

선진기업 사원 여러분!

기업을 세우는 자의 마음은 어디에 있겠습니까. 잘살아 보자는데 있지 않을까요. 우리 선진기업을 전 경영자인 부친께서도 세우셨는데 마찬가지였을 겁니다. 솔직히 말해 부양해야 할 가족이 얼만데

기업 경영을 근로자만을 위해 하겠습니까. 그래서 저는 부친의 덕으로 돈 걱정 없이 학교를 다녔고, 이렇게 기업 경영일선에까지 서게 된 것이지만 그렇습니다. 강성노조가 주장하는 회사 경영자 혼자만 잘살 생각 말고 같이 잘살자고 하는 것은 지극히 당연합니다. 인정합니다. 그래서 잔업거부니, 전면 파업이니 를 이해 못 할 바는 아니나 노조 파업으로 회사를 힘들게 해서 사원들에게 얻어지는 것이 있다면 무엇이 있을까입니다.

선진기업 사원 여러분!

회사 경영자가 조금은 더 잘 먹고 사는 것을 여러분들께서 악으로 몰고 간다면 기업하고 싶은 마음이 나겠습니까. 물론 제가 할 말은 아닐지 모르나 그렇습니다. 이런 문제에 있어 다른 얘기를 해서는 안 될지 모르겠지만 우리 민족이 해방되자마자 공산주의 이론이 정답인양 받아드린 북한입니다. 그러니까 잘사는 자가 따로 있어서는 안 된다는 그럴듯한 이론으로 재산몰수를 해버렸습니다. 그런 낌새가 보여 안 되겠다 싶어 모친께서는 가진 재산 부랴부랴 처분하고 남한으로 와버린 것입니다만 그렇습니다. 제가 이런 말까지 해도 될지 몰라도 자본주의를 인정한다면 기업 경영자를 불량자로만 생각지 말라는 것입니다. 막말일지 몰라도 돈 있는 사람이 돈주머니를 닫아버리면 어떻게 되겠습니까. 강도 질 하지 않고는 아마 살길이 없을 것입니다.

선진기업 사원 여러분!

근로자들에게 있어 정부 정책을 보면 그런 것 같습니다. 삶에서 죽어라 일만 할게 아니라 저녁 먹는 시간 여유도 가져보자는 취지로 근로시간 단축을 말하는 것 같습니다. 그렇기도 하지만 취직을 못해 절절매는 젊은이들을 위해 일자리를 나누자라는 것 같습니다. 이런 정부 정책은 좋은 정책으로 보고 기업 경영자로서도 찬동하고도 싶습니다. 문제는 임금인데 임금은 어떻게 해야 할지입니다. 노동시간이 줄어들어도 임금은 깎지 말라고 한다면 회사 문을 닫으라는 말이나 다름 아니기 때문입니다.

선진기업 사원 여러분!

그렇다고 해서 기업 문을 닫을 수는 없어 고민한 제 얘기를 말씀드리겠습니다. 일만 하다 늙기는 싫어 저녁 먹는 시간을 갖기 위해 근로시간이 줄어드는 만큼 임금도 적게 받겠습니다. 하는 분은 없을까요? 그렇기는 합니다. 느닷없는 말이라 생각할 시간도 드려야겠지만 일단은 그렇습니다. 근로시간 단축문제에 있어 개인적으로 합당하다고 생각되시면 마음의 준비를 해 놓으십시오. 거기에 따른 기술적 문제는 몇 개월 안에 내놓고 다시 말씀드리겠습니다.

선진기업 사원 여러분!,

사람으로 세상에 태어난 이상 행복하게 살아보자는 것은 어느 누구든 일 것입니다. 그래서 여러분들께서는 당장은 힘들어도 내일의 행복을 위해 참고 일만, 일만 해 온 것입니다. 그러다 보니 나이만 먹게 되고, 퇴직 날이 가까워지고, 국민 대다수도 이 자리에 계시는 여러분도 그렇게 사신 것입니다. 그렇게 사셨기에 우리나라 국민소득 3만 불 시대를 넘어 4만 불 시대를 열자는 몸부림이지 않겠습니까. 그렇시만 몸부림만으로는 부족한 국제정세입니다. 말씀드리지 않아도 잘 아시겠지만 오늘날은 국가들마다 무역 전쟁입니다.

선진기업 사원 여러분!

듣기 좋은 말이 못 되나 기업인 입장에서 보면 우리나라 노동임금이 너무 높은 것 같습니다. 때문에 기업들이 임금이 낮은 외국으로 빠져나가고 있습니다. 그런 문제점 때문에 지방도시 일자리가 논의되고 있는 같습니다. 그렇지만 그것도 강성노조 때문에 무산될 것 같다는 암울한 보도입니다. 우리 선진기업 여러분들이야 아니지만 그러지들 맙시다. 강성노조 때문에 기업들이 밖으로 나가버린다면 대한민국 기업은 어떻게 되겠습니까. 결국에는 일자리가 없어지지 않을까요. 아닐 것으로 보기는 해도 걱정입니다. 말할 것도 없이 높은 임금을 싫어할 근로자가 어디 있겠습니까. 그렇지만 임금이 오른 만큼 물가도 덩달아 오를 수밖에 없는 사회구조라는 것도 알아야 합니다.

선진기업 사원 여러분!

이렇게 얘기를 하다 보니 갑자기 생각나는 얘기가 있어 말씀드리는데 기업인도 밥 먹고 살아야 한다는 생각을 여러분들은 가져주시기 바랍니다. 그러니까 코스탁 주식이기는 하나 우리 선진기업 주식도 활발하게 거래되고 있나 봅니다. 그래서 선진기업 주식으로 번 돈까지를 탓하지 말라는 것입니다. 우리 선진기업 주식이 높은 가치로 거래가 돼 돈을 많이 벌게 되면 혼자만 쓰지 않을 생각입니다. 사원 여러분들을 포함한 도와야 할 곳을 찾아 쓸 것입니다. 기업은 어려워하는 분들도 살펴야 한다는 데 있기 때문입니다.

선진기업 사원 여러분!

그래서 말씀드리는데 앞서 말한 내용을 참고로 하셔서 무리한 요구는 자제합시다. 기업운영은 사장이 하는 것 같지만 실상은 사원 여러분들이 합니다. 우리 선진기업 얘기를 벗어난 얘기까지 해서 죄송합니다만, 이 자리에 계시는 여러분들은 퇴직하실 때까지는 단 하루를 일해도 선진기업 가족입니다. 그렇게들 아시고 힘차게 나아갑시다. 선진기업은 사원 여러분들 삶이 윤택해질 수 있도록 최선을 다할 것입니다.

엄승진 사장 신년사 얼마 후 노조 대표들과 대화가 이루어진다.

"사장님 신년사 말씀 중 저녁 먹는 시간을 갖기 위해서라는 말씀은 우리가 바라는 말씀이었습니다."

노조 위원장 강장원 말이다.

"그래요?"

"그렇기는 한데 근로시간이 줄어드는 만큼 임금도 그만큼 적게 받으면 하셨는데 맞지 않은 말씀인 것 같습니다."

노조 부위원장 말이다

"그래요? 저는 맞다고 생각하는데요."

"사장님은 그렇게만 생각되세요?"

또 노조 부위원장 말이다.

노조와의 대화

"그렇지요, 그런 밀씀은 우리로서는 아닌 것 같습니다."

노조 위원장 말이다.

"그러면 노조에서는 저녁 먹는 시간까지도 노동시간으로 봐달라는 건가요?"

"그렇지는 않지만 임금이 줄어드는 것은 반대입니다."

"임금은 노동시간에 비례해 받게 되는 것은 당연하지 않은가요?"

엄승진 사장은 단호하다.

"개인적으로는 괜찮을 수 있겠으나 노조 형편으로는 그게 아닙니다."

"그래요? 그러면 어떻게 하면 좋겠습니까?"

"정년연장을 하면 합니다."

"정년연장이요?"

"예, 정년연장이요."

"정년연장을 생각해 볼 수 있기는 한데, 그러면 몇 살까지요?"

"현재의 육십 세를 5년을 연장해서 육십오 세까지로 하는 것입니다. 그리하되 건강해서 일을 더 하고 싶다면 칠십까지도 말입니다."

"칠십 세까지요?"

"물론 월급을 조금 덜 받더라도 말입니다."

"그렇게 되면 여러분들의 자녀 취업문제가 발생하게 될 건데, 그런 문제는요?"

"그런 문제는 이어받으면 합니다."

"좋습니다. 그런데 문제는 능력인데 능력 문제는 무시해도 되고요?"

"능력이 못 되는데도 이어받게 하겠습니까. 그것은 아닙니다."

이번엔 노조 사무장 말이다.

"기업의 일꾼을 그런 식으로 이어받게 해도 되는지 근로기준법은 살펴보기는 하셨나요?"

엄승진 사장 말이다.

"근로기준법이요?"

"회사나 근로자나 근로기준법을 무시할 수는 없잖아요. 그래서요."

"그렇기는 합니다만…."

"그렇기는 하다니…. 혹시 편법을 쓰자는 겁니까?"

엄승진 사장 말이다.

"편법이요?"

"근로기준법이든 노동법이든, 그런 법은 노조 위원장님도 잘 아시겠지만 사용자 근로자 간 분쟁을 막자는 데 목적이 있습니다. 그래서 노동법을 따를 수밖에 없는데 회사 측에서는 아닌 면도 있습니다. 정년연장을 얘기하는 노조 측에서도 마찬가지겠지만 그렇습니다."

"공기업은 몰라도 사기업은 아닌 것 같은데요."

노조 부위원장 말이다.

"사기업은 아니라고요?"

"그러면 아닌가요?"

"근로자 네다섯 명인 소기업 말고는 노동법을 준수할 수밖에 없습니다."

엄승진 사장 말이다.

"오늘은 그런 문제가 주요 안건이 아니니 참고로는 할게요."

노조 사무장 최기복 말이다.

"일자리 이어받는 문제가 주요 안건은 아니나 선진기업으로 봐서도 나쁘지 않을 것 같아 노조의 제안을 받는 쪽으로 하시면 어떨까 합니다."

이번엔 노조 위원장 말이다.

"선진기업으로 봐서도 나쁘지 않을 것 같다면… 그것은요?"

"바로 내 회사라는 자부심으로 일할 것 같아서입니다."

"자부심이요?"

엄승진 사장은 좀 의아하다는 표정을 짓는다.

"그렇습니다. 자부심이요."

또 노조 위원장 말이다.

"그러면 우리 선진기업이 괜찮은 기업으로 인정한다는 그런 의미의 말로 읽히는데 선진기업 경영자로서 괜찮기는 합니다. 그러나 요구조건이 너무 크지 않았으면 합니다."

"근로 요구조건이 크지는 않습니다."

"저는 큰 것 같은데요."

"사원들을 위하겠다고 말씀을 하셔서 그렇습니다."

노조 위위원장 말이다.

"그렇게 말은 했지요."

"우리 노조가 사장님을 힘들게 한 적이 언제 있었던가요?"

"잔업 거부니, 그런 때는 몇 차례 있었던 같은데요."

"잔업 거부 정도는 기업 경영상 양념으로 받아주신 줄 알고 있는데 말씀하십니까."

"잔업 거부는 회사로서는 납기 때문에 밤샘도 부족할 때 그런 때를 딱 맞추는데 앞으로는 그러지들 맙시다."

"그런 정도는 있어야 근로 맛도 있지 않겠어요. 허허."

"그러면 앞으로도 그러겠다는 얘기가 되는데요."

아니, 잔업 거부가 근로 맛이라니, 그게 무슨 소리야. 제품 납기일이 촉박할 때만 골라 잔업 거부를 해서 노조 요구조건을 들어주지 않을 수 없게 하는 바람에 얼마나 힘들었는가.

"우리는 노조원들에게 성과를 말해야 해서입니다."

"그렇기는 하겠지만 노조 위원장님은 노조원들을 설득할 수 있는 책임자 아닌가요?"

"그렇게 보실 수는 있겠으나 문제는 사장님께서 잔업 거부니 그런 일이 발생하지 않게 하시는 것입니다."

"기업은 근로자들이 어디만큼 해 주느냐가 관건일 수 있습니다. 그런 줄 아시고 많은 협조 바랍니다."

"사장님도요."

"아무튼, 앞으로는 잘해봅시다."

노조와의 대화

"예, 잘해봅시다."

노조 부위원장 민철호 말이다.

"그리고 앞서 말한 임금을 덜 받고도 일하겠다면 얼마나요?"

"덜 받는 문제에 있어 논의까지는 아직이지만 기술적으로 말하면 정년 이후부터는 10% 정도 선으로 낮추면 어떨까 합니다."

"그러니까 단 한 차례만이요?"

"거기까지는 아닌 것 같아 노조원들 얘기를 들어봐야 할 것 같습니다."

"그러면 정확한 데이터를 가지고 다시 오세요."

"그럴까요?"

"그래야 이사진들에게 설명할 수 있지 않겠습니까."

"알겠습니다."

노조 위원장 강장원 말이다

"그런데 더 말한다면 노조가 근로조건만 따질 게 아니라 선진기업이 어떻게 움직여지고 있는지 경영실태도 보시면 합니다."

"경영실태요?"

이번에는 노조 부위원장 민철호 말이다.

기업 운영 문제는 사장이 알아서 하는 것이지 근로자가 거기까지 무슨….

"제가 그런 말씀을 드리는 것은 기업 운영자금을 쌓아놓고 기업하는 것도 아니고. 거의 은행 대출에 의존하고 있어서 하는 말이에요."

"은행 대출은 기업들마다 다 그러는 게 아닌가요?"

"맞습니다. 맞기는 하나 기업들마다 조금씩은 다릅니다."

"그렇기는 하겠지만은…"

"그러니까 기업 고정자산과 유동자산, 그것을 자기자본비율이라고 말하는데 우리 선진기업은 그런 문제에 있어 대체적으로 안정한 기업이라고 할 수는 있습니다. 그러나 위험요소가 항상 존재해서 하는 말입니다."

"위험요소라니요?"

"위험요소라는 것은 우리가 생산하는 제품을 다른 기업이 덤벼들지도 모르기 때문입니다."

"그것은 사장님 기업 경영 능력에 관한 문제 아닌가요?"

"제 기업 능력이요?"

"그러면 아닌가요?"

"제 능력이기는 하나 능력만으로는 어렵고 힘의 논리가 작용할 수 있다는 얘기입니다."

"힘이라고 말씀하셨는데 정치적 힘이요?"

"그렇지요. 정치적 힘이요."

"그런 부분은 인정합니다."

노조 위원장 말이다.

"만약이기는 하나 힘의 논리가 범접할 경우 가격경쟁으로 막아야 해서 기업 유동자금이 아슬아슬해서는 안 되겠다는 것입니다. 위원장님은 무슨 말인지 아시겠지요."

힘의 논리란 밀찡한 기업을 정치인들이 마구잡이식으로 뒤흔드는 바람에 기업하기가 힘들다는 볼멘소리들이다. 때문에 정치적 바람막이로 정치원로급들을 사회이사도 두지 않는가. 그러니까 정치원로들은 따지고 보면 이름만 올려놓고 적잖은 돈만 챙기는 이른바 조폭 같은 존재들인 것이다. 물론 모두가 다 그렇다는 아닐 것이나.

"그런 말씀은 비단 선진기업만 해당하는 건 아닐 텐데요."

"물론 우리 선진기업만 아니겠지요. 그러나 박정희 대통령 때 많이 듣던 유비무환이라는 말을 무시할 수는 없습니다."

노사 간 임금협상은 근로기준법에도 없는 연례행사로 되어있다. 그래서 해가 바뀌게 되면 회사 측에서는 당연으로 여기고 감출 수 있는 방법을 다 동원하게 되고, 노조는 여차하면 때려 부수겠다는 심산으로 쇠파이프 준비도 하는 형태로, 그것이 곧 노사 갈등이다. 노동자들의 열사로 여기는 전태일 분신 사건, 전태일 같은 정신으로 근로를 하다가 로또복권이라도 당첨이 돼 돈이 생기기라도 하면 사장이 되고자 할 것은 물을 필요도 없다. 그래서 사용자라도 되면 과거 쇠파이프를 들고 설쳤던 생각은 어디로 가버리고 근로자를 욕할지도 모르겠지만 말이다.

"사장님은 안전을 너무 생각하시는 것 아닌가요?"

"안전을 너무 생각한다고요?"

노조 간부들 대화 목적이 무엇이겠는가. 말할 것도 없이 더 많이 달라는 요구조건들이다. 그런 요구조건이 충족되지 못하게 되면 파업이라는 무기다. 파업 무기는 법으로도 보장이 된 것이기에 회사로서는 두려운 무기일 수밖에 없다.

"우리들이 느끼기엔 그래요."

노조 위원장 말이다.

"그것은 아닙니다. 이것이 기업인의 생리로 보시면 됩니다. 좀 다른 얘기가 되겠습니다만 예비전력 20%가 못 되어서는 블랙아웃이 될 위험이 매우 높듯이 기업운영자금도 예비전력과 같다고 보면 될 것입니다. 그러니까 어쩌면 예비전력보다 그 의미가 더 클 수도 있다는 얘깁니다."

많이 달라고 요구할 거면 기업을 운영하기가 얼마나 어려운지 사장 입장도 생각하고 요구를 하든지 해야지, 모두를 무시하면서 어린애 떼쓰듯 해서는 안 되는데 말이다.

"저희들은 그렇게만 생각이 안 됩니다."

"그렇게 생각이 안 되다니요?"

"기업이 잘 되기만을 우리 근로자들은 얼마나 바라는지 사장님께서도 잘 아실 텐데요."

"그거야 알지요."

"아신다면 됐네요."

"안다고 되는 게 아니라 행동으로 보여주는 것이 중요하지 않을까요?"

"행동으로요?"

기업인 입장에서 바라는 요구다. 그렇지만 생산제품 거래처는 영원한 계약 거래처가 아니지 않은가. 그래서 재계약이 이루어지는 것이 대부분이나 다른 기업체에서 똑같은 제품을 가지고 힘의 논리로 덤벼든다면 이겨낼 힘이 어디에 있겠는가. 이미 거래되고 있는 거래처를 선택하는 것이 우선이고 일반적이지만 바라보는 기업 호감도도 매우 중요하지 않겠는가. 그래서 사장은 최소한 대로 살면서 근로자를 위한다는 소문이면 아무 기업도 덤벼들지 못할 것이다.

"기업인들마다 다 그러리라 싶지만 우리 선진기업 직원들 생계 문제를 책임지다시피 하는데 어찌 안전을 생각지 않겠습니까. 당연하지요."

"알겠습니다. 사장님 말씀 오늘은 여기까지만 듣겠습니다."

"제가 너무 회사 경영에 관한 얘기만 한 것 같은데, 죄송합니다. 그러나 바쁘지 않다면 몇 마디 더 하고 싶습니다."

"몇 마디 더요?"

노조 위원장 말이다.

"예."

"바쁘지는 않습니다만…"

노조가 알아들 필요가 있는 말이면 모를까, 그렇지 않을 것 같은데 무슨 말을 하려고 할까? 일단은 들어는 보자.

"기업 경영자로서 노동조합은 국가로부터도 보호를 받는 근로자 단체입니다. 그래서 노조 활동을 인정해야 하겠지만 기업인 입장에서 노조 활동이 너무 강하다는 생각입니다. 물론 노조 때문만은 아니겠지만 그렇습니다. 제가 거기까지 얘기를 안 해도 아시겠지만 국내 주력산업일 수 있는 조선업, 자동차 산업이 위기를 맞고 있다는 보도입니다. 그래서 기업인으로서 솔직히 불안합니다. 불안한 것은 대기업들이 위기를 맞게 될 경우 그 파장은 어디까지 미치겠습니까. 중소기업이지요. 우리 선진기업은 내다 파는 생산기업이 아니라 현재로서는 대기업이 부탁하는 위탁기업일 수 있는 기업입니다."

"그런 점은 노조에서도 인정합니다. 그러나 근로자를 회사 동반자로 여겨 주셔야 합니다."

"그러면 지금까지는 아니었다는 겁니까?"

"외람되지만 아직은 아닌 것 같습니다."

"그래요?"

엄숭진 시장은 처음 듣는 말이라는 표정이다.

"회사 경영은 지시체계에 따르지요."

"그렇지요. 지시체계는 어쩔 수 없습니다."

"제가 드리는 말씀은 일손들이 능동적이지 못하다는 데 있습니다."

"그러면 노조가 생각하는 경영체계는요?"

"노조가 생각하는 경영체계를 말할 수는 없어도 고의성이 아니면 실수로 인정해 주셨으면 합니다."

"그렇군요."

"그러니까 스스로 고쳐질 건데 고의적인 것처럼 몰아세우는 것은 반발심이 일고, 그런 반발심이 제품생산으로까지 연결된다는 데 있습니다."

진짜다. 근로자는 고용주 말대로 움직여야 하는 고용자라는 인식 때문에 할 수 있는 말도 아니 하고, 싶은 말도 못 하게 된다는 데 있다. 물론 지시를 무시해서는 결국은 회사가 문을 닫게 될 수도 있지만 말이다. 생각을 해 보면 잘 나가던 자동차회사가 외국기업에 넘어가기까지 손해는 근로자가 아닌 해고를 당하기도 했다. 임금협상 테이블에 앉은 노조 간부들도 인정할 테지만 아닌 척해 버린다는 데 있다.

"듣고 보니 일리가 있는 얘깁니다."

"사실을 말씀드린다면 휴일이라 가족과 나들이를 하고도 싶지만 회사 사정상 쉴 수가 없어 출근하게 경우도 있습니다."

"그런 점 회사 측에서도 알고 있습니다."

"아신다고요?"

모르는 줄 알았는데 알고는 있네. 알고 있다면 시원한 것이라도 사다주면 좋으련만 그게 아니라는 데 있다.

"말씀을 들으니 저는 회사 운영 문제만 생각했네요."

"…"

어느 정도 알고는 있으나 그런 얘기는 처음인데 기대해도 될지가 중요하다는 듯 노조 위원장은 엄 사장을 빤히 본다.

"이런 말까지 안 해도 잘 아실 것이나 회사는 여러분들의 근로를 통해 움직여집니다."

"인정하신다니 다행입니다."

노조 부위원장 말이다.

"사장님을 두고 하는 말은 아니나 아무튼 그런 문제에 있어 개선이 필요합니다."

"알겠습니다. 그러지 않도록 지시를 하겠습니다. 그리고…."

엄 사장이 말을 하려다 멈춘 것은 회사 경영은 근로자를 위함이 아님을 분명히 말하려다 만 것이다. 노사협상에서 엉뚱한 말을 해서는 노조를 밖으로 나오도록 자극할 수도 있다. 그런 점에서 생각을 해 보면 공공기업이야 말할 필요 없이 사회 공익에 있겠으나 개인 기업은 그렇지 않지 않은가.

"말씀하십시오. 고칠 것이 있으면 저희들도 고치겠습니다."

"아니요."

"그래요. 사원들은 근로조건도 좋아야겠지만 인간 대접도 필요합니다."

"인간 대접이요?"

인간 대접이라는 말에 엄승진 사장은 의외라는 듯 눈이 둥글해진다.

"제가 너무 나간 얘기를 한 것 같습니다. 죄송합니다."

노조 위원장 강장원 말이다.

"아닙니다. 얘기 잘하셨습니다. 위원장님께서 하고자 하는 말씀을 이해하겠습니다. 그래요, 저는 회사를 운영하는 운영자입니다. 때문에 회사이사진들 의견을 참고로 지시를 내려야 되고요. 그러니까 머리를 쓰는 일에 있어는 사원 여러분들보다 밤잠을 설친다고 할까, 그렇습니다."

인간 대접? 인간 대접이라는 말을 듣고 보니 마음이 편치 못하다. 회사 경영자라고 해서 인간 대접을 안 할 수는 없는데 말이다. 아니, 그러면 근로자들이 보기에 내가 사장입네 하고 으스댄다는 건가? 그렇기는 하다. 운전기사까지 둔 고급자동차는 회사 경영자로서 당연하나 근로자가 보기엔 당연하지 않을 수도 있을 것이다.

"어떻든 저희 근로자들로서는 사장님만 믿습니다."

사장님만 믿습니다. 말은 그렇게 했지만 기업 경영을 손 안 대고 코 풀 듯해서는 안 될 텐데, 하는 것이다.

"지금까지 한 말도 너무 많이 한 것 같은데 선진기업 경영에 관해 몇 마디 더 해도 되겠습니까?"

"말씀하시지요."

노조 위원장 말이다.

"회사에서는 맹지라고 할까. 가치 없는 땅 3만여 평을 매입했습니다."

"가치 없는 땅 매입이라니요?"

"새로운 공장을 세우기 위해서입니다."

"새로운 공장이면…?"

"예, 새로운 공장을 세운다는 것은 사원을 더 뽑겠다는 얘기가 되는데 지금 생각으로는 약 100여 명을 더 뽑아야 될 것 같습니다."

"100여 명이요?"

"그렇습니다."

"그러면 기업 확장 아닙니까?"

"현재 만들고 있는 제품생산 라인이 아니어도 기업 확장일까요?"

"선진기업 운영자금을 투자하는 것이면 당연히 확장인 거죠."

노조 부위원장 말이다.

"선진기업 운영자금으로 투자니까 그렇기는 하네요."

"그러면 현재의 제품생산이 되는가요?"

"아니요."

"아니라고요?"

"예, 아닙니다. 그런 문제에 있어 미리 말해도 될까요?"

"미리 얘기해도 되지요. 말씀해 보세요."

"감춰야 할 회사 비밀까지는 아니기에 말할게요. 제품생산 라인은 완전자동기계 제작입니다."

"완전자동기계는 사람이 거의 필요 없을 텐데, 그렇게 되면…."

"일자리가 없어질 거라는 그런 걱정 말이요?"

"그렇지요."

"현재의 사원들은 해당이 되겠어요. 자동기계지만 그런 자동기계를 주부들이 반찬 만들듯 뚝딱 만들 수 있겠어요? 그러니 해고로 이어질 걱정은 안 하셔도 됩니다."

"그렇기는 하겠지요. 주부들이 반찬 만들 듯할 수는 없겠지요."

"생각처럼 잘 될지는 몰라도 회사가 구상하는 자동기계제작은 제품원자재를 기계 앞에 가져다 놓고 스위치만 누르면 완제품이 되어 운송 차량에 실리기까지 하는 그런 기계제작 공장입니다."

"그렇게까지 하려면 고급 두뇌들이 필요할 텐데요?"

"맞습니다. 고급 두뇌들이 있어야 할 겁니다."

"그러면 사장님이 생각하는 고급 두뇌가 우리나라에도 있을까요?"

노조 부위원장 말이다.

"왜 없겠어요. 찾으면 있겠지요."

"찾으면 있을 것이라는 말씀은 없을 거라는 말씀도 포함하는데요."

이번엔 노조 사무장 말이다.

"누구는 서울대 공대생을 말할 수도 있을지 몰라도 저는 아니라고 봅니다."

"그건 왜요?"

"공부와 무관하다고 볼 수는 없겠으나 공부는 좀 못해도 자기가 가지고 있는 재능이 있어요. 물론 기계제작 분야 재능이어야겠지만 말이요."

"완전자동기계 제작공장을 세우겠다는 생각은 벌써 하셨나요?"

노조위원장 말이다.

"그렇지요. 벌써부터이지요."

"그러시군요. 일단은 알겠습니다.

"이런 말은 천천히 해도 될 건데, 했네요."

어느 기업이든 제품 생산성을 높이면서 지속이 가능한 연구를 할 수밖에 없다. 그런 점에서 우리 선진기업 사정도 예외일 수는 없어 좀 늦은 감이기는 하나 무리한 임금인상만을 요구하는 노조를 생각하면 현재 1,000여 명이나 되는 사원을 반 정도로 줄여야 한다. 사원을 줄이려면 노동법이 아니어도 해고로는 안 될 테니 완전자동기계설비뿐이다. 그래서 구입한 토지 면적이 좀 되기는 하나 자동기계 설비공장을 짓자는 것이다. 그런 점에서 생각을 해 보면 국제정세 등 외부요인도 있겠지만 해마다 올려주어야 할 임금압박이다. 회사마다, 라고 해도 될 높은 임금압박이다. 임금압박에 짓눌려 결국은 저임금 국가로 빠져나가는 기업들이 얼마나 많은가. 현대자동차 노조가 올려달라는 임금인상의 명분을 보면 재밌다. 회사 경영자금으로 어렵다면 자동차 가격을 높이라는 것이다. 물론 국민들을 의식해 겉으로는 못하고 내심으로이지만 말이다.

그래서든 우리 선진기업은 저임금 국가로 가기는 상대 기업과 찰싹 붙어야 될 만큼 멀리 떨어질 수 없는 주문생산기업이다. 때문에 저 임금 국가로 갈 수도 없지 않은가. 그래서 인력을 줄이자는데 완전자동기계제작인 것이다. 지금 천 여 명의 사원을 백여 명 이하로 줄이자라는 것이다. 누구든 불량한 기업가로 볼지 몰라도 기업목적은 말할 것도 없이 최소의 투자로 최대의 수익을 내는 이윤추구이지 않은가. 그래서 어느 기업이든 연구팀을 두고 있겠지만 우리 선진기업도 연구팀을 두고는 있으나 사업투자 없이 앞으로 나아가기는 안 된다는데 완전자동기계 공장설립이다.

제품생산기업체면 완진자동기계 공장설립은 반드시 필요하다. 자동기계 만드는 기업이라는 소문이면 제품생산 기업들마다 견학 올 것은 물론이고, 잘만 만들면 완전자동기계 판매시장은 무한 넓다. 그러니까. 타워크레인 조작도 전문기술자가 필요도 없이 아무나 조작이 가능한 리모컨 같은 그런 제작공장 말이다. 자동차에 실린 원자재를 컴퓨터 조작으로 완제품이 되어 자동차에 다시 실려 배송이 되게까지 말이다.

"기계제작 공장부지 매입 소식도, 사원모집 얘기도 처음이지만 우리는 그런 얘기를 듣고자가 아닙니다. 우리는 말할 것도 없이 회사 측으로부터 요구조건 결과물을 얻어내 말해 주어야 할 노조 대표입니다."

노조 위원장 강장원 표정은 엄 사장이 알아볼 정도다. 그러니까 듣기 싫다는 것이다.

"선진기업 경영자 입장에서 하는 말이니 여러분들은 그렇다는 정도만 아십시오. 구체적 얘기는 일이 진척될 때 다시 하겠지만 일단은 그렇습니다."

"알겠습니다."

노조 협상팀은 합창처럼 대답한다.

"기업은 발전해야 합니다. 발전이 멈춰서는 몰락을 의미하기 때문입니다."

"…"

발전이 멈춰서는 몰락? 그렇기는 하겠지. 그렇지만 그것은 어디까지나 회사 입장이지 않은가.

"그렇기도 하지만 대형 거래처 확보를 위해 밤잠을 설치기도 합니다. 노조 대표님들께서는 이 점도 이해해 주셨으면 합니다."

"이해까지는 아직이고, 일단은 알겠습니다."

"선진기업 대표이사 입장이기는 하니 노동조합원들의 요구조건을 충족시켜드리지 못했다면 다음에 또 오십시오."

엄승진 사장은 노조와의 협상을 끝내고 이사회를 소집한다.

"어제 만난 노조위원장 말한 노조 요구조건입니다."

"그래요? 한번 들어봅시다."

엄기성 회장 말씀이다.

"예, 거기에 대한 답변도 해 주었는데 주고받은 얘기지만 말씀드리겠습니다."

"노조원들에게 단언하면 안 되는데…."

또 엄기성 회장 말씀이다.

"제가 노조위원장에게 요약한 말만 한다면 다음과 같습니다."

어느 정치인이 낸 책을 보니 우리나라도 이제는 분배할 때가 되었다고 했더라고요. 그래서 분배를 어떤 식으로라는 할 것인지 설명이 없어 말하기는 좀 그러나 단순 생각으로는 공산주의 이론과 비슷합니다. 공산주의 이론 정책이 무엇입니까. 부자, 가난한자가 따로 있어서는 안 된다는 논리 아닙니까. 그런 이론에만 묶여있어서

는 굶어 죽을 수도 있다는 생각으로 흑묘백묘를 들고 나온 중국 등
소평입니다. 오늘의 중국발전은 등소평 덕으로 봐야겠지만 그렇습
니다.

우리 선진기업도 잘 나가는 기업들처럼 발전해 나가자는 것입니다.
우리만 잘 먹고 잘살자면 또 모를까 그게 아니고 우리의 자식들도
밥 먹고 살게 할 거면 받고 싶은 임금은 조금은 양보가 있어야 하지
않을까요. 민주노총에게 하고 싶은 말이 있습니다. 요즘에 말이 되
고 있는 지방 도시형 일자리 문제인데 노조가 그것을 가로막지 말
라는 것입니다. 국외로 빠져나간 기업들을 불러들이게 말이요. 그
러잖아도 청년 일자리가 턱없이 부족한 상태에서 강성노조개입이
다 뭡니까. 물론 그렇기는 하겠지요. 현재 받는 임금이 줄어들어서
는 안 될 것입니다. 인정합니다. 그렇더라도 기업들마다 는 강성노
조 때문에 저임금이 외국으로 빠져나가는 실정입니다. 그런 실정임
을 우리는 두 눈으로 보면서도 말리지 못하는 실정입니다. 외국으
로 빠져나가는 기업들을 보면 근로자는 어떻게 생각할지 몰라도 기
업인으로서 너무도 안타깝습니다. 높은 임금 때문에 기업을 못 하
겠다고 저임금 국가로 빠져나가 버리면 대한민국에 일터가 줄어들
것은 두말이 필요 없을 것입니다.

"저는 이렇게까지 말했습니다. 노조 대표들이야 듣고 싶은 말이
아니었겠지만 말입니다."

"기업으로서야 노조가 없으면 좋겠지만 없앨 수는 없습니다. 그렇다면 괜찮다 싶은 구상이라도 가지고 있으세요?"

최상진 이사가 묻는다.

"저보고 하신 말씀이세요?"

"그렇지요. 사장님께 묻는 겁니다."

"저는 그렇습니다. 전혀 엉뚱한 구상일지 몰라도 우리 선진기업은 노조를 살리는 쪽으로 생각 중입니다."

"노조를 살릴 생각이라뇨?"

또 최상진 이사 말이다.

"노조를 살릴 묘책이 따로 있겠습니까. 임금협상은 다른 기업 수준으로 올려주되 연말상여금을 좀 괜찮게 주자는 거지요. 생산성 증가는 사원들이 신이 나야 할 테니까요."

"생산성 증가요?"

"예, 생산성 증가요."

"그 말은 맞는 것 같기는 합니다만, 문제는 운영자금입니다."

황경욱 이사 말이다.

"그리고 생활 형편이 어려운 가정을 발굴해 돕는 것입니다."

"그런 일은 기업이 아니라 자선단체이거나 구호단체에서 하는 일 아닌가요?"

또 황경욱 이사 말이다.

"기업 근본 목적은 서로 행복하자에 있습니다. 그렇게 가 어찌 보면 사회주의 이론 같기도 하지만 강제성이 아니기에 해 볼만하다고 저는 생각합니다."

"아니, 너무 거창한 생각 아닌가요?"

엄기성 회장 말씀이다.

"저는 거창하다고는 안 봅니다."

"노조를 살리자는 말도, 사원들을 행복하게 해 주겠다는 말도 기업인으로서 너무 나간 말입니다."

또 엄기성 회장 말씀이다.

"그렇게까지는 제 나름의 구상이 있습니다."

더 뛸 수 있는 말에게 채찍은 말할 것도 없이 인간과 동물의 언어 통신이 되질 않아 힘내라는 의미의 신호가 담긴 채찍이다. 그래서 생각인데 사원들에게 힘내라는 대우를 해 주자는 것이다. 곧 격려금 형식 말이다. 회사 경영자가 가져할 덕목이 있는데 그게 무엇이겠는가. 잘해 보자는 씨도 안 먹힐 하나 마나 한 말이 아니라 자기의 생각을 마음대로 펼 수 있는 분위기를 만들어 주는 것이다. 다시 말해 사원들이 기업 사정을 거울 보듯 하게는 못해도 이해가 될 정도는 보여줄 필요가 있다는 것이다. 강성노조 때문에 기업 하기 어렵다는 현재의 기업가들에게 말한다. 노조가 무엇인지도 모르던 대한민국기업 초창기이기는 해도 유한양행을 운영했던 유일한 씨를 모델로 하겠다는 그런 생각도 해 볼 수 있지 않겠는가.

"숨은 뜻이요?"

"그래서 잘못이 아니라면 사장이 직접 집으로까지 찾아가는 것입니다."

"좋은 생각이기는 하나 기업운영자금이 그만한 여유가 있어야 할 건데요."

황경욱 이사 말이다.

"좋은 집을 사주는 것도 아니라면 그렇게 어려울 것도 없을 것 같습니다."

"그렇게 하자면 많은 돈이 필요할 게 아니요?"

"그렇기는 하나 무한정으로는 아니니 큰 부담은 안 될 것 같습니다."

"무한정이야 말도 안 되겠지만 어느 정도를 생각하시나요?"

또 황경욱 이사 말이다

"그렇게 매년 하되 기술적으로는 우리 선진기업 사원이 1,000여 명이나 되니까 20여 가정 정도를 선발해서요."

"그러면 금액은 어느 선에서요?"

"5,000만 원 내외를 생각하고 있는데 작은가요?"

"작다니요. 그렇게 해도 회사 운영에 지장이 없겠습니까?"

최상진 이사 말이다.

"물론 기업운영자금 상태를 점검해 봐야겠지만 저는 돈을 벌어 빌딩을 사거나 그럴 생각은 처음부터 없어서 하는 말입니다."

"그러실 거면 몰라도…."

또 최상진 이사 말이다.

"제가 그런 말을 해서는 기업인들이 건방지다 할지 몰라도 어느 기업 총수는 동생에게 1조 원 가까운 가치의 주식을 형제에게 물려주었다는 보도는 기업인 입장에서 숨고도 싶었습니다.”

“그런 일을 극히 일부일 텐데…”

선진기업 창업자 엄 회장 말씀이다.

“예, 저도 그렇게 봅니다. 자본주의 국가에서 주식으로 모은 정당한 돈이기는 하나 그런 기업인들 때문에 강성노조가 있게 되는 것이고, 때문에 조선업, 자동차 산업 등 우리 한국기업을 대표할 수도 있는 기업들이 위기를 맞고 있는 것은 걱정입니다. 대형 자동차를 타는 입장에서 말하기는 아닐지 모르겠으나 기업 경영자가 중형 자동차를 타고 다닌다고 말하는 사람 있을까요. 짐작이기는 하나 아마 없을 것입니다. 그래서 저는 편리성 이상을 넘보지 말자는 생각입니다. 그러니 저의 기업 경영방식을 너무 탓하지만 말아 주셨으면 합니다.”

기업인들에게 말하고 싶다. 기업인으로서 대접받고 싶으면 거느리고 있는 사원들이 ‘우리 사장님이십니다.’ 자랑하고 싶은 기업인이 되라는 것이다. 마음이면 그렇게 어렵지 않을 것이기 때문이다. 그런데도 살고 있는 집이 수백억 원짜리면서 강성노조원들에게 잘못이라고 말하기는 양심이 있지 않은가. ‘노블레스 오블리주’ 이런 말은 가지지 못한 자들이 하게 되는 말일지 몰라도 말이다. 그래, ‘노블레스 오블리주’ 이런 말은 일자리가 없어 헤매는 젊은이들에게 해당이 안 될 말이고 나이 많은 사람들에게나 어울릴 말일 것이다. 어쨌든 인간의 심리는 물질욕, 성욕, 식욕, 명예욕, 수면욕, 이런 오욕이 있어서 '노블레스 오블리주'를 쉽게 받아들일 수가 없지는 않을 것이다. 때문으로 봐야 할지 평등하자는 주의인 공산주의가 탄생한다. 그러나 내면을 살펴보면 공산주의는 권력을 쥐자는 데 있고, 자본주의 내면은 종을 많이 두고 거기서 왕 노릇 하자는 데 있다는 것 같다.

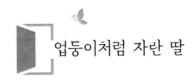

업둥이처럼 자란 딸

선진기업은 기업 설립 초창기 우려와는 달리 번창하기 시작한다. 중소기업이면 영업이사는 회삿돈을 만져야만 해서 기업주 최측근이라야 한다. 때문에 선진기업도 창업주 막내동생 엄승철이가 영업이사직을 맡게 된다.

영업 거래수단에 있어 현대처럼 문명화된 거래카드가 아니던 시절 수금은 현금일 수밖에 없다. 때문에 엄승철 영업이사는 그런 상황에서 예쁜 여자가 보이기 시작한다. 그런 문제에 있어 엄승철 영업이사만이 아니어도 주머니에 돈이 있는 건강한 남자가 예쁜 여자 앞에서 목석일 수 있겠는가. 때문일 것으로 봐야겠지만 거래처 경리사원 임찬숙이가 보인다. 너무도 예쁘다. 눈을 부릅뜬 마누라가 있는 유부남이기는 해도 손이라도 한번 만져보고 싶다. 젊은 남자로서 말이다.

"안녕하세요."
선진기업 영업이사 엄승철 인사말이다.

"아, 예."

미림기업 경리사원 임찬숙은 바쁘다는 것인지 시큰둥한 태도다.

"저는 선진기업 영업이사 엄승철입니다. 앞으로는 자주 봬야 할 것 같습니다."

미림기업 경리사원 임찬숙은 듣고 싶지도 않다는 태도인데도 엄승철 영업이사는 자주 봬야 할 것 같다는 말까지 한다. 그런 인사말은 나이와 상관없이 미림기업으로부터 돈을 수금해야 하는 영업이사로서 당연한 말이지만 그렇다.

"그래요. 자주 봬야지요."

경리사원 임찬숙은 엄승철 이사를 쳐다보지도 않고 그렇게만 말하고 자리를 옮기려 하고 선진기업 엄승철 영업이사는 "수고하십시오. 다음에 또 뵙겠습니다." 한다. 그것도 깍듯이. 엄승철 이사는 그런 인사만이지만 마음 같아서는 언제 시간 좀 내달라는 말도 하고 싶을 정도로 미림기업 경리사원인 임찬숙은 예쁘다. 임찬숙은 고등학교를 갓 졸업한 소녀 같은 나이로 보여 아들만 셋을 둔 아내와 비교 해지는지 자리를 옮기는 미림기업 경리사원 임찬숙을 엄승철 이사는 홀딱 반한 눈으로 쳐다본다. 엄승철 이사가 그렇게 쳐다보는 것은 미림기업과 선진기업 사무적 일 때문만이 아니다.

"오늘은 이사님 얼굴이 여간 좋아 보이십니다."

엄승철 이사를 따라간 박정일 과장 말이다.

"뭐…?"

"아닙니다."

말은 아닙니다, 했지만 사실로 보어 나온 말이다. 얻어먹을 대상에게는 자존심을 내려놓기도 하지만.

"쓰잘데기없는 소리들 말고 오늘 점심은 뭘로 먹을 건지, 그거나 말해."

"이사님, 기분이 괜찮으신 것 같은데 맛있는 거 먹읍시다."

이번에는 선병관 영업사원 말이다.

"알았어. 맛있는 거 먹자고."

"이사님 얼굴빛이 오늘은 유달리 밝습니다."

박정일 과장은 엄 이사가 미림기업 여자 경리사원에게 반했다는 것을 알아차리고 하는 말이다.

"그러면 내가 언제는 우거지상이었나."

"그런 말 저는 안 했는데요."

박정일 과장 말이다.

영업활동을 배우라는 취지이기는 하나 다른 때와 달리 선병관 사원도 데리고 갔다. 엄승철 이사는 선진기업 실재 능력자이기 때문에 영업에 있어는 사장을 대신한다 할 것이다. 그래서 그만한 일감도 따오지만 납품 대금만큼은 누구에게 맡기지 않고 손수 수금이다. 그것도 혼자여서는 강도에게 당할 위험도 있다는 생각으로 영업사원 두 명을 보디가드로 해서 말이다. 선진기업 창업을 하고 성장 정상궤도에 있을 때 있었던 일로 생각하기도 싫지만 영업사원이 거래처로부터 수금한 큰돈을 몽땅 가지고 도망쳐버린 것이다. 그래서 특별한 때 말고는 수금은 다른 사람에게 맡기질 않아 엄승철 이사가 수금을 하게 되는 바람에 엄승철 이사 주머니에는 용돈이 부족함이 없다. 그래서 엄승철 이사는 미림기업 경리사원 임찬숙의 미모를 보고는 남자의 본성이 최고조에 이르게 된다.

호랑이나 사자 같은 맹수들은 배부르면 낮잠이나 즐기겠지만 인간은 짐승들과 달리 이성을 찾게 된다지 않은가. 그래서이겠지만 엄승철 이사는 개인용도로 써서는 안 될 회삿돈을 미림기업 경리사원 임찬숙에게 쓸 생각이다.

남자는 예쁜 여자와 말이라도 걸어보고 싶고, 여자는 멋진 남자 손을 만져보고 싶다지 않은가. 때문에 성 도덕이 무너져 가정이 파괴되기까지 한다. 지금도 아니라고는 못 하겠지만, 남성들은 마음에 드는 여성들 손잡아 보기는 돈이면 해결되기도 했다. 얼마 전까지도 돈 앞에 여성성은 무기력했다. 그래서 불륜은 돈이라는 것이 큰 역할을 했다.

"안녕하세요. 또 왔습니다."

인사는 전화로 미리 해 두었으나 엄승철 이사는 또 찾아왔다는 인사말을 건넨다.

"아이고, 오셨어요. 죄송하지만 좀 기다리셔야 할 것 같습니다. 사장님의 결재가 아직이라서 그럽니다."

돈을 내주라는 사장결재는 급한 사정이 아니면 점심시간이 다 돼서야 이루어지곤 한다. 생각을 해 보면 돈 받을 사람이 급하지, 돈 내줄 사람이 급하겠는가. 오늘 결재는 다른 때와는 달리 좀 늦다. 때문에 임찬숙은 미안하다는 표정까지 짓는다. 이승철 이사가 알아볼 만큼 말이다.

"그래요? 그러면 여기서 기다려도 되겠습니까?"

"그러시지요. 미안합니다."

임찬숙은 또 한번 기다리게 해서 미안하다는 표정을 짓는다.

"아닙니다. 괜찮습니다."

누가 미안해하는 임찬숙에게 다른 말을 하겠는가. 미안해하는 임찬숙 경리사원이 더 없이 예뻐 보인다. 남자의 눈에는 예쁜 여자보다 더 아름다운 것이 세상에 또 있을까. 마음 같아서는 차라도 같이 하자고 쪽지라도 주고 싶은 마음이다. 어떻든 엄승철 이사 생각은 미림기업 경리사원 임찬숙 여사원에게 꽂혀있다.

"안녕하세요. 엄승철 이삽니다. 언제쯤 가면 될까요?"

며칠 후다. 처음부터 그러기는 했지만 엄승철 이사는 수금이 될지를 전화로 미리 알아본다.

"사장님 결재가 나면 전화를 드릴게요."

그렇게 해서 엄승철 이사는 미림기업 경리사원 임찬숙과 차도 마시고, 퇴근도 승용차로 시켜주기까지 발전하게 된다.

"이건 그동안 고마움의 표십니다."

엄승철 이사는 반달 치 월급 정도의 현금을 선진기업에서 사용하는 봉투에 담아 용돈으로 쓰라고 임찬숙의 겨울용 외투에 찔러준다.

"이사님~ 이건 아니에요~"

임찬숙은 외투에 찔러 준 돈을 다시 꺼내려고 한다.

"아시는 대로 저는 영업이사지만 선진기업 사장 친동생입니다. 그것을 과시하고자는 아니나 납품 대금이기는 해도 늘 주시는 돈을 받으면서 언젠가는 용돈도 한번 드리고 싶었는데 기회가 없었습니다. 얼마 안 되니 저의 성의가 아니라 회사의 성의로 받아 주십시오."

"이러시면 안 되는데…."

"안 된다고 하실 줄 아는데, 미안합니다."

"일단은 받겠습니다. 감사합니다."

임찬숙은 엄승철 이사를 향해 고맙다고 한다. 말로가 아니라 고개 숙이는 정도로 말이다. 그래, 내 남자도 아닌 다른 남자가 운전하는 조수석에 동승할 정도면 내 손을 잡아도 됩니다, 허락한 것 아니겠는가.

"아닙니다. 제가 감사해야 할 일입니다."

이제 갓 스무 살 미림기업 경리직원 임찬숙과 서른두 살 유부남인 선진기업 엄승철 이사는 불륜을 저지르기까지 이른다. 선진기업 엄승철 이사로서는 그동안 마음먹었던 남자라는 도장을 확실하게 찍는다.

"내가 이러면 안 되는데 미쳤나 봐요."

누구도 모르게 이루어진 불륜이기는 해도 순결을 허락해 버린 임찬숙은 벗었던 옷을 급하게 입는다.

"이렇게까지는 안 허려고 했는데 미안해요."

엄승철 이사는 옷 입지 말고 더 놀자는 마음도 있으나 변태로 보일지도 몰라 알몸을 감추려는 임찬숙을 본다.

"이사님이 미안해하실 거 없어요."

"아니요, 미안해요."

"잘못이라면 제 잘못입니다."

남자들마다는 늑대로 보면 될 건데 그걸 잘 알고 있었음에도 방어를 못하고 순결을 허락해 버린 것이다. 불륜 순간이야 좋거나 나쁘지도 않았지만 말이다. 여자의 성은 남자 성과 달리 남자가 좋아 보일 시기는 나이 사십이 넘어서부터라는 말도 있다.

"고맙습니다."

미안했다는 의미겠지만 이승철 이사는 임찬숙 손을 붙든 것을 마다 못하게 되고 임찬숙이가 지닌 난자와 엄승철 이사가 지닌 정자의 만남이 이루어져 본인도 모르게 새 생명 탄생까지 된다.

단 한 번 그랬다고 임신까지는 전혀 아닐 줄 알았다가 임신임을 알게 되자 임찬숙은 그동안 다니던 회사를 곧 그만두게 되고, 결국은 복잡할 수도 있는 딸을 낳게 된다. 딸을 낳게 된 임찬숙 본인이야 말할 것도 없지만 임찬숙 엄마는 미혼모가 된 딸이 큰 걱정이다. 멀쩡한 딸이 어떤 놈을 만나 미혼모가 된 거야. 그래서 임찬숙 엄마는 아기 아빠가 선진기업 엄승철 이사임을 알아내 선진기업 공장으로 찾아간다. 그것도 태어난 지 일주일도 안 된 아기를 들쳐 업고 말이다. 회사 정문까지 갔으나 선진기업이라는 간판만 확인하고 회사와 좀 떨어진 충남 가게로 들어간다.

"어서 오세요. 무엇이 필요하신가요?"

"무얼 사러 온 게 아닙니다."

"그래요? 아기가 많이 어린 것 같은데 이리 좀 앉기나 하세요."

충남가게 주인은 앉을 자리를 방 빗자루로 대충 쓸면서 하는 말이다.

"한 가지 말해도 되겠지요?"

"무슨 말씀인데요."

"선진기업 엄승철 이사님, 가게에 들르기도 하던가요?"

"가끔이기는 하지요. 그런데 왜요?"

"그래요…?"

"그런데 저 사람이 엄승철 이산가 보다, 그런 정도만 알 뿐이에요."

충남가게 주인은 평범한 생각으로 묻는 게 아닐 거라는 표정으로 아기까지 번갈아 본다.

"아니요. 전화 한번 걸어 주시면 안 될까요?"

"어디로요?"

"선진기업 엄승철 이사님과 통화하게요."

"그러시지요."

그렇게 해서 충남가게 주인은 선진기업으로 전화를 걸어준다.

"예, 선진기업입니다."

교환원 음성이다.

"엄승철 이사님 계실까요?"

"계시기는 한데, 전화 거시는 분은요?"

"예, 여기는 충남가겝니다."

"잠시만 기다려 보세요."

교환원은 그러더니 곧 엄승철 이사와 통화하게 해준다.

"예, 선진기업 엄승철 이삽니다."

전화를 받는 엄승철 이사 음성은 밝다.

"엄 이사님에게 드릴 말씀이 있어 충남가게에서 전화를 겁니다."

임찬숙 엄마는 그렇게만 말한다.

"그러시면 회사로 오시지요."

"회사로 갈 사정은 못 됩니다. 죄송합니다."

"그건 왜요?"

"드릴 말씀이 있으니 가게로 나오시지요."

"나갈 수는 있으나 전화 거시는 분이 누구신지나 알아야 않을
까요?"

"누구라고 밝히기는 좀 그러니 일단 충남가게로 오세요."

"알겠습니다."

여자 목소리기는 한데 가게로 나오라니…. 아니, 죄지은 일도 없
는데? 엄승철 이사는 그러면서도 여자가 기다린다는 충남가게로
간다. 그렇게 가기는 하나 불려나갈 만한 잘못도 없잖아. 생각이
묘해진다. 여자든, 남자든 만나자는 사람이 신분을 밝혀 맞는 건
데 그렇지 않아 조금은 불안하다. 그러나 크게 걱정 안 해도 될 여

자다. 여자라 두들겨 맞지는 않겠으나 불안은 감출 수가 없다. 죄 짓고 못산다는 말처럼 엄승철 이사는 오가는 사람들의 눈초리가 죄인을 바라보는 것만 같다.

"어서 오세요."

충남가게 주인은 아기를 들쳐업고 온 임찬숙 엄마 쪽으로 안내한다.

"아, 엄 이사님인가요?"

"예, 저는 선진기업 엄승철 이산데, 아주머니는 누구신지요?"

"다른 설명은 추후 해도 될 것 같으니 우선 이 아기부터 보세요."

임찬숙 엄마는 들쳐업고 온 아기를 엄승철 이사 가까이 눕혀놓고 말한다.

"아니, 아기요?"

"예. 아기요."

"아기는 그렇지만 저는 처음 뵙게 되는 분이라 누구신지부터나 말씀을 해 주셔야…."

엄승철 이사는 충남가게 주인도 보면서 하는 말이다.

"선진기업 엄승철 이사님은 맞지요?"

"예, 그렇기는 합니다만…."

"그러시면 미림기업 경리사원 임찬숙도 알고 계시고요?"

"알고는 있습니다만 그게 어떻다는 건가요?"

"예쁘지요?"

아기 얼굴을 볼 수 있게 포대기를 펼치면서다.

"…"

아니, 뭐야? 그러면 이 아기가 내 아기라는 건가? 그러면 작은 일이 아닌데 이것이 임신이 된 줄 알았다면 떼 버리던지, 그랬어야지, 여러 차례도 아니고 딱 한 차례뿐인데…. 누굴 골탕 먹이려고 작정한 거야 뭐야. 아니라고 딱 잡아 뗄 수도 없고…. 그렇다고 돈으로 해결할 수도 없고…. 마누라가 아는 날엔 다른 소리 나올 것은 불을 보듯 한데 어쩌면 좋냐…. 보여주는 아기는 안 보이고 생각만 복잡해진다는 듯 엄승철 이사는 어리둥절해진다.

"엄 이사님이야 이렇게까지 상상도 못 하셨겠지만, 나쁜 일이 아니니 인정하시고 이 아기를 엄 이사님께 드리고 가겠습니다."

"아기를 저한테요…?"

"앞으로 잘 키워나 주십시오. 저는 급하게 가볼 때가 있어서 이만 두고 갑니다."

미혼모가 된 임찬숙 엄마는 아기를 엄 이사에게 줄 듯하다.

"제 아기가 아닌 것 같은데 그러시면 안 되지요."

일단은 아닐 것 같다는 말을 할 수밖에 없다.

"엄 이사님 아기가 아니라고요?"

"확인도 안 됐지 않습니까. 그래서요."

"그러시면 제 딸을 데리고 올까요?"

"그렇게까지는…."

어쩌지 못해 낳았으면 고아원으로 보내던지, 그랬어야지, 멍청이도 아닌 것 같은데 골탕을 먹이려고 작정한 거야, 뭐야…?

"이 아기 할미로서 키워주어야 당연하나 저의 사정을 말씀드릴 수는 없어도 사정상 제가 키울 수가 없습니다. 미안합니다."

"어쩔 수 없다 해도 당장 이러시면 안 되지요."

"안 되다니요. 제가 이렇게까지는 밤잠도 설쳤어요."

"…"

날벼락도 유분수지, 이게 뭐야. 핏덩이 같은 아기를 주고 가겠다니…. 말도 안 된다.

"다른 얘기할 것 없어요. 이 아기는 친아버지가 길러주는 일밖에 없어요."

"그러면 이 아기 친아버지가 저라는 겁니까?"

"엄 이사님 아기가 아닌데 제가 억지를 부리고 있다는 건가요?"

"그건 아니지만…."

"아니지만 하셨는데 무슨 뜻으로 하시는 말씀이지요?"

"저도 생각을 좀 해 봐야 해서요."

"생각은 무슨 생각이요? 엄 이사님이 그러시는 거 이해는 되지만, 이 아기 두고 갈 거예요. 어쩔 수 없어요."

"…"

아기 할머니 태도는 아기를 두고 갈 태센데 어쩌면 좋냐? 하필이면 그때가 가임기였다니…. 몸 상태가 임신이 될지도 모르니 좀 참아달라고 했으면 임찬숙 몸에다 손 안 댔을 건데 말이다. 물론 임신을 해본 경험이 없는 처녀라 그런 생각까지 할 수 있겠는가마는 정말 난감한 일이 아닐 수 없다. 이렇게 된 사실을 마누라가 아이들이 일기라도 히 는 날엔 남편의 체면이 뭐가 되겠는가. 그것도 있지만 세상 물정 모르는 아직 초등학생들이기는 해도 세 녀석들은 아빠를 또 어떤 시선으로 볼 건가?

"이 아기를 보여드리려고 업고 온 게 아니에요."

"…"

간밤에 이렇게 되리라는 이상한 꿈도 없었는데 느닷없는 날벼락이라니….

"이런 말까지는 필요 없겠지만 친아버지께 보내주는 게 맞지 않아요. 엄 이사님으로서는 느닷없는 일이기는 하나 제가 이렇게까지는 많은 고민을 했어요. 그래요, 제 딸 잘못이기는 해도 시집만은 보내야 할 게 아니요. 이런 말까지 해도 될지 모르겠으나 저로서는 남편이 일찍 떠난데다. 임찬숙이가 무남독녀여요. 무남독녀를 미혼모로 살게 할 수는 없어요. 임찬숙 엄마로서 말이요."

"그렇다 해도 당장은 아닌 것 같습니다."

"그러면 이사님이 데리러 오겠다는 건가요?"

"아이고, 너무 막무가내시다."

그러면 이 아기를 진짜 두고 가겠다는 건가? 대관절 나더러 어떻게 하라는 거야? 그래, 엄승철 이사는 느닷없는 일이라 난감할 것이다.

"아기를 이 자리에서 받기가 어렵다면 업둥이로 해드릴 테니 이사님 집 주소나 주십시오."

"집 주소요?"

나는 모르는 일이라고 딱 잡아떼기도 어렵고. 이거야 정말이다.

"엄 이사님 아기가 사실이면, 그렇게 하시는 것이 옳지 않을까요?"

충남가게 주인이 거드는 말이다.

"아주머니는 모르는 말씀 마세요."

"그래요. 이런 일에 제가 끼어들어서는 안 되기는 해요. 그러나 두 분의 얘기를 듣고만 있기는 오지랖이 넓다고 할까. 어떻든 아기 할머니는 마음먹고 하시는 얘긴 것 같은데 다른 방법이 없을 것 같아 드리는 말이에요."

좋지도 않은 남의 일에 끼어들어서는 상대로부터 한마디 들을 것은 십상이다. 그렇기는 하나 말을 들으니 엄승철 이사 자기 아기가 맞는 것 같다. 그런데도 엄승철 이사는 빠져나갈 궁리만 찾고 있어 보여 한마디 한 것이다. 그래, 성을 누리기에 충분조건을 갖춘 남녀면 불륜을 저지르기는 그렇게 어렵지 않을 수도 있다. 그래서만은 아니겠으나 엄승철 이사로서는 아기가 생길 줄 생각이나 했겠는가. 그렇지만 아기를 주고 갈 태세인 할머니를 말릴 수는 없다. 말린다면 엄승철 이사를 말려야지. 여자라는 같은 입장이 아니어도.

"저도 엄 이사님과 입씨름할 한가한 사정이 못 되니 집 주소나 주십시오. 그러면 내일쯤 해서 엄 이사님 문 앞에 두고 갈 테니."

아기를 춥지 않게 두꺼운 포대기에 싸서 생일, 출생시간, 출생 장

소와 길 키워달리는 부탁까지 저은 쪽지와 함께 엄승철 이사 집 문 옆에 둔다. 내 핏줄인 손녀를 그런 식으로 두기는 미안하다만, 어쩔 수 없다.

'그래, 너를 이런 식으로 보내주어서는 안 되는 건데 미안하다. 이 집이 네가 커야 할 친아빠 집이다. 그러니 예쁘게 잘 자라거라!'

아기 외할머니는 무당들 주문 외우듯 중얼거리며 서운한 마음 때문이겠지만 눈물을 흘리면서 아기를 싼 포대기를 슬쩍 다시 보더니 그대로 가버린다. 아직 다들 잠에서 아직 깨어나지 않을 새벽 시간이다.

엄승철 이사 문 앞에다 두고 가게 된 아기가 어떤 놈으로부터 태어났던, 임찬숙 어마로서는 외손녀다. 그래서 외할머니로서 따뜻하게 품어 길러주는 게 당연할 것이나 마음먹고 길러주려 해도 엄마인 나나 딸 둘 중 누구는 직장을 그만두어야 만 할 게 아닌가. 그렇지만 혼자 벌어서는 입 풀칠만 간신히 할 가난 때문에 다니는 직장을 그만둘 수가 없다. 돈을 벌어다 줄 남편도 없기 때문이다. 그래, 그동안의 삶을 생각해 보면 남편은 의처증이었을까. 딸 임찬숙을 낳았음에도 자기 씨가 아닌 것처럼 때로는 그랬고, 두들겨 패는가 하면 식칼을 들고 설치기도 했다. 그러기를 수시로 하는 바람에 너무도 무서워 피하기를 수차례다.

그런 남편이지만 딸 임찬숙 땜에 도망갈 수도 없이 살아가던 어느 날 시장에서 돌아 와 보니 남편은 이미 숨져 있지 않은가. 멀쩡했던 남편이 갑작스럽게 숨지게 되었으니 경찰에서는 의심할 수밖에 없었겠으나 사인을 밝히기 위해 부검까지 했다. 부검결과는 심장마비라 내 잘못이 아닌 것으로 결론이라 다행이기는 하나 그동안 임용환 아내로 살아온 정은 살아있어서 불쌍하다는 생각이 들었다. '여보, 그렇게 쉽게 떠날 거면서 아닌 행동을 그동안 수도 없이 했어요. 그래요, 당신은 이제 죽음이라는 이유로 다른 세상으로 떠나가 버렸으니 아닌 행동은 다시는 못하겠지만 편히나 가시오.' 그런 마음으로 남편의 장례를 치러주었다.

임찬숙 엄마는 남편의 장례를 끝내고 나니 홀가분은 하나 과부라는 딱지는 여지없이 따라붙게 된다. 그러나 가난한 형편이라 돈을 벌어야만 해서 임찬숙 엄마는 그동안 다니던 영등포 방림방적 공장에 계속 다니고, 딸 임찬숙도 고등학교 졸업과 동시에 미림산업 경리사원으로 취직하게 된 것이다. 그래서든 돈 쓸 사람은 없고 돈 버는 사람뿐이라 저축통장에 돈이 쌓이기만 해 자주는 아니나 딸 임찬숙과 엄마는 저금통장을 보면서 괜찮은 것도 사 먹으며 씩 웃기까지였다.

그렇게 희망만 보이던 어느 날 딸 임찬숙이가 임신한 사실을 알게 된다. 딸 임찬숙이가 임신했음을 알기까지는 '너 바쁘지 않으면 오늘 목욕탕이나 가자.' '목욕탕? 엄마 혼자 갔다 와.' '왜, 싫어?' '싫은 게 아니라 친구들과 만나기로 해서 그래.' '그래, 알았다. 갔다 와라.' 처음에는 딸이 그런 줄로만 알았다가 임신임이 의심되자 '찬숙이 너 어떻게 된 거야!' 엄마로서 묻지 않을 수 없어 엄마는 따져 묻는다. 엄마가 그렇게 계속 따져 물어도 딸 임찬숙은 아니라고만 한다. 딸은 아니리고 극구 부인해도 아기를 낳아본 엄마다. 임찬숙 엄마는 당황한 나머지 딸의 임신을 낙태시킬 목적으로 병원에 데리고 간다. '아이고, 아기가 너무 많이 컸는데요.' 산부인과 의사는 초음파로 확인하더니 그렇게 말한다. '그래도 어쩔 수 없어요, 선생님.' 엄마는 그런다. '정 그렇다면 수술을 해드리기는 하겠으나 낙태는 인간으로서 죄를 짓는 일이니 그런 줄이나 아시고 판단하세요. 그래요. 그렇게 쉽게 말하기는 의사로서도 어렵습니다. 어렵지만 순산해서 예쁘게 자라는 모습을 그려보세요. 낳기를 잘했다, 그러지 않을까요. 낳아 키워만 놓으면 네가 없었으면 어쩔 뻔했냐, 그런 말이 나오기도 할 겁니다. 조금 기다려 줄 테니 신중을 더해 결정을 내리세요.' 의사는 학생을 가르치는 선생님처럼 말한다. 그렇단다. 손님의 의사를 존중해야 할 산부인과 의사이기는 하나 낙태 수술은 하지 말고 순산을 권한단다. 그렇지만 절대 고집일 때만 마지못해 낙태 수술을 해 주게 된다지 않는가. 어떻든 그렇게 말하는 의사의 말을 들은 딸 임찬숙은 '알았습니다.' 인사말도 없이 수술실을 뛰쳐나와 버리게 된다. 뛰쳐나와 버리기는 뱃속에서 꾸물대는 태아 때문은 아니다. 수술이라는 말만 들어도 가슴이 떨리고 너무 무서워서다.

결과론적이지만 그렇게 해서 태어난 아기가 티도 없이 잘도 자라 엄미진가정법률상담사무소 소장까지 되었다.

임찬숙이가 미혼일 때를 생각하면 갓난아기를 친아빠 현관문 옆에 외할머니가 두면서 엄승철 이사로서는 상상도 못한 엉뚱한 일이 벌어졌다고 생각했을 것은 짐작이 필요하겠는가. 그렇지만 이 아기는 얼마잖아 아들만 셋인 엄승철 이사 집안을 환하게 해준 딸로 자라게 된다. 짐작이 필요하겠는가마는 아기 외할머니는 마음속으로 중얼거렸을 것이다. 그래, 네가 어떻게 태어났든 예쁘게 키워주어야 할 할미로서 그러기는커녕 말도 안 되게 버리는 것 같아 미안하다고.

"여보, 나 따뜻한 물 한 컵 줘."
남편 엄승철 이사 말이다.
"엄선호~!"
초등학교 3학년인 둘째 아들 엄선호 엄마 허진숙 부름이다.
"엄마, 왜?"
"아빠 물 떠다 드려라!"
"형도 있고 인호도 있는데 나만 시켜? 엄마는?"
"이 녀석아! 너는 아들 아니냐?"
"나만 아들인가?"
"그렇기는 하지. 그런데 피자는 선호 네가 더 많이 먹으면서 심부름은 싫다고 해. 양심도 좀 있어라!"
"알았어. 떠다 드리면 될 거 아나!"
요 녀석들이 딸이었어도 싫다 할까? 아내 허진숙은 재미없다는 생각으로 살아가고, 남편은 아내 알기를 회사 직원에게 대하듯, 그동안의 모습은 어디로 가버리고 어리바리한 사람이 되었다. 아내

몰래 낳은 아기 때문에 신경이 극도로 쓰여 낮밤을 보냈을까. 엄승철 이사는 눈빛조차 흐릿하다. 그렇지만 아침은 오고야 만다. 회사에 출근하기 위해 세면장에 들어가서 면도를 시작했지만, 복잡한 생각 때문인지 평소처럼 되지 않아 피를 내는 상처까지 났다.

이것이 내 허락도 없이 제 마음대로 아기를 낳아버리면 나는 어떻게 하라는 거야. 그렇지만 이미 엎질러진 물 다시 주워 담을 수도 없는 노릇. 임찬숙 네가 내 말도 안 듣고 네 마음대로 낳은 아이니, 네가 알아서 기르라고 다시 데려다 줄 수도 없다. 이렇게 될 줄 짐작이나 했겠는가마는 마음대로 주물러도 탈이 없을 과부나 손댈 걸 그랬다. 그런 생각도 엉터리 생각이지만 삼십 대 초반 나이로 선진기업 이사겠다, 주머니에 돈도 그만큼 있겠다, 눈길만 주어도 한달음으로 달려와 다홍치마를 기분 좋게 올려줄 여자가 널려 있었을 건데…

아… 정말 복잡하다. 아기 할머니가 말했듯 아기를 데려다 놓을 것은 볼 것도 없는데 어쩌면 좋냐? 그동안의 잘못을 되돌릴 수도 없는 일이 되고 말았지만 임찬숙 네가 예쁘지만 않았어도…. 엄승철 이사는 아내를 힐끔 쳐다본다. 그렇게 봐지기는 아내만이 아니다. 철모르는 아들들까지다.

"엄마~!"

"왜?"

"이리 좀 나와 봐!"

초등학교 6학년 맏아들 엄명호 말이다.

"왜 그런데?"

엄승철 아내는 왜 그러는데, 한다.

"문 앞에 웬 아기가 있어, 빨리 나와 봐~!"

초등학교 6학년 맏아들 엄명호가 학교에 가기 위해 문을 여니 문 옆에 무슨 큰 포대기가 있어서 뭔가 하고 펼쳐보니 아기가 꾸물거리고 있지 않은가.

"뭐야? 아기라니…! 알았어!"

엄마 허진숙은 아기가 있다고 해서 곧바로 나가보니 갓난아기가 눈망울을 초롱초롱 굴리며 생긋이 웃는 게 아닌가.

"여보, 이리 좀 나와 봐요. 누가 아기를 업어다 났어요."

"그래~?"

그래는 무슨 그래야. 내 아긴데. 그렇지만 내 아기라고 솔직하게 말할 수는 없지 않은가. 아니, 아무리 그래도 당장 업어다 놓다니…. 키울 준비시간만이라도 좀 주어야지…. 엄승철 이사는 투덜댄다. 물론 마음속으로만 말이다.

"잘 키워달라는 쪽지도 있는데."

이 아이는 여자아이입니다. 생년월일은 1981년 3월 28일 오후 3시 37분, 출생지는 아름다운소리 병원이고, 출생 도우미는 김이순 간호사입니다. 그러나 아기 엄마 주소도, 이름도 익명으로 합니다. 그리고 아기 이름은 아직이니, 예쁜 이름으로 지어 불러주세요. 다시는 찾지 않을 겁니다.

"그렇구면, 일단 따뜻한 곳에 잘 모셔."

아기아빠 엄승철 이사 말이다.

"아가야, 아저씨가 너를 잘 모시란다. 그래, 잘 모셔야지…. 아기가 웃는다. 까꿍~ 까꿍~ 애들아, 이리 와서 아기 좀 봐라 여간 귀엽다~"

"진짜 예쁜데. 엄마, 아빠. 유치원 갔다 오겠습니다."

아들만 셋인 집안은 그런가 보다만 하고 휑하고 나가버린다. 애들이야 그렇지만 그동안 다섯 식구였다가 한 명이 더해져 여섯 식구인 것이다. 그렇다. 이 아기가 있어서 좋아해야 할지는 아직 감이 잘 안 잡히지만 예쁘게 키울 생각으로 엄승철 이사 아내는 기저귀 등 사올 것을 생각하며 부산을 다 떤다.

"애들 다 나갔어?"

남편 엄승철 이사는 세면장에서 나온다.

"잘됐네. 그러잖아도 당신을 포함한 사내 녀석들만이라 딸이 있었으면 했는데…."

"뭐? 나를 포함한 녀석들…?"

"그건 아니고…."

"말조심해. 녀석들이라는 말은 너무 심하잖아."

"심한 말이라니 녀석들은 취소하겠습니당~ 까꿍~ 까꿍~ 까꿍~"

"당신은 딸이 그렇게 좋아?"

"우리 보고 키워 달랬는데 좋고 안 좋고가 어디 있어요. 잘 키워야지."

"그렇기는 하지, 나 출근할 테니 우유도 영양가 높은 걸로 먹이고 그래."

우유도 영양가 높은 걸로 먹이라니…? 영리한 아내는 내가 무슨 의미로 하는 말인지 알아차렸을지 모르겠지만 사실대로 말할 수도 없고….

엄미진이는 티 없이 잘 자라 주었고, 고맙게도 그리도 어렵다는 사법고시에 합격을 해서 딸만 둘을 둔 변호사까지 되었다. 엄미진 남편은 사법고시 동기생으로 부장검사고 말이다. 그래서 불륜으로 얻어지기는 했어도 엄미진은 엄승철 집안의 자랑거리다.

생모라는 이름

"아빠, 나 궁금한 게 있는데 말해도 돼요?"

세월이 많이 흐른 어느 날, 딸 엄미진이는 아빠에게 다가와서 말한다.

"궁금한 게 있는데 말해도 되냐고…?"

"그래요."

"궁금한 게 있으면 아빠한테 묻는 것은 당연하다. 말하기가 그리도 신중하냐. 미진이 너는…."

혹시 자신의 출생에 관한 궁금증은 아닐까?

"오빠들은 두 살 터울인데 나만 일곱 살 터울이에요?"

"네 엄마가 하나를 실패한 거야."

언제까지 쉬쉬만 할 수 없는 딸의 출생 이력, 터질 것이 터지고만 것이다. 이런 물음에는 엄승철 부회장(부회장으로 승진해서 9년째)은 어떻게 대답을 해야겠다는 생각도 못 하고 여기까지 왔지만 이젠 출생을 사실로 말해 주어도 괜찮지 않을까 싶기는 하나 사실대로 말하면 미진이는 어떻게 받아 줄지, 두렵기까지 하다.

"내 생년이 1981년이니까, 그때는 아들딸 구별 말고 둘만 낳자 그런 캠페인은 없었던 것 같은데요."

오랜 기억이지만 막내 출산하고 그 자리에서 불임수술을 해 버렸는데 그러지 말 걸 그랬어. 엄마 친구들 말에 나도 그랬어, 하던 엄마의 말이 지금에 와서도 궁금해서다. 그래, 아버지로서는 부담스러울 수도 있는 말일지 모르겠지만 말이다. 엄마는 묻지도 않은 말을 해서 내가 친딸이 아닐 수도 있을 것 같아 아버지께 여쭤보는 것이다. 그래, 내가 아버지 친딸이 아니어도 상관없다. 나도 두 딸을 둔 엄마이기 때문이다. 그러니까 어떻게 태어났는가는 살아가는 데 상관이 없다는 얘기다. 사실대로만 말해 주시면 되는 일이다.

"아무튼, 그때는 그랬지."

"아빠, 나도 이제 두 아이를 둔 엄마가 됐어요. 그러니 어떤 말씀이든 해도 괜찮아요. 상관없어요. 출생 사실만 알면 돼요."

"미진이 너는 아빠한테 무슨 말을 듣고 싶냐?"

"솔직하게 말씀드릴게요. 나를 낳아준 생모가 따로 있는 게 아닌가요?"

남자들은 용돈이 궁하지 않으면 예쁜 여자를 쳐다봐지게 된단다. 성도덕을 강조하는 성직자일지라도 말이다. 그렇다면 아버지는 사원이 수백 명이나 되는 선진기업 영업이사였다면 여자들 앞에서 목석이었겠는가. 그래서 생각이지만 아버지는 불륜을 로맨스로 하셨을 가능성은 충분하고도 남는다. 그런 점을 알 수 있기는 부부들 이혼문제를 다루는 나는 가정법률변호사 아닌가. 아비지를 그런 생각으로 보기는 어렵겠지만 환갑이 다 돼 보이는 아줌마가 제 사무실 문 앞까지 와 슬쩍 보고 가곤 해서다. 거울에게 물어본다. 내 모습이 그 아줌마의 모습을 닮았느냐고 말이다. 남자라고 아니겠는가마는 여자는 자기가 낳은 자식을 키울 사정이 못 돼 남에게 주었다 해도 엄마라는 정신까지 줄 수는 없지 않은가. 짐작이지만 그 아줌마는 아무래도 나를 낳은 생모일 가능성이다. 그렇다고 나를 낳은 엄마냐고 물을 수는 없지만 말이다. 어떻든 입양된 자식인지 아닌지를 쉽게 구분할 수 있기는 자식이 심하게 아프거나 교통사고로든 장애를 입었을 때 표정을 보면 안단다. 친자식이 아니면 안타깝다는 표정으로 그만이지만 친자식은 최소한 어쩔 줄 몰라 해서다.

"그리도 궁금해?"

그래, 미진이 네가 불임수술 얘기를 들었고, 네 오빠들은 두 살 터울인데 미진이 너만 일곱 살 터울이면 궁금하지 않을 수 있겠냐. 그렇지만 미진이 너한테 사실대로 고백하기는 너무도 두렵다. 아니 못하겠다. 그러니 그런 문제는 내가 세상을 떠난 후에나 하던지 그래라. 사실대로 말하기는 너무도 두렵다.

"궁금하지요. 궁금 안 해요?"

"그렇게 궁금하면 아빠한테 말고 네 엄마에게 물어라."

"알았어요, 아버지 생각이 복잡하신 것 같은데 죄송해요."

"미진아~!"

"아버지, 아니에요."

"아니기는 뭐가 아니야~! 아버지 과거를 너무 꼬치꼬치 따져 묻지 말았으면 좋겠다."

"…."

그러면 아버지가 아파하실지도 모를 지난날의 문제를 꺼냈나? 역정까지 내시는 걸 보면 말이다. 그러면 모른 척 해버리고 말아…? 아니야. 엉뚱한 생각일지 몰라도 생모가 따로 있음을 지울 수는 없다. 그런 생각은 어디 이 미진이만이겠는가. 생모를 찾아보기 위해 모든 수단을 동원하기도 하지 않은가. 나도 그런 사람들 중 한 사람일 수 있다.

"미진이 너한테 이런 말까지 해도 될지 모르겠지만 교수들은 인간으로서의 도덕성을 말하더라. 그렇지만 맞닥뜨려진 현실은 그렇지 않아. 누구보다 행복하게 살자는 데 있지. 그렇다고 상대에게 피해를 주어서는 안 되겠지만 말이다."

팔팔한 젊은이로서 한순간에 저지른 일이라고 말하기는 어렵겠으나 갓 스무 살인 아가씨에게 다가간 것이 미진이 너를 낳게 된 것이다. 때문에 미진이 네 생모를 힘들게 했다는데 할 말이 없어 좀 엉뚱한 대답이니 그리 알아라. 엄미진 아버지는 그런 생각인지 먼 곳을 바라본다. 그래, 미진이 너는 누구보다 많은 것을 알아 둘 필요가 있는 가정법률상담변호사다. 그렇기는 해도 떳떳하지 못해 사실대로 말하기는 아니다.

"아버지, 알겠어요."

아버지 불륜 사실을 밝혀내 득 될 일이 뭐가 있겠어요. 그건 아니에요. 생모가 따로 있다는데 생모 모습이 그려져요.

"미진이 네 생모가 따로 있다는 것을 알게 된 이상 어느 자식인들 궁금하지 않겠냐. 당장 만나보고도 싶겠지."

"그런데 그 후로는 단 한 차례도 만남이 없으셨어요, 아빠는…?"

"만나본 일은 없어."

"아빠는 전날 때문에 힘들어하실지 몰라도 저는 감사해요."

"감사? 말이라도 고맙다."

"고맙다는 말씀 마세요. 아빠는 저를 있게 주셨어요."

"내가 미진이 너를 있게 한 게 아니라 미진이 네가 내게로 온 거야."

처음에야 어쩔 줄 몰라 했었으나 미진이 네가 오게 된 바람에 딱딱해질 수밖에 없는 가정을 훈훈하게 했고, 지금은 아빠 어깨에 힘도 들어간다. 고맙다.

"당당한 일이 아니어도 아버지가 낳으신 딸이니 말하기가 어렵다 마세요."

"말하기 어렵다고 안 한 것 같은데…"

"말하기가 어렵다고 방금 하시고는 아빠는 그러시네요."

"그래, 결과적으로는 좋게 되었지만 다른 사람이 알기라도 하면 흉일 수도 있는 일이니 미진이 너는 그런 줄 알아라."

미진이 너는 누구도 부러워할 변호사까지 되었다. 그래서 너는 정말 장하다. 그렇지만 미진이 너를 데려가라는 말을 미진이 네 외할머니가 할 땐 아찔했다. 지금은 다른 건물로 지어졌지만 네 외할머니는 미진이 너를 들쳐 업고 충남가게까지 와 아기를 두고 가겠다고 하시더라. 그래서 내 자식이 아니라고 딱 잡아뗄 수도 없어 집 주소를 말한 것이다. 그런데 다음 날 당장 두고 가신 것이다. 누가 보기라도 할까 봐 그러셨겠지만 꼭두새벽에. 미진이 네가 그렇게 해서 온 것이지만 천만다행이라고 할까. 네 엄마는 좋아했다, 그것도 엄청. 물론 내가 네 친아빠라는 것을 밝히지 않았으니 업둥이로 생각했겠지만 말이다. 확인은 못했지만 우리 같은 사정 땜에 절절매는 사람이 없다고는 못 본다. 그래, 혈육은 숨길 수 없음인지 미진이 네가 홍역을 앓았을 때다. 아빠는 네 엄마가 알아보기까지 절절맸던 것 같다. 그렇게 절절매는 이 아빠 태도를 본 네 엄마는 업둥이가 아니라는 것을 알게 된 것이다. 바람을 피워 난 자식이라는 것이 들통난 바람에 한마디 듣기는 했어도 말이다. '짐작은 했으나 언제까지 숨기려고 한 거예요?' 그런 말 한마디만으로 그만이었지만 그랬다. 그래, 이미 저질러진 일인데 그것을 가지고 물고 늘어져서는 가정불화만일 있을 뿐 얻을 것이 무엇이겠냐는 나름의 계산에서 그랬는지는 몰라도.

"그래요. 제 직업이 뭔데 아버지 지난날에 대해 이해를 못하겠어요."

"그러면 됐다."

"되고, 안 되고가 어디 있어요."

아버지는 말로 벌어먹고 사시는 그런 대학 교수도 아니다. 이제는 연세 때문에 하는 수 없이 선진기업 부회장이라는 직함만 가지고 계시지만 젊어서는 돈을 만지던 선진기업 영업이사로 사신 것이다. 지금이라고 확실하게 변한 것은 아니나 못살던 시절 주머니에 용돈이 두둑한 사람에게 필연적으로 달라붙는 것이 무엇이었겠는가. 남성들이 좋아하는 꽃들이겠지. 내가 그걸 모르고 아버지에게 묻는 것이 아니다. 나를 낳아준 생모를 한번 만나보고 싶어서다. 딸인 내 입장이 이런데 잘못을 저지른 탓에 나를 낳기는 했으나 키우지도 못하고 다른 사람에게 줘버린 생모의 입장은 어떻겠는가.

"미진아!"

"예."

"아니다. 오늘은 말고 다음에 말하자."

"무슨 말씀인데 다음에요."

다음에 말해야겠다는 아버지 말씀은 무슨 의미일까? 불륜의 사실을 말하실 것 같지도 않고….

"그래, 나도 이젠 두 딸까지 둔 엄 마이고, 잘 키워주신 엄마 덕에 변호사까지 되었는데. 누구에게서 태어났느냐가 중요하겠어요. 어떤 사람으로 살아가느냐가 중요하 겠지요. 그래서든 아버지 마음도 헤아리지 못할 멍청이 아니에요. 그러니 말씀하시기 어려워 마시고 하고 싶으신 말씀이 있으시면 무슨 말씀이든 다 하세요."

아빠와의 얘기는 그만큼만 하고 미진의 자동차는 친정집으로 달려간다. 딸 미진이가 그렇게 가기는 했으나 생각 없이 간 것이라

'엄마 어디 아픈 데는 없어?'만 하고 되돌아갈 태세다. 그것을 본 미진이 엄마 허진숙은 '엄마만 보고 갈 거냐?' '아니요, 그냥 갈 거요. 사무실에 가봐야 해서요.' 딸 미진이는 그렇게 대답한다. '그래? 그러면 가거라.' 엄마도 그렇게 말하고 보낸다. 딸 미진이를 그렇게 보내기는 했으나 딸이 내가 낳은 딸이 아니라 생모가 따로 있다는 것을 언젠가는 말해 주어야겠다는 생각이 길러준 엄마 머리에서 떠나지 않는다.

"어디 갈 거요?"
남편 엄승철 씨는 화장대 앞에 앉아 있는 아내를 쳐다본다.
"아니에요. 그런데 왜요?"
"화장대에 앉아 있기에 그냥 한번 물어본 거요."
딸 미진이는 자기가 누구로부터 태어났는지 정체성이 분명치 않다는 생각인 것 같다. 엄승철 부회장은 때문에 아내에게 서두를 꺼낸 것이다.
"그런데 나는 당신보다 네 살이나 적은데도 거울을 보니 확실한 할머니여서 속상해요."
"내가 보기는 아직도 곱기만 한데 무슨 소리요."
"아니, 예쁘지는 않고요?"
"예쁘다고 말하기는 이젠 아줌마잖아요."
"그렇기는 하네요. 아무튼, 고운 걸로 할게요."
"그렇게가 아니야. 진짜요."

"말씀이라도 고맙소."

"그런데 말이요, 미진이가 당신한테 무슨 말 안 해요?"

남편 엄승철 씨 말이다.

"말 안 했는데, 왜요?"

"다름이 아니라 미진이 생각으로는 당신이 친엄마가 아닐 수도 있다는 생각인가 봐요."

"미진이가 그런 이야기를 해요?"

"그래서 그런 문제는 엄마에게 물어보라고 했어요."

"나한테 물어보라고 했다고요…?"

"그래요."

변호사사무실까지 둔 자랑하고 싶은 딸이라 지금은 아니지만 미진이 생모를 손댄 것이 얼마나 후회했는지 모른다. 그래, 미진이 생모도 이젠 아줌마겠지만 어떻게 살아갈까. 딸을 낳지 못한 아내는 미진이를 친딸처럼 키워낸 것이 결과적으로 오늘이나 미진이 생모를 찾아내 '동서!' 하고 손을 붙든다면 얼마나 좋아할까?

"말해 주기 어려워요?"

"묻지는 않겠지만 미진이가 만약 제 생모를 물으면 당신은 뭐라고 대답할 거요?"

"나는 사실대로 말해 줄래요. 엄 부회장이야 어렵겠지만."

"사실대로 말해도 괜찮을까…?"

"미진이의 정체성 얘기를 언제까지 쉬쉬할 수만은 없잖아요."

"그렇기는 하지요."

남편 엄승철 씨 말이다.

"사실대로 말해 주어도 되지 않을까요? 이젠 두 딸을 둔 엄마이기도 한데 말이요."

아내 허진숙은 딸 미진이 정체성을 대화로 하기는 너무도 어려워 편지를 쓴다.

미진아, 내가 미진이 네 친엄마가 아닐 것이라는 생각을 언제부터 갖게 되었는지 모르겠으나 내가 미진이 네 친엄마 아닌 것만은 사실이다. 물론 아빠는 친아빠가 맞지만 말이다. 그래, 미진이 네 생모가 따로 있다. 그렇지만 네 생모를 본 적도 없고. 어디에서 어떻게 살아가고 있는지조차도 모른다. 물론 알려고도 안 했지만 말이다. 그래, 네 생모를 찾을 마음이면 찾을 수도 있겠지. 그렇지만 찾아보고자 생각을 지금까지도 가져 본 일이 없다. 그것은 너는 그리도 어렵다는 사법고시에 합격을 해 사법연수원동기인 부장검사와 결혼을 했고, 두 딸까지 두었고. 변호사라는 전문직이면서 가정법률상담소 사무실도 가지고 있어서다. 그래서만은 아니겠으나 미진이 네 생모를 만나보고 싶을 거라는 생각을 내가 어찌 모르겠냐. 알고도 남지. 그러나 미진이 네가 말하지 않고 있는데 내가 일부러 말할 수는 없을 것 같아 오늘까지다. 물론 네 생모가 어디에서 어떻게 살고 있는지 모르기도 하지만 안 만나니만 못할 수도 있을 것 같아서다. 미진이 너는 아닐지 몰라도 엄마는 네 눈치만 본다. 감추고 싶어서가 아니다.

생모라는 이름

미진이 너도 보고 있지만 아빠는 누구냐, 지금이야 니이 때문에 선진기업 부회장님이라는 명함뿐이지만 젊었을 때는 선진기업 영업이사로 기업운영자금을 조달하는 책임자 이가도 했다. 때문에 다른 여자를 만나기 좋은 환경에서 살아오신 것이다. 이런 문제에 있어 미진이 너는 변호사이기에 남자들의 심리를 누구보다 잘 알 것이다. 그래서 생각이지만 나는 그동안 네 아버지 바람기 때문에 얼마나 속상했는지 모른다. 네 아버지는 그랬어도 나는 미진이 네가 어려서 재롱 떨어주고 해서 잘 넘어간 것 같다. 그래, 오늘날이야 여자들도 남자들 앞에서 당당한 말도 하지만 얼마 전까지도 어디 그랬냐. 아내는 남편들을 받들어 모셔만 하는 무슨 물건처럼 살아서 남편들 바람기는 어쩌면 당연으로 여기고 살았다. 그렇다고 억울한 생각은 없지만 말이다.

꼭 그래서만은 아니나 어느 날 새벽에 미진이 네가 우리 집에 온 것이다. 미진이 네가 처음에 왔을 때다. 미진이 네 오빠들도 나도 포대기에 싸인 너를 발견하고 놀랐는데 네 아버지만 놀라지 않았던 같다. 미진이 네 아버지는 남의 얘기처럼 놀라지도 않아서 좀 이상하다는 생각만은 했었던 같다.

어느 날은 맛나게도 먹던 우유도 잘 안 먹고 열이 펄펄 끓기도 해서 병원으로 데리고 갔는데 독감이 폐렴으로 발전했다는 거야. 의사의 말을 그대로 했더니 네 아버지는 어쩔 줄 몰라 하시더라. 미진이 네 아버지가 그러시는 것을 보고 이유가 있었구나 싶어 캐물었더니 사실을 고백하면서 미안하다고 하시더라.

그래서 잠시이기는 해도 미진이 네 아버지가 미웠다. 미웠다가 곧 고마움으로 바뀌더라. 생각을 해 봐라. 딱딱한 남자들만 있는 집에 네가 들어와 웃어주는데 안 좋을 수 있었겠니. 그것도 내 뱃속으로 낳지 않았을 뿐 입양으로 된 게 아닌데 말이다. 그런데 다 미진이 너는 머리가 네 오빠들보다 더 영특해 고려 법대를 졸업했고. 사법 고시 합격을 했다. 그것도 두 번 만에. 지금은 어떠냐. 멋진 검사 남편에다 두 딸을 두었고, 가정법률상담소 사무실도 가지고 있어서 네 아버지는 자랑이 입에 걸렸다. 자랑이 입에 걸렸지만 말하기 힘든 것은 네 생모 얘기일 것이다. 그래서 이 엄마에게 물어보라고 했을 것이다. 네 아버지야 그렇지만 나도 말하기 쉽지 않은 미진이 네 생모 얘기다. 그래, 미진이 네 생모가 따로 있다는 것을 알게 된 이상 어찌 찾고 싶지 않겠냐. 그런 네 마음을 이 엄마가 무슨 수로 가로막겠니. 가로막아서도 안 되겠지만 말이다.

그래, 아무튼, 네 생모를 찾아보자. 네 생모가 누구인지 이름만 알고 있을 뿐 어디서 어떻게 살아가고 있는지 알 수는 없으나 찾기는 그리 어렵지는 않을 것이다. 네 생모가 아가씨일 때 아버지가 승용차로 데려다주곤 했다면 집을 알고 있을 테니 말이다. 그때의 집에서 그대로 살고 있을지는 몰라도 미진이 너를 낳기는 했으나 키울 수 없어 우리 집으로 보내졌고. 언제인지는 몰라도 네 생모도 결혼했을 테니 말이다. 네 생모를 찾는 문제는 미진이 네 아버지와 노력할 테다. 네 아빠 생각은 어떨지 몰라도 일단은 그런 줄로만 알아라. 미진이 너한테 직접 말해도 되겠지만 우표를 붙인다.

생모라는 이름

엄마 편지를 빌어본 딸 미진이는 다음 날 길러준 엄마를 승용차에 태워 온양온천으로 간다. 엄마와 단둘이.

"엄마 미안해."

"뭐가 미안한데?"

"내 문제로 신경을 쓰게 해서."

"아니야. 네가 미안할 일이 아니다. 그동안 숨긴 내가 잘못이지."

"내가 이만큼 되기까지는 엄마 덕분이야. 엄마 감사해."

변호사로까지 길러준 엄마에게 감사하지 않을 수 있겠는가. 만약 생모가 따로 있다는 것을 한 참 공부할 때 알아 지기라도 했다면 어떻게 되었겠는가. 태어난 정체성 혼란 땜에 공부가 제대로나 되겠는가. 그런 이유는 아닐지라도 숨길 수 없는 친딸처럼 키워주신 엄마다. 세 살 때 홍역을 앓았을 때 내가 잘못 되기라도 할까봐 엄마가 어쩔 줄 몰라 하셨던 기억이 있다. 홍역을 앓고 나서부터는 따로 재우지 않고 늘 품고 주무셨음도 기억난다.

"감사는 무슨 감사야, 나는 밥만 먹여주었을 뿐이야."

"엄마는 그렇게 말씀하시지만 난 다 알아."

"알기는 뭘 알아. 내가 네 생모가 아니라는 것을 숨겼는데, 그것도 철저히."

"엄마는 그렇다 해도, 오빠들도 잘 알면서 왜 말 안 했을까?"

오빠들은 단 한 번의 눈치도 없었다. 고맙다. 그래, 생모만 아닐 뿐 입양 처지도 아니다. 이런 문제에 있어 아빠, 엄마를 빼닮지 않았다는 것을 늦어도 중학생 때쯤이면 알게 될 것으로 입양 부모들을 그런 점을 참고로 해야 할 것이다. 괜찮은 사람으로 키워주겠다는 마음으로든 정성을 다해도 무관심한 생부모보다는 못하기 때문이다. '그래, 탈 없이 잘 커주어 고맙다. 삶은 공평할 수가 없어서 이겠지만 잘난 사람, 못난 사람 별별 사람 다 있는 것 같다. 참고로 하고 살아라. 대신에 예쁜 색시(남편)만나 거라!' 이렇게 말이다.

"그건 네 오빠들에게 물어봐라. 기왕에 알게 되었고. 정체성 혼란기를 벗어난 나이가 되었으니까."

"그렇기는 하네."

가정 분위기에서 자식은 감사함에 있고, 부모는 사랑에 산다면 말이 될까. 아무튼, 사랑과 감사가 넘치는 가정이기를 어느 누가 바라지 않겠는가. 그렇지만 여기에는 위하자는 마음에서만 있게 되는 감사고, 사랑일 것이다. 사랑…. 그래, 인간사회에서 사랑이라는 단어보다 더 좋은 단어는 아마 없지 싶다. 사랑 없이 자라는 자식도 있을 수 있다. 그렇지만 먹여주고 입혀주고의 근본은 곧 사랑이지 않은가. 인간세계에서 최상의 사랑은 관계상 사랑할 수 없는 관계를 사랑하는 것이다. 그렇다 를 예수 십자가는 말하고 있다.

"근데 외할머니는 알고 계실까?"

"알고 계셨겠지."

"그러니까 엄마 말은 할머니가 안 계시다는 거 아냐?"

"그래, 돌아가셨단다."

"돌아가셨다고? 그러면 언제?"

"네 생모 얘기를 들으면 얼마 안 된 것 같다. 막내 손녀 중학생 때인 것 같다."

"아이고…."

손녀가 변호사까지 된 것을 보셨어야 할 건데…. 업둥이다시피 보내준 손녀가 어떻게 자라는지 무관심인 할머니는 아마 없을 것이지만 외할머니는 내가 어떻게 자라고 있는지 먼발치에서나마 보셨지 않았을까. 사실까지 알 수는 없으나 업둥이로 문밖에 두면서 눈물도 흘렸지 않았을까. 사정상 미혼모가 되어버린 딸 문제이기는 해도 어디까지나 자신의 손녀인데 말이다. 그래, 어찌 됐든 탈 없이 잘 자라기나 해라, 하셨지 싶다. 외할머니가 지금도 계시다면 대한민국 부장검사인 남편도 손녀들이기는 해도 두 아이들도 보여드리고 싶다. 외할머니가 어떤 분인지 몰라도 아마 우실 것이다.

"조금만 더 계셨어도 나도, 미진이 너도 볼 건데 아쉽다."

"그러게, 엄마 나 앞으로 딸 역할 잘할게."

"앞으로 잘할게가 다 뭐야. 닭살 돋게…."

"닭살 돋는 말까지는 아닌데…."

우리 엄마는 사람 옷을 입은 천사다. 마음에 안 들어 투정을 부려도 딸 자랑만 하신 분이기 때문이다.

"말이 나와서 말인데, 미진이 너는 이 엄마를 위해 와준 거야."

"엄마 고생시키려고…?"

"미진이 네가 우리 집에 안 왔으면 어쩔 뻔했냐. 지금쯤은 우울증 환자일 수도 있다. 미진이 너도 보고 있지만 네 오빠들은 엄마와는 상관없는 녀석들처럼 살아가고 있다. 그래서 하고 싶은 말이 있어도 네 오빠들에게는 말을 안 하게 된다. 그런 문제에 있어 며느리들에게까지 흉을 봐서는 안 되겠지만 며느리는 어쩌면 불편한 손님일 뿐이고 말이다. 얘기가 길어진다마는 얘기를 들으면 모두가 그런단다. 그래서 말이 될지 몰라도 아들은 아버지의 것이고 딸은 엄마의 것일 수 있다고 엄마는 생각한다."

미진이 네 오빠들은 이 엄마한테 정다운 말은커녕 묻는 말이나 제대로 대답했을까 모르겠고, 네 아빠는 영업이사라 집안일은 안중에도 없음은 물론이다. 그렇기도 하지만 회삿돈이기는 해도 내 돈처럼 펑펑 썼지 싶다. 그래, 남자로서 돈이 있다면 미진이 네 생모와 정분을 나눴던 것처럼 수많은 여자를 만났을 것은 짐작이 필요하겠냐.

돈이란 여자에게 있어 높은 빌딩이 보이고. 남자에게 있어 돈은 예쁜 여자가 보이게 되어있다고 누구는 그러더라. 그게 맞는지 몰라도 미진이 네가 와준 바람에 네 아빠 바람기가 없어진 것이라고 나는 생각한다. 그렇게 생각은 예쁜 여자라고 해서 함부로 쳐다봐서는 더 큰 일을 당할 수도 있다는 경각심을 미진이 너로 하여 갖게 되지 않았을까 싶다.

아니기에 다행이지만 만약 미진이 네 아버지가 멀쩡한 남자로서 바람기가 지속이 되었다면 어떻게 되었을까 싶기도 하다. 그래서 생각이지만 우울증에 걸리지 않고 멀쩡하게 살아가는 것은 미진이 너 때문이 아닌가 한다. 그래서든 미진이 네가 고맙다. 오늘은 날

씨도 좋아 더 할 수 없이 행복하다. 그래, 오늘이 있으리라는 생각이나 했겠는가마는 미진이 너를 포함해 모두는 나를 위해 존재하는가 싶다.

"엄마는 그렇게 생각하실지 몰라도 누구도 부러워할 변호사까지는 엄마가 만들어주신 거야."

"그런 말은 눈물이 다 난다야."

"엄마는 너무 감격한다."

"사실이야. 미진이 네가 변호사까지 되는 건 생각 못했어도 네 오빠들에게 뒤지기 싫어할 때부터 평범한 여자로 살지는 않을 거라는 짐작은 했다."

"내가 사법시험에 합격했다는 소식 들었을 때 엄마 기분은 어땠어?"

"그걸 말이라고 하냐."

"그렇기는 하지."

"누구든 다 그러라 싶지만 사법시험 당일 이전부터 조마조마하더라."

"아버지도 그러셨겠지?"

"아닐 수 있겠냐. 당연하지."

"나는 오빠들에게도 감사해."

"업둥이라는 티를 안 내서…?"

"그것도 있지만 공부를 잘한다고 칭찬도 해 주었잖아."

"엄마가 생각하기엔 미진이 너는 머리도 좋은 데다 누구에게도

지지 않으려는… 그러니까, 야무졌어."

"그런 기질은 본성도 있겠지만 엄마는 늘 웃어주었기 때문이야."

"무슨 소리야. 안 웃으면 정신병자지. 어디 정상이겠냐. 생각을 해 봐라. 우리가 부자는 아니어도 돈이 없냐, 아들이 없냐. 그동안 없던 대단한 딸까지 있는데."

"좋아하셨다 해도 대단한 딸까지는 아닌데…"

"대단하지 않다니. 그래서 말인데 사법고시 합격이라는 소식을 들을 땐 미진이 너 보다 네 아빠가 보이더라."

"아빠가 보였다는 말은 그동안은 아니었다는 건가?"

"그건 아니지만."

미진이 네 사법고시 합격 소식을 들었을 땐 하늘을 나는 것만 같았다. 네 아버지는 그렇게 멋있는 남자일 수가 없었다. 내가 아들만 셋인 딱딱한 상황에서 미진이 네가 딸이 아니고 아들로 왔다면 어떻게 키웠을까 싶기는 하다. 딸을 달라고 기도는 안 했으나 미진이 너는 딸로 와준 것이다. 그래서 지금 생각이다만, 미진이 네가 딸로 와준 것이 얼마나 다행인지 모른다. 얘기를 들으면 미진이 네 외할머니는 아들만 셋인 우리 집 사정도 몰랐을 테고 미진이 네 생모는 얼마나 슬펐을까 싶다.

여기서 생각되는 것은 어떤 이유로든 남편을 잃게 된 과부로서의 재혼문제다. 아들일 경우 재혼 마음이 어렵지 않게 들게 되지만 딸일 경우는 망설이게 된다는 것 같다. 그것은 생활에 아무 득이 못 될 딸을 선호할 재혼남은 없어서다. 그래, 미진이 네 외할머니가 키우겠다고 품으셨다면 네 생모는 어떻게 되었을까. 목적지 온양온천으로 달리는 엄미진 자동차는 신호등만 잘 지킬 뿐 잘도 내달린다.

"그건 그렇고 생모는 만나볼 수 있을까?"

"세상을 떠나지 않은 이상 못 만나겠냐. 찾아보면 만날 수 있겠지."

"생모도 이젠 한참 아줌마겠지?"

"그렇겠지. 세월이 그만큼 가버렸는데…."

"만나면 반가워는 할까 모르겠네."

"반가워할지는 모르겠지만, 네 생모 찾아보자!"

"그런데 생모를 만나게 되면 무슨 말이든 해야 할 건데 무슨 말부터 나올지 모르겠네…."

"그게 걱정이야? 말도 안 되게…."

"걱정은 아니지만 좀 그렇게 되네."

"생모를 어렵지 않게 찾아지게 해 달라고 하나님께 기도나 해라!"

"그런 기도는 해야겠지. 그런데 생모가 지금도 고울까."

엄미진은 생모를 찾아보면 좋겠다는 생각이 들기 시작부터 생모가 그려지고, 거울에 비친 자신의 모습이 생모와 같을까? 그런 생각도 한 것이다. 자식은 부모를 닮기 때문이다.

"네 아버지 얘기로는 오십 대 중반 나이쯤 될 건데 지금도 곱지 않겠냐."

"아닐 수도 있는데…."

"그건 왜?"

"아니길 바라지만 건강도 안 좋고 생활 형편도 넉넉지 못하면 말이지."

그래, 어쩌면 생모를 안 만나는 게 더 나을 수도 있다. 그것은 생모가 남편으로부터 사랑받으며 살고 있는지는 몰라도 생모 남편 성격이 순하지 못하다면 처녀와 결혼한 줄로만 알았다가 다른 남자와 놀아난 것이 들통나게 하는 꼴일 수도 있으니 말이다. 대부분이라고 말할 수는 없어도 남편 불륜은 속상한 것으로 그만일 수 있겠으나 아내의 불륜은 몹쓸 더러운 여자라고 발길질까지 할 가능성 때문이다. 가정법률상담 변호사로서 그런 사례를 여러 차례 다뤄봐서다.

"미진이 너는 안 좋은 쪽으로 생각을 두냐. 좋은 쪽으로 두어야지."

"엄마 말이 맞아."

"사실이잖아."

"그래, 생모는 괜찮게 살아갈 거야. 오십 대 나이라 곱기는 아닐지 몰라도…"

"미진이 너를 보면 아마 아직도 고울 거야."

어느 자식이든 자식은 부모를 닮기 마련이다. 행동까지도 닮는 경우가 많다. 만약 부모를 빼닮지 않아서는 친자식이 아닐 가능성이 매우 높다 하겠다. 지인 가정의 자식들이다. 생김새가 아버지와 달라도 너무도 다르다. 그래서 누구 아들이라고들 한다. 유전자 감식이 필요 없이 그 남자의 판박이다.

"엄마는 내가 곱게 보여?"

"그러면 안 곱냐. 곱다는 말은 나이가 든 여자에게 하는 말이고 미진이 너는 아직도 젊어서 예쁘다는 말이 어울릴 것 같다."

어느 부모든 그렇겠지만 이 엄마 눈에는 너보다 더 고운 여자는 없을 것 같다.

"엄마는 나를 너무 띄우신다."

"사실이야. 네 아버지도 말하더라."

"실수 말씀은 안 하시고?"

"미진이 너를 우리 집으로 보내겠다고 네 외할머니가 으름장을 놓으실 땐 안 된다고 말할 수도 없고, 눈앞이 캄캄했다고 하시더라."

"그런 말은 언제 하시고?"

"미진이 네가 사법고시에 합격했다고 했을 때인 것 같다."

"따지고 보면 아버지 기분을 내가 좋게 해드린 거네?"

"어디 네 아버지만 좋았겠냐. 내 기분도 좋았지. 힘들게 키운 것은 아니나 나도 키워준 보람을 맛봤다. 지금도 그렇지만."

엄미진 자동차는 안성휴게소를 막 지나 온양온천으로 내달린다. 이런 속도로 달리면 온양온천까지는 한 50여 분 정도에 도착할 것 이지만.

"엄마는 어떠실지 몰라도 세상은 나를 위해 존재한다, 그런 느낌 이야."

"그건 왜?"

"오빠들도 친동생이 아닌 줄 알면서도 좋아들 해 주고 그래서지."

"그건 나도 인정한다."

"그래서 사법고시 합격도 내가 잘해서만이 아니라고 생각해."

"그런 얘기는 네 애들 시집보낼 때 해도 되겠다."

"아니야. 그전에라도 말할 거야."

"그래도 되지."

네 생모 얘기하고 싶어 그런 얘기 꺼내는 건 아냐? 그래, 자신을 낳아준 엄마라는 존재, 그 무엇과도 바꿀 수 없는 엄마의 존재, 사정상 사실을 벌써 말해 줄 수는 없지만 네 생모가 있다는 사실을 감추고 살았다는 것이 미안도 하다. 물론 어느 정도는 알아듣게는 했어도.

"엄마에겐 듣고 싶지 않은 얘기일지 몰라도 생모가 나를 낳기는 했으나 키울 수도 없어 엄마에게 보내주고 그런 것들을 생각을 해보면 그래."

그렇다. 좋은 쪽으로 생각을 해야 한다. 나는 몰라라 할 수 없는 친아버지이기는 하나 딸이 있었으면 했던 집안으로 보내졌고, 친자식처럼 사랑으로 키워주신 엄마 때문에 티 없이 자라 변호사까지이니 말이다. 오빠들도 그만큼 좋아해 주고 말이다. 그러나 궁금하기는 나를 업둥이처럼 보내기는 누굴까? 생모? 아니면 외할머니? 외할머니가 지금도 살아계셔서 나를 보면 무슨 생각이 드실까? 아닌 경우가 많겠지만 나는 **축복받은** 존재로 살아간다. 다만 생모가 모를 뿐이다.

"현관문에 느닷없는 갓난아이가 있다고 네 큰오빠가 말해서 보자기를 펼쳐볼 때다. 너무도 작아 그런지 웃기까지는 아니었어도 눈망울은 이리저리 굴리더라."

눈망울 초롱초롱한 아기를 싫어할 사람은 없을 것이나 아들만 셋인 상황에서 딸도 있었으면 했던 차에 미진이 네가 와준 것이다. 엄마 젖 대신 우유만 먹였어도 탈 없이 자라주어 너무도 행복했다. 학교 입학길에서 네 아빠는 업어다줄 태세였다. 그것을 본 엄마 마음은 네 아빠가 너무도 멋있는 남자였다. 따지자면 바람 피워 낳은 자식이지만 말이다. 행불행은 마음먹기에 달렸다고 누구는 말할지 몰라도 행복이 저절로 굴러온 것이다. 미진이 네가 제안해서 온양온천으로 가는 길이지만 자동차를 타는 것도 아들 차를 타는 것과는 느낌 자체가 다를 것이다. 아들은 좀 부담스럽지 않을까 싶다. 그러니까 아들을 낳았다는 여자로서의 자부심?

시대가 바뀐 오늘날에서야 아닐 테지만 여자들에게 있게 되는 한(恨)이다. 남자로서의 아기씨가 없어도(무정자증 환자) 그 잘못은 여자가 다 뒤집어썼다. 그러니까 딸만 낳아도 기를 못 피는 여자의 한(恨), 때문에 아들 달라는 기도는 있어도 딸 달라는 기도는 아직도 없다. 문화적 가부장제도 하에서 대를 이어가야 가야 된다는 이유일지 몰라도 매우 안타깝다. 그래, 미진이 네 생모는 딸이고 아들이고 가엾이 미혼모라는 이유의 죄인으로 살았을 것이다. 그러나 내게는 얼마나 행복한 일이냐. 미진이 너를 키우는 동안 힘들다는 생각을 단 한 차례도 해본 일이 없지만 오늘이 있으리라는 생각도 못했는데 고맙다.

"그랬던 내가 지금은 딸 둘까지 두게 되었는데 그러면 시간이 많이 간 건가?"

"시간이 많이 간 의미를 어디다 두느냐는 생각들마다 다르지 않을까?"

"느끼는 감정이 같을 수는 없겠지. 그렇지만 생모가 나를 보게 되면 어떤 생각이 들까?"

"나도 궁금해진다."

"울지도 모르겠지?"

"생각지도 못한 만남이라?"

"생각지도 못하게 내가 태어났으나 엄마로서 키워내지 못했다는 일말의 미안함…?"

"글쎄."

부모는 자식을 위해 죽어주기까지 한다. 그것은 종족 보존이라는 이유도 있을 것이다. 종족 보존은 말할 것도 없이 절대 보호(사랑)가 기본이 아니겠는가. 그런 점을 부모들은 무시하고 살아서는 곤란하다.

"내가 태어나기는 생모가 아주 젊을 때라고…?"

"그렇지 나중에 안 사실이지만 고등학교를 막 졸업하고 취직이 되었을 때인 것 같다."

"고등학교를 갓 졸업 때면 철없을 때잖아"

"미진이 너도 그렇게 생각하니?"

"그럴 것 같다는 생각이야."

"미진이 네 생각이 아니어도 남녀 간 만남은 철없는 것처럼 행동이잖아"

우스갯말이지만 철들면 죽는다는 말도 있지 않은가. 그러니까 완전한 사람은 있을 수 없다는 얘기로 해를 끼치려 들지 않는다면 웃어넘기라.

"나이를 먹었다 해도 남녀 간 만남은 철없는 것처럼?"

"그것을 두고 자연이라고 말할 수도 있을 테고⋯."

"자연? 어떻든 나야 대학공부 땜에 그럴 새도 없었지만 같은 여성으로서 생모의 잘못을 인정 못 할 이유 없을 것 같아."

"그래, 인정해야지. 따지고 보면 미진이 너를 있게 해 주신 분인데."

"윤리로 보면 잘못이기는 해."

"윤리⋯?"

우리는 윤리와 도덕을 말하지만 제대로 지키는 사람이 있을까 모르겠다.

"모르기는 해도 없을 거야."

"그건 그렇고 네 생모가 건강하기라도 했으면 좋겠다."

"그런데 엄마는 생모를 보기는 했어?"

"보기는⋯. 이름도 몰라."

"생모 나이가 지금 얼마일까?"

"미진이 네 나이가 올해로 서른다섯이니까 오십 대 중반쯤 됐을 것 같다. 네 아버지 말을 들으면."

"그러면 생모가 나를 낳고부터는 아버지는 생모를 한 차례도 안 만났을까?"

"그거야 모르지. 그렇지만 안 만났을 거야."

"그건 왜?"

"왜가 아니라 자주 만났으면 냄새라도 날 건데 그런 냄새가 안 나더라고."

"다른 여자를 만나게 되면 냄새가 난다고?"

"들은 말이지만 그래."

"그렇기는 하겠네."

"생각을 해 보면 미진이 너를 낳기는 했으나 키울 수도 없어 우리 집으로 보낸 것이다."

"그랬겠지."

"물어볼 필요도 없이 미진이 네가 태어난 것은 밉기도 했을 거야."

"미웠으면 얼마나 미웠을까?"

"얼마나 미웠는지 생모를 만나 물어봐라."

"엄마는 주무실 때도 나를 늘 품고 주무신 것 같은데, 맞지…?"

"그랬을까 모르겠다."

"나 때문에 아버지는 엄마한테 가고 싶어도 못 가신 거 아니에요?"

"솔직히 그런 눈치도 보였다."

"아니, 그러면 아기를 다른 방에 눕혀놓고 만나면 될 건데 왜 그랬어요?"

"왜 그랬는지 나도 몰라."

"아버지는 많이 서운해하셨겠다."

"네 아버지야 서운했는지 몰라도 미진이 네 숨소리가 더 좋더라."

그래, 부부가 무엇이냐. 때문으로든 자주는 아니어도 네 아버지는 홀아비처럼 둘 수는 없었다. 나도 다가오게도 했고.

"내 숨소리가?"

"네 숨소리가 그래서 늘 품었던 같다."

딸 미진이가 운전하는 승용차는 온양관광호텔로 들어간다. 자주는 아니어도 어머니와 여러 차례 와본 온양관광호텔 온천장. 생모는 아니지만 모녀간 기분은 더 이상 없다. 좋다. 그렇지만 이런 기분은 생모와 같이 할 수는 없을까? 엄마가 생모를 찾아보자고 했으니 기대는 되지만 말이다.

그렇지만 생모 나이가 오십 대 중반일 것이라니 얼마나 예쁘셨는지까지는 모르겠으나 생활 형편도 시간의 여유도 괜찮아 잘 가꾸고 산다 해도 한참 아줌마일 것이다. 그래, 대도시도 아니고, 시골에서 농사만 짓고 산다면 나이보다 더 늙게 보일지도 모른다. 아니, 늙게 보이면 어떠냐. 만나보는 게 중요하지. 그리고 결혼한 남편은 어떤 남편이며 애들은 몇이나 두었을까? 나를 낳고 얼마 안 있다가 곧 결혼했다면 아기를 여러 명 두었을 텐데 말이다. 자식을 여러명 두었으면 아들은 몇이며, 딸은 또 몇이나 두었을까? 또 시집 장가는 보냈을까? 생모에 대해 궁금한 게 많다.

　그래, 문 검사는 쉬는 날이라 집에 있겠다고 했으니 딸들은 걱정이 없지만 해지기 전에 들어갈 거다. 그렇지만 온천욕만은 충분하게 하고 가자! 이런 기회도 언제 또 있을지 모르니…. 엄미진은 온천욕을 끝내고 엄마는 서울 마포구 합정동 집으로 모셔다드리고 자기는 서초동 집으로 돌아온다.

　남편에게 생모 얘기를 했는데 어떻게 알아냈는지 생모가 사는 곳만은 알아냈다고 한다. 그래서 통화는 해 봤냐고 하니 우선 어디에 사는지만 알아냈단다. 생모라는데 설레는 마음이다.

"여보, 그러면 당신 시간 언제 낼 수 있어?"

아내 엄미진 말이다

"바쁘지 않으면 토요일이나 일요일이지. 당장 찾아보게…?"

"그걸 말이라고 해."

"알았어. 내일 통화라도 해 볼게. 아, 아니다. 당신이 직접 해 봐."

"나보고 통화해 보라고?"

아내 엄미진 말이다.

"그게 맞지 않겠어?"

"그렇게는 아니야."

"왜?"

"가슴이 너무 떨려 못할 것 같아."

사실이다. 생모 목소리가 반갑다 해도.

"그러면 사는 곳만 알려 줄게, 주소가 전남 화순군 남면 내리야. 그러면 시골이겠지?"

"주소가 전남 화순군 남면 내리? 일단은 알았어."

가까운 서울이 아니고. 시골? 그래, 생모를 만나는 것이 시골이면 어떻겠는가마는 괜찮은 남자를 만나 서울 근처에서 잘살고 있을 것으로 기대였는데 조금은 실망이다.

"내 엄마가 맞아?"

생모가 맞을 것이지만 반갑기보다는 생모를 바라보는 감정은 왠지 생판 모르는 아줌마다. 단 한 번도 못 봐서 그렇기는 해도 생각보다 너무도 초라해 보여서다.

"미안하다."

내가 미진이 네 생모가 맞다고 어떻게 하겠니. 생모가 아니라고 할 걸, 잘못했다는 생각인지 엄미진 생모 임찬숙은 아무 말도 못 하고 그냥 울기만 한다. 소리를 내면서까지 말이다.

"엄마는 미안해하지 마요. 엄마를 찾은 게 나는 좋기만 해. 엄마 마음 이해해, 나도 이제 여자의 일생을 말할 나이잖아. 나도 엄마처럼 상황이었다면 그랬을 거야. 엄마 내가 누군지나 알아. 나는 누구나 부러워할 변호사야. 변호사 사무실도 있고 말이야. 거기다 남편은 대한민국 부장검사고. 이만하면 엄마 딸 출세한 거 아냐.

그러니 엄마는 울 필요 없어. 딸 자랑을 해도 돼, 그러니까 과거를 드러내놓고 자랑할 일은 못 된다 해도 미안하다거나 창피하다는 생각은 말라는 얘기야. 그래, 엄마야 아니겠지만 다른 사람들 앞에서 사실을 말할 수도 있어. 그러니까 엄마의 과거가 흉일 수는 없다는 거야."

"미안하다. 아무나 될 수 없는 변호사까지 된 미진이 너야 그렇게 말할 수 있겠지만 더 이상 무슨 말을 할 수 있겠니. 그래, 사회적 분위기로 총각이 아닌 유부남과 부적절한 관계로 너를 태어나게 했지만 너를 낳은 엄마가 키워야 할 것은 말할 것도 없다. 그런데도 상황을 따져 미진이 너를 버리다시피 한 몹쓸 엄마야."

"내가 가정법률상담 사무실까지 운영하는 변호사라 별별 얘기를 다 듣게 되는데 우리의 사정 정도는 아무것도 아니야, 엄마."

"그렇다 해도 미안하다."

"미안해할 것 없어."

"…"

미진이 그렇게 말해도 나는 할 말이 없다. 그래서 괜히 만나고 있나 싶기도 하다. 네가 들으면 서운해할지는 모르겠으나 네 얼굴을 봤으니 이만 그만 가보고 싶다. 생각을 해 보면 지금이야 아니지만 너를 보내고는 잠을 이룰 수가 없었다. 미진이 네가 너무도 보고 싶어서였다. 때문에 미진이 네가 사는 집 앞까지를 가보기를 수차례. 상황이 어쩔 수 없기는 했지만 네가 너무도 보고 싶어서였다. 집 주소를 알기는 네 외할머니가 너를 업어다 줄 때 마포구 합정동 301번지 단독주택, 그렇게 쓰인 쪽지를 버리지 않고 그냥 둔 것을 내가 본 것이다.

이 생모를 찾기는 그런 주소 쪽지가 아니어도 집 주소를 알아내기는 그렇게 어렵지 않을 것이지만 그랬다, 그것은 네 아버지가 선진기업 영업이사였기 때문이다. 지금이야 세상을 떠나시고 안 계시지만 너를 업어다 주신 외할머니 마음도 편치 못했을 것은 짐작이 필요하겠냐. 어떻든 내가 미진이 네 생모라는 것을 어떻게 알게 되었는지 몰라도 이렇게 찾아준 것만도 고맙다. 고맙지만 그때를 생각해 보면 부모라면 누구든지 일 것으로 미진이 네가 커가는 모습이 너무도 그리웠다. 그래서 변장이라고 하면 좀 그러나 네 아빠한테 들킬지도 몰라 전혀 알아볼 수 없는 모습을 하고 네가 사는 집 가까이 가보곤 했다.

지금이야 사업 실패로 하는 수 없이 화순으로 내려갔으나 경기도 시흥시 시청 인근에 살 때였다. 책가방을 둘러매고 학교 가는 저 여자아이가 내 딸은 아닐까 해서 네 아빠 이름이 엄승철 씨지? 묻고도 싶었다. 그렇지만 그럴 수는 도저히 없었다. 그것은 책가방을 둘러맨 아이가 네 딸이 맞다 면 너를 만나 물어본 얘기를 네 아빠에게 말할 것 같아서였다.

아무튼, 미진이 네 생모인 내가 잘살기라도 하면 이렇게 소리를 내면서까지 울지는 않을 것이다. 듣기로 당면한 처지와 울음은 상관관계로 엄마의 눈물은 사랑의 눈물이고, 딸의 눈물은 처지의 눈물이라고 누구는 말하던데 정말 그렇다.

"엄마, 차 타!"

"어딜 가게?"

"일단 타기나 해."

"…"

내키지 않은 마음이나 싫다 못하고 생모 임찬숙은 딸의 승용차를 타고 딸 미진이 가정법률상담소 사무실까지 간다.

"여기가 내 사무실이야. 내려."

"…"

엄미진 너는 가정법률상담소 사무실까지 가지고 있다는 것을 자랑하고 싶어 이 생모를 데리고 왔을 것이지만 나는 아무래도 아닌 것 같다. 그래, '엄미진가정법률상담소' 간판이 멀리서도 보일 만큼 바깥벽에 크게 새겨져 있구나. '엄마, 내가 운영하는 가정법률상담소 사무실에 갈 거야.' 미리라도 말했다면 나았을 텐데 당황스럽다. 어쨌든 장하다. 미진이 네가 이 엄마에게서 성장했다면 변호사다 뭐냐. 대학교인들 제대로 다니기나 했을까 싶다. 엄미진 생모 임찬숙은 그런 생각으로 멍청이처럼 우두커니 서 있다.

"엄마, 그렇게만 서 있지 말고 들어와."

"알았어."

엄미진 생모 임찬숙은 대답은 했으나 엄미진가정법률사무소 사무실 안으로 들어가기는 좀 아니다 싶은지 대답만이다. 엄미진가정법률사무소 소장까지 된 엄미진 너는 이 생모의 마음을 알아차렸을지 몰라도 네 생모인 나는 그게 아니라 법률적으로 해결이 필요한 문제를 가지고 찾아온 여자 같아서다. 엄미진 너는 누가 뭐래도 내가 낳은 친딸이다. 그렇기는 해도 엄미진 너를 버리다시피 했던 어쩌면 몹쓸 엄마였다. 버리다시피 했던 당시 사정이야 어떻든 미안함이기도 해서다. 미안함도 그렇고 생물학적으로는 때려고 해도 뗄 수 없는 피로 연결된 모녀간이다. 그러나 정신적으로도 모녀간이어야지 않겠나 싶어서다. 이런 문제에 있어 설명까지 필요하겠냐마는 모녀간 연결은 젖 물릴 때까지이고 이후부터는 단 하루도 염려하지 않고는 못살 것 같은 그런 대상으로 봐야지 않겠나 싶기도 하다. 그래서만은 아니나 엄미진 너는 누구도 부러워할 가정법률소소장까지 된 변호사다. 그렇게까지 어마어마한 엄미진이 네 모습과 초라하기 이를 데 없는 시골 아줌마 같은 모습인 생모 내 모습과 너무도 대비되기도 해서. 오늘이 있으리라는 사실을 사전에라도 미리 말해 주었으면 덜 당황할 건데 그게 아니라서 너무도 당황스럽다.

때문일 수는 없겠으나 지금의 시간이 곧 지나가면 싶다. 이 같은 문제에 있어 더 말하면 나이를 먹게 되면 젊은이들 눈에 띄지 않는 게 상책이라고 누구는 말하더라. 나야 아직이지만 말이다.

"이리 와 봐."

딸 엄미진은 생모에게 자랑하고 싶다.

"이 사무실은 언제부터냐?"

언제부터냐고 묻는 것은 궁금한 게 아니다. 기왕에 따라왔는데 그런 말이라도 해야 덜 어색하지 않겠는가. 머리 좋은 엄미진 너도 짐작이 될지는 몰라도 말이다.

"그러니까 올해로 6년째야."

딸 엄미진은 생모에게 여기저기를 보여주며 설명도 한다. 그러나 생모 임찬숙은 건성이다. 물론 관심 있게 보고 들을 필요는 없겠지만 생모가 그러는 걸 딸 미진이도 알아차렸을 것이다.

"아이고, 그렇구나."

생모를 바보 엄마라고만 마라. 지금이야 초라해 보일지 몰라도 고등학생 때는 우등상도 받아본 엄마다. 그래, 고등학생 때 우등상 받은 것이 무슨 자랑할 일이겠느냐 마는 미진이 네 앞에서는 어쩐지 엄미진 네 생모가 아닌 것 같아서다.

"내가 여자 변호사라 직원도 여자들로만 두고 있어요."

엄미진은 생모 앞에서 많이도 자랑하고 싶은가 보다.

"그래."

미진이 너야 자랑하고 싶겠지. 나는 아무래도 아닌 것 같다. 생모 임찬숙은 직원이 준비한 차만 마시고 바쁘다면서 곧 나오려고 한다.

"오늘은 엄마와 함께 있으면 안 돼요? 그냥 가시게요…?"

생모가 그러는 핑계의 말을 어찌 모르겠는가. 알고도 남지, 그렇지만 잘 가십시오 말까지 말할 수 없지 않겠나. 생모가 누구인지 만나보고 싶어 찾아본 생모인데. 누구든 그럴 것으로 엄미진은 가정법률을 다루는 법률가로서도 출생의 근원을 확인하고자 했을 것은 설명까지 필요하겠는가마는 그렇다.

"그래, 내 법률사무실도 봤으면 다 된 거 아냐."

엄미진이 네가 해야 할 일이 많을 텐데 그런 일을 이 생모가 지장을 주어서는 안 된다는 마음일까? 임찬숙은 딸 엄미진을 보면서 생모든 생모가 아니든, 자식이 잘되었다면 춤이라도 추는 것이 부모의 입장일 것이나 지금의 생모는 그렇지를 못한 것 같아 미안하다.

"엄마, 집 일이 바쁘지 않으면 좀 쉬었다 가세요."

"그랬으면 좋겠다만 이만 갈게."

엄마가 엄미진 네 생모이기는 해도 내 처지가 너무 초라하기도 해서다. 초라하기도 하지만 엄마가 엄미진 네 생모라는 것을 여직원들이 알아차리기라도 하면 어떻게 되겠니. 생모가 놀랄 정도로 흉이겠냐마는 아무래도 아닌 것 같아서. 어느 누군들 흉도 없이 칭찬받는 모습만으로 살아가겠냐마는 엄미진 너는 법을 다루는 가정법률가라는데 마음이 쓰여서다. 그러니 그런 줄이나 알아라. 그래, 엄미진 너를 업둥이처럼 보내기는 했으나 누구도 부러워할 당당한 모습이라 보기가 여간 좋기는 하다.

"오자마자 곧 가시면 어떻게 해요."

"오자마자 가려는 것은 미안한데, 집에 할 일도 있고 그래서 내려가야겠다."

"그러면 내 차로 태워다 줄게요."

"바쁠 텐데 그만둬. 버스 타고 가도 돼."

생모 임찬숙은 고급스럽지 못한 여성 가방을 어깨에 둘러맨다.

"그러면 터미널까지만이라도 태워다 드릴게. 내 차 타세요."

엄미진은 생모 임찬숙을 고속버스터미널까지 태워다 주기 위해 소나타 시동을 걸면서 하는 말이다.

"버스로 가도 되는데…. 고맙다."

고맙다는 말은 자가용으로 데려다주려 해서가 아니다. 지금으로 보면 전혀 아닐 것이나 버림받았다는 이유로든 찾지 않아도 될 생모인데도 찾아주어서다.

"딸이 모셔다 드릴 건데 고맙다고 하면 어떻게 해요."

"그렇기는 해도…"

그래, 내가 키우지는 않았어도 딸은 딸인가 보다. 고맙다. 생모 임찬숙은 딸 엄미진을 슬쩍 본다.

"그런데 엄마에게 물어볼 게 있는데 동생들은 몇이나 돼요?"

딸 엄미진이 승용차를 고속버스터미널 주차장에 주차해놓고 하는 말이다.

"셋이나 된다."

"셋이면… 남자, 여자?"

"아들은 없다."

"그러면 딸만 셋?"

"그렇지 난 체질이 아들을 못 낳는 체질인가 보다."

"딸만 낳는다고 아버지께서는 서운해하셨을 것 같은데 어땠어요?"

"서운했겠지, 대놓고 말은 안 했어도"

"동생들 나이는요?

"맏이가 대학졸업반이고 고등학교가 둘."

"그래요? 그러면 큰 동생이 대학졸업반이면 몇 살 터울인데 고등학생이 둘이라는 거예요?"

"하나는 실패했어."

"아니, 실패까지요?"

"실패고 아니고, 미진이 너 사무실에 안 가고 얘기만 하고 있어도 되는 거야?"

"안 가도 돼요. 직원들이 다 알아서 해요."

"그러면 또 모를까."

엄미진 너는 변호사라 그렇기는 하겠지. 생각을 해 보면 빌라를 짓게 된 땅 지질까지는 모르나 남편이 건설업할 때 본 법무사들처럼 미진이 너도 개인 사업일 수도 있는데. 그래, 이젠 다 지난 일이 되고 말았으나 그땐 여간 힘들었다. 집을 헐어 버려야 될 입주자들은 수시로 찾아와 어떻게 할 거냐? 아우성들이지, 변상해 줄 돈은 턱없이 부족하지. 건설업이란 바로 이런 거구나, 매우 슬펐다.

"그래서 사무실에는 상담자가 있을 때나 출근하게 된다고 보면 돼요."

"그러면 너무 편한 직업 아냐?"

"변호사직은 법을 다루는 직이라 바쁠 것도 없어요. 물론 때로는 바쁠 때도 있기는 해도요."

"미진이 네가 이렇게까지 되게 키워준 엄마에게 감사해야겠다."

"감사는 당연하지요. 그러나 저를 낳아주신 엄마에게 더 감사해요."

"고맙다. 그러나 내가 감사는 아닌 것 같다."

"아니에요. 오늘의 내가 누구로부터 태어났는데요."

"그런 말까지는 할 필요가 없는데 한다."

"아니에요. 그런데 엄마는 나 때문에 마음고생 많았지요?"

"아니라고 할 수는 없겠지. 미진이 너를 그런 식으로 보내고 나니 아무 일도 할 수가 없었다. 그래서 정신적으로 공황상태였다고나 할까? 아무튼 그랬던 것 같다."

"그러기를 얼마간이요?"

"아이를 낳아 학교 보낼 때까지였나 싶다."

다 지난 오랜 기억이나 미진이 너를 보냈을 때는 미칠 것만 같았다. 미진이 너는 내게서 태어났으니 이 엄마 젖을 빨며 웃기도 해야 할 건데 그렇지도 못하고 생판 모르는 사람에게 맡겨졌다고 생각하니 나 같은 사람도 살아갈 가치가 있을까 자책감도 들었다. 물론 미진이 네 친부이기는 해도 말이다. 때문에 엄마~ 엄마~ 울면서 찾을 건데 어쩌면 좋냐 싶어 얼마나 괴로웠는지 모른다. 마음이 너무도 괴롭다 보니 네가 있는 집 주소도 알고 있겠다. 다시 데려와?? 별별 생각을 다 했다. 그러니까 미진이 네 생각에 잠을 제대로 이룰 수가 없었다. 그러기를 반년이 넘도록 그랬고 어떤 때는 자다 말고 너를 데리러 갈 심산으로 옷도 갈아입고 신발을 신기까지를 했다. 그러기를 몇 차례였는지 모른다.

누구든 그럴 것으로 내 자식은 세상을 떠날 때까지는 내 품 안에 있다는 기분일 것이다. 지금이야 미진이 너를 핏덩어리로 보낼 때와는 상황이 반대로 바뀌기는 했으나 미진이 네가 만약 아프다는 소식이라도 들으면 놀랄 것은 짐작이 필요 없을 것이다.

인간세계에서의 모녀간은 그 무엇과 비교할 수도 없는 아름다움의 극치. 이런 아름다움의 극치를 부정할 누구도 없으리라 싶다. 그렇기는 해도 생모로서 오늘 이 시간만은 조금 거리감이 있다는 느낌을 지울 수가 없다. 그러나 만약 지금 상황과 반대로 이 생모가 잘살기라도 하면 미진이 너를 끌어안고 전날을 추억하며 울 수도 있을 것이지만 그렇다.

"이런 말은 싫으실지 몰라도 엄마는 미혼모라는 이유로 힘드셨겠지만 나를 낳아주셔서 오늘이 있잖아요."

"낳아주었다고? 미진이 너를 낳은 건 정성이 필요 없는 자연이다."

"자연이고 아니고는 따질 거 없고, 당시로서는 아니었을지 몰라도 나는 엄마가 낳으신 딸이에요."

"고마운 말이기는 하나 따지고 보면 키울 수 없다는 이유는 변명이고 버린 거야."

"아니, 엄마 말을 들으니 그동안 웃어본 일도 없었겠네요?"

"그렇지는 않았다. 누구처럼 호탕하게 웃어본 기억은 없어도."

"다행이네요."

"미진이 너에게는 미안하다만, 네 동생 상화를 낳고부터는 본정신으로 돌아왔다고 해야 할지, 그동안 말문을 닫기도 했던 할머니와의 관계도 해소되고 그랬다."

"그러니까 엄마는 할머니가 많이도 야속했고, 할머니는 엉뚱하게도 나를 낳았느냐는 부화심 아니었을까요."

"그랬을까."

"아무튼, 할머니가 마음을 푸신 바람에 아버지께도 덩달아 좋아하셨겠네요?"

"그렇지. 모녀간인데 한 지붕 두 가족처럼 지내고 있었는데."

"아버지는 그동안 많이 불편하셨겠네요. 어느 편에도 가담할 수가 없어서요."

"많이 불편했겠지. 그러나 다행은 미진이 네가 찾아준 거다. 고맙다. 미진이 네가 잘해 주려는 것도 솔직히 부담이기는 하다. 당당하지 못한 불륜으로 태어나게 했다 해도 어미로서 당연한 젖도 몇 번 못 물리고 업둥이처럼 보냈는데 말이다. 결혼으로 태어난 미진이 네 동생들 뒷바라지 때문이기는 하나 미진이 너를 잊고 살아가던 어느 날 생모를 찾는다는 한 통의 편지가 날아든 거야."

안녕하세요. 이름이 임찬숙 아주머니가 맞는지 모르겠습니다. 아주머니 주소를 수소문해 알아내 편지를 쓰는 건데 맞으면 이 편지를 보시고 짐작되실지 몰라도 제 안사람이 찾습니다. 이런 일은 직접 찾아가 여쭤봐야 옳겠으나 직업상 아무래도 아닐 것 같아 우선 이렇게만 말씀드리니 연락 주시면 감사하겠습니다. 연락번호는

생모라는 이름

"무슨 말이에요."

"미진이 너는 아닐지 몰라도 솔직히 부담이다."

"아니에요. 저는 엄마를 찾게 된 게 얼마나 다행인지 몰라요."

"그러면 이 어미를 찾기까지가 궁금하다."

"엄마를 찾기까지가 당연히 궁금하시겠지요. 그 얘기를 하자면 이래요. 손주 딸들을 곧 보여드리겠지만 저도 딸만 둘이에요. 그런데 둘째를 낳고 몸조리를 친정에서 하고 싶어 누워있는데 아버지랑 어머니랑 두 분이 제 얘기를 하시는 거예요."

"미진이 네가 그렇게 된 것이 비밀이라면 비밀일 수도 있겠지만 언젠가는 말이 튀어나올 수밖에는 없었겠지."

"다른 사람도 아닌 제 얘긴데 건성으로 듣겠어요. 그래서 자는 척하면서 들은 거예요."

"아버지, 어머니 두 분의 얘기가 다른 방에 누워있는 귀에까지 들렸다고? 문을 안 닫았거나 그랬으면 또 몰라도."

"에어컨이 작동되기는 해도 한여름이라 답답하다는 이유로 문을 닫지 않아 듣게 된 거예요."

"그러니까 미진이 네 생모 얘기?"

"그렇지요. 오빠들과의 나이 차이가 너무 많이 나요. 그래서 초등학교 4학년 때 기억인데 어느 날은 '나는 오빠들과 나이 차이가 많아?' 엄마에게 그렇게 따졌어요. 그렇게 따지니 엄마 대답은 '정부에서는 아들이든 딸이든 둘만 낳자! 그래서 아들만 셋이라 딸 하나 더 두고 싶기는 하나 정부 정책이기도 해서 그만 낳을 생각으로 중절을 했는데 그게 제대로 안 된 바람에 미진이 네가 태어난 거야.' 그러시는 거예요. 그래서 그런가 보다만 생각하고 있었는데 생모 얘기를 하셨어요."

"생모가 따로 있다는 말을 엄마가 된 후에 듣게 되서 다행이기는 하다."

"저도 다행으로 생각해요. 생모가 따로 있다는 말을 한참 공부할 때 듣기라도 했다면 제 정체성을 고민하느라 변호사를 떠나 공부도 제대로 못 했을 거예요. 저를 키워주신 어머니는 그래서도 감사해요."

"감사는 당연하지. 그리고 네 오빠들은 어때?"

"잘 대해 주냐고요?"

"그러니까 네가 엄마가 낳은 친여동생이 아닌 것을 이미 알고 있었다면 말이지."

"그런 눈치는 지금까지도 없어요. 잘해 줘요."

"올케들과의 관계는?"

"올케들과의 관계도 괜찮은 편이에요. 좀 멀리 떨어져 살기에 만날 기회가 드물어도요."

"그래? 미진이 네가 갔을 때 오빠들은 학생이었다면 나이가 꽤

됐겠다."

"큰오빠가 올해로 오십인가 그래요."

"그렇구나."

"엄마는 사위를 아직 못 봤지요?"

"미진이 너를 만나게 해준 것까지는 알겠는데 얼굴은 아직이야. 이름만 알 뿐이다."

"엄마 사위는 대한민국검사에요 그것도 부장검사. 그렇기도 하지만 그동안을 보면 인간적인 사람이어요."

"부장검사가 잘해준다는 건데 만나기는 어떻게 만난 거야?"

"만나기는 사법연수원 동기생으로 만난 거예요."

"만나자고는 누가 먼저 했고?"

"그거야 제가 먼저지요."

"좋다고는 했고?"

"좋다고까지는 몰라도 싫다 않고 따라와 주데요."

"그래, 여자 앞에서 똑똑한 척하는 남자는 경계할 필요가 있다는 말도 있기는 하지."

사법연수원 동기이기도 하고 예쁜 여자가 차라도 한잔하자고 옷소매를 끌었다면 싫다 할 남자가 어디 있겠는가. 미진이 너를 낳게 해준 네 아버지야 자기 욕구를 채우기 위해 여관으로 끌고 갔지만 말이다. 그런 말까지 할 수는 없어도 남자 손에 끌려가 결혼한 사람과 여자 손에 끌려가 결혼한 사람은 결혼생활에 많은 차이가 있을 것이다. 물론 모두라고 말할 수는 없겠지만 말이다.

"그건 그렇고 아기 실패는요?"

"아기 실패한 얘기까지 하려면 시간이 하루도 모자라."

"그렇기는 해도 엄마 얘기가 너무도 궁금해요."

"그래, 궁금은 하겠지. 미진이 너는 그래도, 나는 아니다. 미안하다."

아줌마가 되어서야 비로소 만나게 된 미진이 네가 이 생모에 대해 어떻게 살고 있는지 어찌 궁금하지 않을 수 있겠냐. 당연히 궁금하겠지. 그러나 어디서든 언제든 어렵지 않게 말을 할 수 있는 딸이기는 해도 숨기고 싶은 면도 없지 않으니 미진이 너는 그런 줄 알아라.

"힘들었던 과거를 까발리듯 말하기는 좀 그렇지만, 그게 무슨 흉이겠어요."

"그래, 미진이 너와 나뿐인데 무슨 말인들 못하겠냐. 다 말할 수 있지. 그렇지만 솔직히 말해 숨기고 싶은 마음이다. 이해해라."

"숨기고 싶은 말이 있다고요?"

"그래."

"그럴 필요 없어요. 무슨 말이든 다 하세요."

"아니야."

그래, 미진이 너를 버린 엄마 모양새이기는 해도 너는 어디까지나 엄마 피가 흐르는 살붙이인데 말 못 하고 숨길 이유가 없기는 하지. 그러나 미진이 네가 내 딸이기는 해도 내 손으로 직접 키운 딸이 아니라 그런지 아닌 부분도 있어서다.

"찾아오는 상담자들을 만나보면 부부끼리만 할 수 있는 얘기도 스스럼 없이들 하데요, 뭐."

"몸 상태가 안 좋을 때로 봐야겠지만 경제적 형편이 극도로 나빠진 때다."

"아기 실패가 경제적 형편이 극도로 나빠진 이유요?"

"그러니까 남편은 건축업자로 빌라를 지어 팔아 돈도 좀 벌었다. 돈맛을 알게 되자 집을 또 지어 분양하고서 3년 후쯤에 탈이 난 거야."

"그래요?"

"그러니까 지반이 약했는지 건물이 대각선으로 쩍 갈라지게 된 거야. 때문에 빌라를 헐 수밖에 없게 되자 입주자들에게 배상을 해 주어야만 했다. 입주자들에게 배상하는 것으로 끝난 것이 아니라 남편은 사기죄로 내몰려 징역살이까지 하게 될 거라는 말에 큰 충격이었다. 그 충격 때문인지는 몰라도 하혈을 하는 거야. 그러니까 아기가 생기기는 했는데 죽어버린 것은 아닌가. 지금도 그런 생각이야. 탈 없이 태어났다면 아들일지도 모르는데."

"엄마가 보다시피 딸도 괜찮은데 그때는 왜들 아들만 선호했을까 싶어요."

"미진이 네 말 듣고 보니 그게 하나도 틀린 말이 아니다."

"그리고 말인데 아버지를 남편이라고 하지 마세요."

"그렇기는 하다만, 마땅한 호칭이 무엇일지 모르겠다."

딸 앞에서 남편이라고 했는데 그렇게는 한민족만일지 몰라도 호칭은 엄청 어렵다. 삼강오륜을 그리도 따지는 유교적 사상 때문인지 몰라도…. 그래, 호칭은 상대를 대접하자는 데 있다.

"그러면 아버지 성격이 마음에 들기는 하고요?"

"마음에 든다고 볼 수는 없어도 그만하면 이혼감은 아니야."

"이혼감은 아니라는 말은 두들겨 맞기까지는 않는다는 거예요?"

"두들겨 맞아?"

"나는 가정법률상담 변호사라 주로 이혼소송을 맡게 되는데 두들겨 맞고 살 수는 없다고도 해서요."

"나는 그렇지 않아. 만약에 말이야. 두들겨 맞는다면 변호사인 미진이 너한테 와야 할까? 하하…"

"그런 게 어디 있어요. 말도 안 되게…"

"신소리 한 것 같다만 남편은 아들이 없다는 말 가끔은 한다."

"그러면 엄마는 듣고만 있었고요?"

"나도 순하지 못 한데가 있어서 다른 말로 응수를 한다."

"다른 말이란 뭔데요?"

"다른 말이 뭐가 있겠냐. 아들 씨를 심어야 아들을 낳지요. 그랬다."

"말이 되네. 아들 씨를 심어야 아들을 낳는 거지요."

"미진이 너도 아들이 없다면 문 검사 눈치가 보이겠다."

"아들이 없기는 한데 눈치라뇨. 그건 말도 안 돼요."

"그래?"

남자들은 누구든 그럴지 아들이 태어나면 맛있는 것 먹이려고 하지만 딸이 태어나면 아기 낳느라 고생한 아내를 대충하려는 보려고 한단다. 우리 남편이야 본시 그런 성격인지 몰라도 딸 셋을 낳을 때마다 수고했어, 한마디로 그만이기는 해도.

"사실은 저도 아들을 낳지 못해 남편 표정이 봐지기는 해요."

"그러니까 문 검사가 아들 노래는 안 부른다는 거지?"

"그런 건 없어요."

"다행이다."

"만약 아들 노래 부르기라도 하면 아들 낳아 가지고 오라고 할 거예요."

"뭐…?"

"저는 자신이 있어요."

"자신이 있어도 그렇지, 아들을 낳아 가지고 오라고까지는 아니다."

"아니에요, 자신 있어요."

"미진이 너는 대담한 생각을 다 하고 있다."

"대담이 아니라 그런 생각은 저를 길러준 엄마에게서 배웠어요."

"길러준 엄마라는 것을 알아차리기는?"

"그러니까 알아차리기는 우연히 알게 되었다고 할까 아무튼 그랬어요."

'생각을 해 보면 엄 부회장 잘못이기는 하나 우리 집에 미진이가 안 왔으면 어쩔 뻔했어요. 아들 녀석들은 잘해야 엄마 밥 줘요, 뿐인데 말이에요.' '미진이가 처음에 왔을 땐 큰 고민이었는데 당신은 고민까지 덜어주었소.' '미진이가 와주어 다행이나 이번엔 아들을 낳았으면 엄 부회장도 아버지로서 더 좋을 텐데 그렇지 못했네요.' '아니요. 아버지들은 딸이 더 좋다고 하는 것 같은데 나도 그런 것 같네요.' '미진이는 공부도 야무지게 잘해 변호사까지라 신경 안 써도 되겠지요?' '신경이라니요?' '그러니까 생모 말이요' '생모요?' '생모 말은 할 필요 없는데 하고 말았네요. 미안해요.' '미안해할 건 없어요. 그리고 생모 말이 나와서 말인데 만약 생모가 나타나거나 하면 당신은 엄마로서 무슨 말을 할 것 같소?' '그거야 내가 키울 수 있게 해 줘서 고맙다고 해야 하지 않을까요.' '역시 허진숙은 허진숙이다.' '그게 칭찬인 거예요?' '어린애도 아닌데 칭찬은 좀 그래도 미진이 꼬마 때를 생각해 보면 그때는 아찔했소.' '그래서 모르는 척 시치미를 뚝 뗐던 거예요?' '그러면 모르는 척 안 할 남편이 있을까요.' '나는 한참 바보였나 봐요. 엄 부회장이 저지른 딸일 것이라는 짐작도 못 하고 말이에요.' '문 앞에다 두었을 때 만약 당신이 바람피워 낳은 딸이 아니냐고 구박이라도 했다면 고아원으로 보내자고 했을지도 모르는데 되레 좋아서 어쩔 줄 몰라 해 다행이다 했소.' 그렇게 말한 엄마 아빠의 대화가 내 귀에까지 들어와서다.

"그래, 미진이 네가 오늘인 건 길러주신 엄마 덕이다."

"아니라고는 못하지요."

"생각이지만 미진이 너를 할머니가 업어다 주지 않고 내가 키웠다고 생각해 보자. 변호사는 그만두더라도 대학이나 제대로 다녔겠냐.”

“생활 형편이 그리도 어려웠어요?”

“그렇게 어렵기까지는 아니어도 우리 집에는 할머니와 나뿐인데 미혼모로 집안에만 있으면 어떻게 되겠니. 돈을 벌어야 먹고살지.”

“할아버지는 일찍부터 안 계셨나요?”

“내가 중학교 졸업 때쯤에서 돌아가셨어. 모아둔 돈도 없이.”

“그러면 할머니 고생이 많으셨겠네요.”

“할머니 자식이라고는 나 하나뿐이야.”

“그러면 재혼 생각도 안 하시고요?”

“재혼? 나만 낳고 나이 사십 중반에 홀로 되신 바람에 재가도 못 하신 거야.”

생활 형편이 너무 어려워 재가를 하자도 딸 데리고는 매우 어렵다지 않은가. 그것은 천대받게 될 것은 너무도 뻔해서 일 것이지만 말이다. 우리 친정엄마도 그래서였을까. 다른 남자들과 얘기조차 안 하고 사신 것 같다. 그러나 남편 변성수를 사위로 맞이하고부터는 홍얼거리는 모습도 보이셨다. 그래서든 이 임찬숙 땜에 재가도 못하셨을 것을 생각하니 죄송하다.

“아이고… 그러셨군요.”

“이미 지나간 얘기지만 할머니가 사십 나이 중반쯤에서 홀로되신 것이다.”

“그래요?”

“여자로서 아기를 펑펑 낳아도 될 그런 나이였어. 그렇게 된 것만도 감당 못할 큰일인데 말도 안 되게 단 하나뿐인 딸이 느닷없이 미혼모까지 되었으니 그 마음고생이 얼마나 심했겠냐. 이런 말은 미진이 너한테 말하기도 어려운 얘기다만, 해진다. 네 외할머니가 지금도 살아계셔서 가정법률상담소 사무실까지 가지고 있는 미진이 너를 본다면 생각이 어떠실지 모르겠다. 자랑스럽다는 생각에 미진이 너는 붙들고 우실지도 모르겠다."

"할머니는 언제 세상을 뜨셨어요?"

"그렇게 고생은 하셨어도 내가 낳은 딸들을 학교에 다 보내놓고 돌아가셨다."

"그러면 칠십쯤에요?"

"칠십? 칠십까지는 아니고 예순여덟인가 싶다."

"예순여덟이면 엄마는 몇 살 때에요?"

"몇 살 때가 아니라 큰딸이 대학교 1학년 때이니까 올해로 5년째 인 것 같다."

"그래요?"

아이고, 그러셨구나. 할머니가 그렇게 세상을 떠나시더라도 저 좀 보고 가시지 무엇이 그리도 급해 떠나가셨을까. 이 손녀 할머니 를 뵙지 못한 것이 한스럽습니다. 물론 몰랐다가 엄마가 할머니 얘 기를 들려주어 알게 되기는 했지만… 변호사로서 엄미진가정법률 사무소를 막 개설했을 때로 최소한 제가 가정법률사무소 개설 때 까지는 떠나지 마시고 잘된 손녀를 보셨어야 했는데 말이에요. 내 출생 정체성을 얼마 전에서야 알아지게 됐지만 단 하나뿐인 딸이 미혼모로 살게 해서는 안 되겠다 싶어 친부 집 현관문에 두신 것입니다. 그렇게까지 된 일들을 생각을 해 보면 지금 바로 옆에 계시지만 나를 낳아준 엄마도, 친부 집에 보내주신 할머니도, 친딸처럼 티 없이 길러준 엄마도 모두가 내 편이었네요.

이렇게 된 사실까지 드러내놓고 말하기 어려운 불륜이기는 해도 말이다. '할머니, 할머니는 가정법률상담 변호사가 무슨 일을 하는지 모르시겠지요. 그래요, 남편이면 가정을 책임지고 지켜야 할 것은 당연함에도 불륜이나 저지르고 있어서 못 살겠다는 이유로 이혼소송 서류를 들고 온 사례들을 해결해 주는 가정법률상담사무소에요. 어떻든 그런 사례들을 맞아보는 가정법률상담 변호사 입장에서 아버지는 세 아들까지 둔 유부남. 엄마는 시집갈 생각도 못 할 고등학교를 갓 졸업한 아가씨. 이런 조심스럽지 못한 사례가 아직은 없어요. 그렇지만 만약 아버지와 엄마 같은 사례를 맞게 된다면 어떻게 처리할지 아직은 모르겠으나 제가 세상에 태어나 두 달도 안 된 상태에서 친부 집에다 두신 할머니처럼 하라고 말할 것 같습니다. 그것이 물론 최선의 선택은 아니겠지만 고아원으로 보내는 것은 부모이기를 포기하는 일이기 때문입니다. 할머니께서 잘하신 결정으로 변호사가 됐고, 딸이지만 남남으로 지낼 수도 있었는데 생모도 만나 모녀간이라는 정을 달리할 수 없는 얘기를 나누기도 하고 말이에요.

"미진이 너는 여러 가지도 묻는다."

"여러 가지라니요. 궁금한 거 아직이에요."

"미진이 너야 그렇겠지만 나도 미진이 너를 잘 키워내신 부모 얘기를 듣고 싶고, 미진이 네 오빠들이 잘해 주는지도 궁금하다."

"그런데 내 동생들이 셋이라고 했지요?"

"그래, 셋이다."

"만나보고 싶네요."

"미진이 네가 보고 싶다더라고 말하면 한달음에 달려올지는 모르겠다."

"대학생인 동생이 숙명여대를 갔다면 공부는 잘해요?"

"공부 잘 못했으니까 거기 간 거 아냐."

"전공과목은요?"

"전공과목은 영문인가 봐."

"그러면 공부 못한 편은 아니네요."

"영어영문과생들 일자리는 턱없이 부족하다는 것 같은데 정말 그런 거야?"

"엄마나 나나 여자지요?"

"그건 왜?"

"여자 일자리 최고는 남편 잘 만나는 거 인정하시지요?"

"여자 일자리 최고는 남편 잘 만나는 거라니…, 미진이 너 엉뚱한 말을 다 한다."

"내가 말하는 건 엉뚱한 말 같지만 얼마나 미인이냐는 거지요."

"미인…?"

"그렇지요. 미인이요."

"미인까지는 몰리도 동네 사람들이 말은 하더라."

"미인대회에 나가보라고요?"

"그렇게까지는 아니어도…."

"그러면 됐네요."

"되기는 뭐가 됐어?"

"엄마 사위도 검사직 그만두고 변호사 사무실 차릴 거예요. 변호사 사무실을 차리면 데리고 있으면서 동서감을 찾을 거니 그리 아세요."

"그렇게 하겠다고 문 검사가 말은 했고…?"

"말은 안 했어도 그런 일에 나 몰라라 할 맏동서는 어디에도 없을 거예요."

"야! 미진이 네 말 들으니 엉뚱한 놈과 사귀지 말라고 해야겠다."

"엉뚱한 놈과 사귀지 말라고 할 거면 아버지에게도 말씀하세요."

"미진이 네 말 듣고 있으면 밥 안 먹어도 배부르다."

"아버지는 미남이세요?"

"미남까지는 아니어도 그냥 남자야."

"그냥 남자라는 말은 엄마 마음에 든 아버지라는 거 아니에요?"

"건축업자치고 못난 남자 별로 없지만 겪어보지 않은 사람은 사기꾼으로 볼 수도 있는 그런 남자야."

"사기꾼이라는 말은 아닌 것 같고 엄마가 택한 거예요? 아버지가 택한 거예요?"

"그런 얘기까지 하려면 버스 시간인데…."

"버스 시간이 모자라면 어때요 이런 얘기할 시간이 늘 있을 것도 아닌데요."

"그렇기는 해도 내려갈 고속버스 시간은 될지 모르겠다."

"오후 다섯 시 차를 탄다 해도 이제 두 시 반이에요."

"그래. 먼저 다니던 회사를 그만둘까 할 때 사람을 구한다고 아는 사람이 그러더라고. 그래서 말이나 들어보자고 갔다가 붙잡힌 꼴이 된 거야."

"사람을 구한다고 했으면 회사가 아닐 거라는 생각은 하고요?"

"그거야 가서 보니 아니더라고."

"그래서요?"

"젊은 남자가 나를 다방으로 데리고 가더라고. 그러더니 미혼인지만 묻고 앞으로 같이 근무하자면서 잘해 보자고 하더라."

"사장이라는 것도 모르고요?"

"사장? 사장일 거라는 짐작은 했지."

"잘해 보자는 말은 결혼까지 염두에 두고 한 말 아니에요?"

"건축업잔지 그때까지도 몰랐어. 괜찮게 생겼다, 그 정도로만 봤지."

"그때 엄마는 몇 살이고 아버지는 몇 살이었어요?"

"내가 스물여섯 살, 그 사람은 서른 살 때."

"그러면 나는 그때 뛰어다니며 고무줄놀이도 할 때네요."

"너야 그랬겠지."

"아버지와 결혼은 곧 했어요?"

"그 사람이야 좋았겠지만 나는 처녀가 아니라는 생각이 들어 포기가 되더라. 그래서 하자는 대로 따라갔다고 할까, 아무튼 그렇게 해서 결혼한 거야."

"몇째 며느리로요?"

"둘째 며느리."

"둘째 며느리면 시부모 모실 부담은 덜했겠어요."

"부담이 무엇인지도 몰랐지. 어떻든 그렇게 결혼은 했으나 아기를 낳아 젖 물릴 때까지도 미진이 너만 보였다. 지금쯤은 학생이겠지, 그런 생각 말이야."

"우리 집 주소도 아셨다면서요."

"그거야 네 집 근처까지도 가 봤지."

"저도 보고요?"

"네 집까지는 못 가고 학교 정문까지 가서 봤지."

"그랬으면 내가 네 엄마야, 해도 될 텐데요?"

"그런 말을 어떻게 하냐. 못하지."

"그렇기는 하겠네요."

"그래서 누가 보기라도 할까 봐 지나가는 사람처럼 하면서 너를 보게 된 거야. 내가 미진이 네 친엄마임에도 말하기 어려운 내 마음 모를 게다. 그날은 얼마나 슬펐는지 밥도 먹을 수가 없었다."

"그러기를 언제까지요?"

"아기를 낳아 젖 물리고부터는 미진이 너는 내 자식이 아니다. 미안하지만 그런 생각이 들더라."

"내 자식이 아니다 그랬다면 서운한데요. 내가 네 엄마야 말 못할 수밖에 없었던 엄마 마음 알고도 남지요. 딸이기는 해도 같은 여성으로서 그걸 어찌 모르겠어요. 이건 내 생각이지만 엄마가 이 엄미진이를 잊으라고 동생들이 태어나 엄마, 엄마 재롱도 부렸을 거예요. 세월이 그만큼 가버리기도 해서 이젠 드러내놓고 말해도 문제될 게 없기는 하겠으나 이 엄미진이 가 엄마로부터 태어난 것입니다. 제가 불륜으로 태어났다는 소문 이어도 상관없어요. 나는 엄마가 낳은 딸로서 변호사까지 되었으니 말이에요."

인정 못할 사람 누구도 없을 것이나 세상에 태어나기는 윤리 도덕과는 무관하다. 사실까지는 몰라도 프랑스 나폴레옹이 그런 인물이고, 몽골 칭기즈 칸이 바로 그런 인물이라지 않은가.

"그런데 말이야. 지금까지 한 말 좋기는 하다만, 미진이 네가 내 딸이란 걸 남편이 알기라도 하면 어떨까 싶다. 솔직히 두려워."

"그러면 아버지에게 말 안 했다는 거예요?"

"말을 안 한 게 아니라 못한 거다."

"사실을 아시게 되면 어떠실 것 같아요?"

"이걸 언제까지 감출 수도 없고…."

"그러면 말이에요, 내가 아버지를 만나 뵐게요."

"만나서 무슨 말 하게?"

"그거야 제가 엄마 딸이라고 말해야겠지요."

"그렇지만 그동안 숨겨왔던 사실을 다 까발리게 되는 건데…."

"혹 이혼이라도 당할까 봐서요?"

"이혼 말을 한다면 내가 하지, 그 사람은 못해."

그렇다. 자식을 둔 상태에서 이혼 말은 대개의 경우 아내 쪽이다. 이혼이란 상대에게도 치명타를 가하는 일이지만 본인도 마찬가지다. 객관적이지 않다면 말이다. 객관적 이혼일지라도 자식들은 정신적으로 안정감을 잃기 마련이다. 그것도 자식이 한 참 공부할 나이면 마음이 심란해 공부가 제대로 되겠는가. 그래서 다는 아니겠지만 자식들도 이혼을 배운다는 것이다.

"그래요?"

"문제는 미진이 네가 나타난 것을 나쁘게 생각 안 할지야."

"그런 문제는 걱정 안 하셔도 돼요."

"그래, 걱정 안 하게 해 주면 나야 좋지."

"제가 누구에요. 가정법률상담 변호사잖아요. 엄마 사위는 대한민국 검사고요. 검사도 평검사가 아니라 부장검사."

"부장검사?"

"가정일에 있어 변호사, 부장검사 그런 말은 어울리지 않겠지만 아버지를 만나면 좋아라 하시게 할 테니, 엄마는 믿어도 돼요."

"믿고, 안 믿고가 있겠냐. 그 사람은 이해를 해 줄 거야. 난 그렇게 생각해."

"엄마는 괜찮은 딸 두었다고 생각하면서 사세요."

"고맙다. 나 그렇게 살게."

"고맙기는요."

딸 엄미진은 버스표를 사 드리고 버스에 오를 때 준비된 봉투도

둘러맨 여성용 가방에다 넣어 드린다. 물론 용돈도 드릴 만해서 딸이 주는 용돈은 자존심에 해당 안 될 것이지만, 용돈치고는 많다.

　이번에는 사위, 길러준 엄마와도 자리를 같이한다.
　"죄송하고 감사해요."
　생모 임찬숙 말이다.
　"그건 아니에요. 그때의 상황이 그렇게 된 거지요."
　엄미진이를 길러준 엄마 허진숙 말이다.
　"바쁘실 텐데 이렇게 오시게 해서 잘못은 아닌지 모르겠습니다."
　엄미진 남편 문영일 말이다.
　"아니에요. 불러주셔서 감사하지요."
　"말씀 낮추십시오. 사위인데요."
　"그렇기는 해도 당장은 아닌 것 같습니다. 양해 바랄게요."

　점심 후 엄미진 생모와 길러준 엄마 둘은 택시를 잡아타고 한강변 둔치로 간다.
　한강 물은 작은 파도를 만들며 서해 쪽으로 무작정 간다. 자연적 이유겠지만 말이다. 저 한강 물은 지각변동이 생기면 또 모를까. 그러기 전에는 계속이지 않겠나. 그러면 저렇게 흐르는 한강 물 발원지는 어디서부터일까. 그래, 한강 물 발원지까지 생각할 필요는 없겠으나 인간도 낳고, 떠나는 것이 저렇게 흐르는 한강 물 같지 않은가. 인간사를 물 흐름으로 비교한다면 말이다. 생각을 해 보면 한강 물 흐름도 되돌이오지도 되돌아갈 수도 없을 것이지만 저렇게 흘러가는 한강 물은 험한 계곡을 지남은 물론, 인간들 욕심이 만들어낸 오만 잡동사니들까지도 군말하지 않고 어깨에다 둘러매고 바다를 향해 흘러만 가는 것이다.

누가 함부로 버렸을까. 맑은 물만 흘러야 할 한강 물 위에 떠가는 저 스티로폼 박스도, 페트병도 보기가 여간 안 좋다. 보기 안 좋기도 하지만 저것들은 어디쯤에서 멈추게 될까? 인간사를 스티로폼 박스나 페트병으로 본다면 지금의 인간은 어디로 가고 있는지 아는 사람도 있을까.

애기하기가 좋을 것 같은 국회의사당 뒤편 한강변 둔치. 그래, 이렇게 와서 생각이지만 인생이란 무엇인가. 지식인들은 철학적 말을 하지만 세상 끝나면 그만이지 않은가. 그래서 주검에 대해 정확한 해석을 내놓는들 아무것도 아니다. 돈 많음을 자랑하는 사람도, 등골 빠지게 일해도 그만인 사람도, 대통령이라는 권력을 쥔 사람도, 억압에 짓눌려 힘들게 사는 사람도 주검만큼은 다 같다. 그런 문제에 있어서만은 엄미진 생모도 엄미진을 길러준 엄마도 같다 하겠다.

"오랜만에 와본 한강이라 그런지 새롭기도 하네요."

말의 운은 엄미진 생모 임찬숙이가 먼저 뗀다. 그것은 끌려오지 않았다는 자존심 때문일지 모른다.

"나 혼자만의 생각으로 이런 곳까지 오시게 해서 괜찮으실지 모르겠습니다."

엄미진을 변호사까지로 길러낸 허진숙 말이다.

"아니에요. 괜찮아요."

"괜찮으시면 다행이고요."

다행이나마나 엄미진이를 낳은 생모는 큰 벌을 받아야 할 만큼의 죄인이고, 길러준 나는 천사 같은 마음으로 용서를 해 주는 그런 모양새가 된 것이다. 한강변 둔치로까지 온 것도 끌고오고, 끌려간 모양새고 말이다. 생각을 해 보면 이것은 공평하지 않다. 그것은 엄미진 생모는 다만 아기를 키울 수 없는 상황이었을 뿐이었지 않은가. 따지고 보면 엄미진 생모가 더 당당해야 할 것 같은데도 오늘은 반대인 것 같다.

"저는 생각지도 못한 대접입니다."

"그건 아니에요. 남자들만 있는 집에 미진이가 와주어 저는 너무도 행복해요."

"행복하시다니 다행이지만 미진이를 제가 낳기는 했어도 나 몰라라 했는데, 잘 키워주셔서 감사해요."

잘못을 용서해 달라는 태도로, 생모 임찬숙은 고개를 숙이기까지 한다.

"낳기는 했지만 나 몰라라 했다니요? 그건 말도 안 돼요. 나도 알아요. 상황이 그렇게 된 거지요."

"낳기만 했을 뿐 찾아볼 생각도 않아서입니다."

"그건 아니에요. 그때는 우리 남편이 나빴어요."

"근데 한 가지 궁금한 게 있는데 친엄마가 아니라는 것을 언제 어떻게 알게 되었는지 입니다."

"그런 얘기를 하자면 좀 긴데 사실대로 말해 볼게요. '아빠!' '왜' '그런데 나는 오빠들과 나이 차이가 많은 데 어째서요?' '나이 차이가 많이 날 수도 있는데 그게 어쨌다는 건데?' '그렇기는 해도 아무래도 그게 아닌 것 같다는 생각이 자꾸 들어서요.' '미진이 너 안바빠?' '아빠 그러지 마시고 솔직하게 다 말씀해 주셔도 돼요. 엄마가 잘 길러 주신 덕으로 변호사라는 직업도 가진 저는 성인이어요.' '그런 문제가 궁금하면 이 아빠에게 묻지 말고 네 엄마에게 물어라.' '엄마는 사실대로 말해 주실까요?' '그거야 모르겠지만 감출 이유는 없지 않겠니.' '감출 이유 없지 않겠니. 말씀은 생모가 따로 있다는 말씀이네요. 아빠 맞지요?' '야~!' 미진이 아빠는 화를 버럭 내시더라는 것입니다."

"그렇군요. 그래서 알게 된 거군요."

"그렇지요. 미진이는 그렇게 해서 제가 생모가 아님을 알게 된 것입니다. 그렇지만 내색을 전혀 안 해요. 그래서든 재미는 제가 다 봅니다."

"당연하지요. 힘들게 키우셨는데요."

"힘들다는 생각은 단 한 번도 안 했어요. 좋기만 했어요."

"내 살붙이가 아닌데도요?"

우리 친정엄마가 지금도 계신다면 길러 준다는 것은 희생이다. 그러실지도 모르겠다.

"아니에요, 미진이는 남자들뿐인 집에 꽃으로 와준 건데요."

"말씀이야 그러서도 아닐 때도 있었을 겁니다."

"아니에요. 변호사까지도 미진이 지가 알아서 된 거지요."

"그땐 제가 잘못했어요. 미진이 아빠가 유부남인 줄 알면서까지 그랬으니까요."

"얘기할 필요도 없는 다 지난 얘기지만 미진이 아빠가 유부남인 줄 어떻게 아셨어요?"

유부남이라고 솔직하게 말할 남자가 세상에는 없을 텐데 말이다.

"아니, 미진이 아빠가 삼십이 넘은 나이로 보이는데 다 선진기업 영업이사님이라 짐작으로 안 거지요. 확인한 게 아니고요."

"그렇기는 했겠네요."

그랬겠지, 그랬어도 새파란 아가씨가 아닌가. 유부남과 어쩌고, 저쩌고 했다는 소문이라도 나게 되면 좋은 신랑감도 못 만날 수 있는데 말이야. 결과론적이지만 내게 있어는 잘된 일이기는 해도 말이다.

"유부남이든 아니든 결혼할 남자가 아니면 아무리 꼬드겨도 몸을 지켜야 할 여성으로서의 지조는 무슨 일이 있어도 생명처럼 지켜야 하는 건데 저는 그렇지를 못했습니다."

"여성으로서의 지조요?"

"말씀드리기가 죄송합니다만, 그때는 엄 이사님이 너무도 멋있어 보였어요."

"제 남편이 멋있게 보이려고 했겠지요."

예쁜 여자 앞에서는 멋진 남자로 보이려고 할 것은 말할 필요도 없을 것이다. 그걸 내가 어찌 모르겠는가.

"결과적으로는 미진이가 태어나고 말았지만 말이에요."

"미진이 아버지야 잘 생기지는 않았어도 여자들이 좋아할 얼굴이기는 해요."

"미진이가 생기려고 그랬는지 손을 잡아 주길 바랐어요. 미안해요."

임찬숙은 사실이 아닌 말까지 한다. 나는 나쁜 여자예요, 하는 것이 더 낫겠다 싶었다.

"아니에요, 미진이 어머니께서야 그렇게 생각하실지 몰라도 저는 얼마든지 있을 수 있는 일이라고 생각해요."

"철없기는 해도 고등학교까지 나와 알 것 다 알면서까지요."

엄미진 생모는 할 말이 없습니다, 하는 표정이다.

"그렇기도 하지만 저는 미진이 때문에 살맛 나요."

잠시지만 불륜으로 낳은 아이라는 것을 알았을 때는 미웠다. 내 색만 아니었을 뿐이다. 선진기업 영업이사로 최선을 다하는 남편이라는데 참았을 뿐이다. 그래서 말이지만 남자들은 여자들과 달리 아내로부터 받게 된 잠자리 대접은 어땠는지 아침 표정이라지 않은가.

"그러셨다면 다행입니다."

"얼마 전부터는 미진와 저는 일주일에 한 번씩은 점심을 같이 먹게 돼요."

"여간 잘하시는 일입니다."

"미진이 땜에 재미는 제가 다 봅니다."

미혼모에게서 태어난 것이 떳떳할 수는 없겠으나 삶은 원칙대로만 살 수 없는가 보다. 그런 생각도 나이를 먹어서야 알게 된 것이다. 그래서는 미진이 너는 친모에게 잘해야 한다. 나야 잘 키워주었다는 말 듣는 것으로 그만이지만 말이다.

"미진이가 없던 때 우리 집 사정을 얘기한다면 밥 줘, 자자만 하던 일상에서 웃어줄 미진이가 와준 겁니다. 그렇게 와준 미진이는 어머님 머리를 닮아 그렇겠지만 공부를 여간 잘하더니 마침내는 변호사까지 된 거예요. 그래서 미진이가 우리 집 자랑이기도 해요."

"제 머리가 아니라 엄 이사님 머리를 닮은 거겠지요."

지금의 직함 호칭은 아닐 것이지만 엄 이사님이라고 했는데 괜찮을지 모르겠다.

"묻지 않아서 모르기는 해도 남편은 내 앞에서 기가 살았어요."

"그래요?"

엄승철 이사가 그렇다면 다행이지만 그렇게까지는 길러준 엄마의 덕이 아니라고 하겠는가. 어떻든 버리다시피 했던 딸이 잘도 돼 마음만이라도 다행이다.

"한 가지 더 여쭤볼게요."

"말씀해 보세요."

"그동안은 시흥에서 사시다가 화순으로 이사하셨다는 말을 들은 것 같은데 맞나요?"

"맞습니다. 사업실패 때문이기는 해도요."

"그러시면 지금의 가족은 몇이나 되세요?"

"가족이 몇이냐고요?"

"예, 가족이요. 아저씨는 말고요."

"저는 아들을 둘 체질이 못 되는지 딸만 셋이에요."

"그러세요, 결혼은 시켰고요?"

"아니요, 아직 학생들이에요."

"그래요? 그러면 결혼이 좀 늦으신 건가요?"

"예, 결혼은 좀 늦었어요."

"제가 너무 따져 묻는 것 같아 죄송합니다만, 따님 중에 서울에서 학교 다니는 학생도 있나요?"

미진이가 변호사까지 된 것은 정성으로 키워주어서만이 아니다. 그럴 수밖에 없기는 하나 딸 미진이를 낳아 보내준 생모가 있지 않은가. 그래서든 도와줄 마음으로 묻는 것이다.

"있기는 합니다."

"그러면 몇째 따님인데요?"

"큰딸이에요."

"그러면 화순으로 따라 내려갔다 학교 때문에 올라온 건가요?"

"아니에요. 우리 언니가 시흥에 살아요."

"그래요?"

"예, 그래서 큰딸만 두고 내려갔어요. 학교 때문에요."

"학교는 어느 학교요?"

"학교는 숙명여대 졸업반이어요."

"그러시면 따님을 제가 좀 보자고 해도 될까요?"

"보자고 하시면 싫다고 하지는 않겠지만, 왜요?"

"부탁 좀 할 게 있어서요."

형편이 어렵다고 해서 물질적으로 접근해서는 안 될 것이다. 생활 형편이 넉넉지 못할수록 자존심은 더 강해서다 '내가 얻어먹는 거지인 줄 아냐. 돈으로 어떻게 해 보려고 하게' 미진이 생모도 그렇게 생각할지도 몰라 부탁할 일이 있어서라고 에둘러 말한 것이다.

"이런 사실을 알게 된다면 만나지 않으려 할 수도 있지 않을까 싶습니다."

엄미진 생모 말이다.

"그거야 사실대로 말은 못하지요. 대학생이 아니어도 자존심을 내보일 텐데요. 그래서 말인데 우리 사위를 통해 말할까 해요."

"사위님은 부장검사라면서요?"

"부장검사라고 처음부터 말은 않겠지만 검사는 거부감을 느낄까요?"

"그렇지는 않으리라 싶기는 해도요."

"일단은 그런 줄 알고 시간이 되는 대로 또 만나 얘기합시다."

미진이 생모에게 그렇게 말하고 화순 집으로 내려갈 차편이 몇 시인지 알아보고 헤어진다. 물론 내려갈 차비 명목으로 차에 오를 때 용돈을 찔러 주고 말이다.

"바쁜 사람 불러내 미안한데 왜 부른지 문 서방은 짐작은 할까?"

장모 허진숙은 사위 문상진 검사를 빤히 보면서 말했다.

"말씀을 해 주셔야 알지, 말씀이 없는데 제가 어떻게 알겠어요."

"그렇기는 해도…."

"어머님은 참 알다가도 모르겠습니다."

"수수께끼 말 같아서?"

"그게 아니라 쉽게 말씀하셔도 괜찮을 것 같은데 아니신 것 같아서요."

"그래, 말할게. 다름이 아니라 자네 댁 생모 얘기야."

"안사람 생모 얘기요?"

"그래. 그런데 한강 둔치로까지 가서 나눈 얘기 중 딸만 셋이라면서 맏이가 숙명여대 졸업반이래."

"오, 그래요?"

"그래서 생각인데 졸업하면 취직을 하게 될 거 아니야."

"그렇겠지요."

"그래서 말인데, 미진이 생모 애들을 미진이가 데리고 있으면 어떨까 하는 거야."

"그런 얘기는 저한테 말고 안사람에게 하셔야 할 텐데요."

"그렇기는 하지. 그러나 간단한 문제가 아닐 수도 있어. 그래서 문 서방 생각도 한번 듣고 싶어서."

"그러면 제가 어떻게 했으면 하세요?"

"어떻게가 아니라, 미진이 생모 딸을 한번 만나 봤으면 하는 거야."

"그래서요?"

사위 문상진은 장모 말에 의아하다는 표정이다.

"그래서가 아니라 문 서방이 가지고 있는 지혜를 발휘하면 돼."

"허허, 그런 지혜까지는 없어요."

"지혜라는 말을 해놓고 보니 내가 엉터리네."

"아니에요. 그러나 저는 다만 검사직일 뿐입니다, 어머님."

"여러 말 말고 한번 노력해 봐."

장모 허진숙은 이런 말까지 많은 생각을 했다. 미진이 생모를 도와야 마음이 편할 것 같아서다. 미진이 생모를 돕는 것은 남편에게도 나쁘지 않은 것이 아닌가. 여자를 곁눈질로 보기는 다 늙기도 했으나 과거는 과거고, 현재는 현재라는 생각으로 만나도 보라는 것이다. 마음씨가 좋아서가 아니다. 세상을 너무 어렵게 살지 말자는 것이다.

"여보, 나 장모님 만났어."

"엄마를 만나다니? 그게 무슨 말이야?"

문상진 검사는 장모와 만나 한 이야기를 아내에게 해 주었다.

"…그러시더라고."

"그런 말은 내게 직접 하셔도 될 건데 그러신다."

"그런 말 하시기는 딸인 당신보다 사위가 더 편했을까. 아니면 사위가 더 편하다는 생각이었을까 모르겠네."

"뭐? 딸보다 사위기 더 편했을 거라고…?"

"화까지 낼 건 없어, 들으면 말하기는 사위가 더 편하다는 것 같아서"

"화내는 게 아니라. 자기 말이 그렇잖아."

"그런 말 취숩니다!"

"취소고 아니고가 아니라 내가 말할 거야."

아내 엄미진은 보고만 있으라는 말투다.

"엄마, 지금 어디세요?"

남편 말을 들은 미진이는 엄마에게 전화를 건다.

"집인데 모임이 있어서 나가려던 참이야. 그런데 왜?"

"모임에 가시면 언제 와요?"

"가봐야겠지만 점심 먹고 한두 시간 정도 후에 헤어지게 돼."

"그러면 내가 엄마 집에 갈까, 아니면 사무실로 오실래요?"

"내가 가야지. 시간이 어떻게 될지도 모르는데."

그렇게 해서 엄마 허진숙과 딸 엄미진이 얘기를 나눈다.

"생모를 보는 순간 마음이 좀 복잡해졌어."

"마음이 복잡해졌다고?"

길러준 엄마 허진숙은 딸 미진이를 본다.

"아니, 복잡해졌다기보다 마음이 좀 그렇더라는 거지."

"그건 미진이 너만 아니라 나도 마찬가지였다.

"그런데 생모랑 택시까지 타고 어디를 갔었어?"

"국회의사당 바로 뒤 둔치로 가서 이런저런 얘기를 했어."

"그래? 처음 보게 된 생모라 지난날 얘기는 아니었을 테고…?"

"그거야 그렇지. 지난날 얘기는 못하지."

"그렇겠지."

"이제는 완연한 봄이다. 덥다. 물 한 컵 줄래?"

"엄마와 단둘이만 갔었어?"

딸 엄미진은 시원한 옥수수 수염차를 대접한다.

"그래, 궁금한 것이 있어서."

"궁금한 거?"

"그래. 그런데 누구든지 들어도 될 얘기가 못 돼 비교적 조용한 국회의사당 뒤편 둔치에 갔었다."

"그래? 뭐가 궁금했는데?"

"궁금한 게 많지, 없겠냐. 그렇지만 궁금한 거 다 물어볼 수는 없고, 미진이 너를 내 딸로 삼게 해 주어 고맙다는 말과 현재의 가족관계 정도만 물었다."

"아니, 나를 딸로 삼게 준 것이 고맙다고…."

믿지 않을 수 없겠지만 우리 엄마는 재치가 넘친다. 얘기 서두를 그런 식으로 표현하는 걸 보면 말이다.

"그러면 아니냐?"

"…"

그래요, 맞기도 하지요.

"지금은 아니나 남자들만 있는 집에 애교도 부릴 줄 아는 네가 있세 되있으니 말이다. 무뚝뚝한 남자들만 있어서."

"그렇기는 하지요."

"대놓고 말하기는 좀 그렇다만 네가 어려서 생각인데 네 오빠들은 사내 녀석들이라 동무삼아 데리고 다닐 수도 없었으나 너는 딸이잖아. 그래서 좋기만 했다. 물론 지금도 나쁘지는 않지만."

"아니, 나쁘지는 않지만, 이라니요?"

"야, 너무 따지지 마라. 그런 뜻으로 말한 게 아니니까."

"한번 해본 말 가지고 엄마는 골낸다."

부모로서 힘든 것은 자식이 잘못해서도 있겠지만 대드는 것은 매우 위험한 일이다. 그런 줄 잘 알면서도 대드는 말을 하고 말았다. 생모를 만나기 전까지는 단 한 차례도 대드는 말을 한 적이 없는 것 같은데.

"골은 무슨 골이냐. 그건 아니야."

"내가 말 잘못 했어."

"그런데 네 생모가 사업 실패로 하는 수 없이 화순으로 내려간 것 같은데 내가 좀 도와주겠다고 말하면 안 될까?"

"생모를 엄마가?"

"도와주겠다가 아니라 도와주고 싶다는 거야."

"도울 마음이면 뭘 도와야…?"

"뭐겠어. 어려운 형편을 돕는 거지."

"그거면 딸인 내가 돕는 게 낫겠지, 엄마보다는…."

진짜다. 사무원을 고용하는 가정 법률상담변호사로서 말이다.

"네가 그렇게 해 주면 더 좋지. 어떻든 자존심 상하지 않게 조심해야 해."

"그거야. 말할 것도 없지."

"그런데 숙명여대 4학년인 딸이 시흥 언니 집에 있단다. 그래서 부탁할 일로 불러도 되겠냐고 했다. 물론 에둘러 말한 거야. 그러면 엄마가 말 잘한 거 아니냐?"

"에둘러 말했는데 말 잘한 거냐고?"

"그래."

"말 잘했는지는 몰라도 내 사무 일을 도와줄 직원으로 해도 될지 모르겠네."

"야~ 잘 됐다. 그래야 언니지. 미진이 네가 그렇게만 해 주면 자존심을 건드리지 않고도 되겠다. 우리 집은 물질적 도움을 줄 수도 있는 형편이기는 해도."

"일단은 알았어."

"그런데 저쪽 아버지도 알고 있을까 모르겠네."

"그래 모를 수도 있지."

"아니야. 모르실 거야."

"그래, 네 생모가 말 안 했으면…."

"알았어. 그분도 만나보게 주선해 보라고 문 서방에게 말할게."

"문 검사에게?"

"그렇지."

"알았다. 나쁜 일이 아니니."

"문 검사님! 오늘 저녁은 뭘 드시고 싶으세요? 변호사직만으로는 밥 굶을지도 몰라서 나 요리도 배웠는데."

"뭐야, 검사님이라니. 닭살 돋게…"

"닭살 돋게?"

"아직 젊으니까 앞으로도 '자기야!' 하면 좋겠다."

"뭘 먹고 싶냐는 건데 너무 따진다."

"그게 아니라 당신 표정을 보니 이 어르신에게 할 말이 있는 것 같은데 맞지?"

"어르신? 생일로 따지면 내가 두 달이나 빠른데."

"그런 말 그만두고 할 말이 있으면 해 봐."

"역시 검사라는 칼로 수사를 해 본 센스. 그건 그렇고 다름이 아니라 그분이라고 해야 할지, 저쪽 아버지라고 해야 할지는 몰라도 생모를 만나 봤으니 그분도 한번 만나 봐야 할 것 같아."

"그거는 당연하지."

"그래서 말인데 생모 딸을 내 사무직원으로 해도 괜찮을지 모르겠네."

"그래? 잘됐네."

남편 문영일 검사는 엄미진 생모 집 전화번호를 알고는 있으나 전화보다는 편지다.

안녕하세요. 얘기를 들으셨는지 몰라도 저는 아버님을 한 번 뵀으면 합니다. 저의 사회적 신분까지 말씀드리기는 아닐지 몰라도 현

직이 검삽니다. 아버님께서 아시면 놀라실 것 같아 조심스럽기는
하나 아버님이 모르는 장모님 딸이 하나 있습니다. 그 딸이 바로 제
아내이면서 변호사로 활동 중이고요. 그런데 아버님은 대학 졸업을
앞둔 처제가 있다면서요. 그런 처제를 아직 만나보지는 못하고 말
만 듣고 있을 뿐이지만 아내 말을 빌리면 내 동생이라 변호사 사무
직원으로 삼고 싶기는 한데 아버님께서 좋다고 하실지 모르겠다네
요. 그래요. 이런 일이 아니어도 곧 달려가 인사를 드려야 옳을 것
이나 핑계일지 몰라도 좀 멀다는 이유이기도 하고 시간 여유가 여
유롭지 못해 아버님이 덜 바쁘실 때 한번 시간 좀 내주셨으면 합
니다.

편지는 틀림없이 전달되었고, 며칠 내로 엄미진 생모 남편과 문
영일 내외 셋이 조용한 자리를 갖는다.

"인사부터 올리겠습니다."

문영일 검사는 그러면서 넙죽 큰절을 한다.

"아이고, 제가 인사받을 사정이 아닌 것 같은데…"

인사를 받을 사정이 아닌 것 같다면서 엄미진 생모 남편도 맞절
식이다.

"이렇게 된 사정을 알고 계시겠지만 곧 찾아뵀어야 했는데 그러
지를 못했습니다. 죄송합니다."

문영일 검사는 아주 평범한 젊은이 같은 태도다.

"아니에요. 그리고 저는 어떤 사정인지 전혀 모르고 있습니다."

"그러세요?"

"예."

"이렇게까지 된 사정을 장모님께 들으신 줄로 알고 말씀드리는 건데, 아니시군요."

"금시초문이에요."

"엄마가 말씀을 안 드렸으면 금시초문일 수밖에 없는데, 아버지 죄송해요."

딸 엄미진 말이다.

"저에게 아버지라고 하셨어요?"

"그렇지요. 엄마와 함께 지내시는데요."

"…함께 지내도 그렇지요."

"그러면 말씀을 드리기 전에 제 명함부터 드리겠습니다."

동부검찰청 부장검사 문영일

"이건 제 명함입니다."

가정법률상담소 소장 엄미진

"아, 예."

이게 뭐야. 어마어마한 사람들 아니야. 엄미진 생모 남편 변성수 씨는 그런 의미로 보는 건지 두 명함을 한참 보더니 지갑에 넣는다.

"말씀 낮추세요. 저는 오늘부터 아버지라고 할 거예요."

"아버지라니요. 그러지 마세요."

아니, 그동안 몰랐던 딸이 나타났다는 거 아냐? 그래, 과거에서 저지른 잘못이라 말하기가 너무도 어려워 속으로만 품고 있었을 것이지만 그렇더라도 이렇게 된 사정을 감이 잡히게라도 말해 주었으면 덜 당황할 텐데 이게 뭐야. 아무것도 모르는 상황에서 말을 낮추라느니, 아버지라느니, 마음이 편치 못하다는 건지 변성수 씨 표정은 밝지 못하다.

"엄마와 함께 지내시잖아요."

"함께 지내도 그렇지요. 저는 무슨 일인지도 모르고 한번 보자고 해서 온 건데요. 일단은 어떻게 된 연유인지부터가 궁금합니다."

"그러시면 말씀드릴게요. 말씀드리기 전에 우선 그동안 힘들어하셨던 엄마 마음을 위로해 주셔야 할 텐데 아버지가 그렇게 해주시겠어요?"

엄미진은 변호사 직업을 감출 수 없었는지, 이혼 상담자와 얘기하듯 한다.

"아내를 힘들게 하는 남편들도 있던가요?"

"있는 게 아니라 많이요. 드린 명함대로 저는 가정법률상담 변호사입니다."

"그래요. 과거고 현재는 현재다. 저는 그런 생각으로 살아갈 겁니다."

"그러셔야지요. 엄마는 고등학교를 졸업하자마자 어느 기업에 취직을 하게 됩니다. 그것도 돈을 다루는 경리사원으로요. 그렇게 근무하던 어느 날 엄마는 거래처 상사로부터 마지못해 잘못된 일을 당하고 맙니다. 그렇게 당한 결과로 제가 태어나게 되었고요. 결혼도 안 한 상태에서 제가 태어났으니 어떻게 되었겠어요. 필요가 없어 버려도 될 그런 물건도 아닌 사람인데 말이지요. 물론 핏덩이기는 해도요. 그래서 외할머니께서는 안 되겠다 싶어 그러셨겠지만 잘못을 저지른 남자가 누구라는 것을 알아내 업둥이처럼 업어다 준 게 오늘의 저입니다. 이건 남의 얘기도 아니고 제 얘기라 사실대로 말씀드리는 겁니다."

"…어떤 일이 있어도 우리는 영원한 부부입니다."

"그리고 제 동생들이 셋이지요?"

"예, 딸만 셋이요."

"내가 하는 일 좀 도와달라고 하고 싶은데 괜찮을까요?"

딸 엄미진 말이다.

"괜찮은 게 아니라 좋아들 하겠지요."

"안사람 말을 어떻게 들으셨는지 몰라도 저도 동감이고 처제들이 있다는 것이 얼마나 다행인지 모릅니다."

처제를 미워할 사람 누구도 없을 것이나 동서들과 나들이하는 선배 검사 가정을 보면서 나도 그랬으면 했다. 생각을 해 보면 나들이를 형제들과 해도 괜찮을 텐데 그런 일은 없는 것 같다. 왜일까? 관계성의 부담? 이런 문제에 있어 아내들에게 말하고 싶다. 맏동서가 주도한 만남이다. 지인의 얘기이지만 4형제인 가정에서 맏동서는 외식이라도 하고 싶을 때는 동서들을 불러낸단다. 부모 앞에서 형제들의 화목을 도모하는 차원에서 말이다.

"아, 예."

빈말일지라도 듣기 좋은 말이다. 그러나 다른 말을 할 수는 없다는 듯 변성수 씨는 고개만 끄덕인다.

"처제들은 어떻게 생각할지 모르겠으나 저는 형부로서 잘해 주고 싶습니다. 아버님께서는 아직 모르시겠지만, 저는 뻣뻣한 처남들만 두고 있습니다."

곧이곧대로 말할 수는 없어도 손아래 처남도 아니고 손위라 여간 부담이 되는 것이 아니다.

"그래요?"

검사님 편지 내용이 만났으면 좋겠다고 해서 죄인으로 내몰리기도 했던 기억에 마음이 편치 않았는데 그게 아니라 다행이다. 그래, 느닷없는 편지를 받아 보고 다행히도 남이 아니라는데 안심은 됐으나 사업이랍시고 하다가 일이 잘못돼 사기죄로 내몰려 감방살이를 했던 기억이 아직도 남아있다. 그 때문에 검사라는 말만 들어도 움칠해지곤 한다.

"남이 아닌 관계이기는 해도 쉽지 않은 발걸음이신데 감사합니다."

문영일 검사 말이다.

"동생들 곧 만나볼 겁니다. 아버지는 그렇게만 알고 계세요."

엄미진은 보이지 않게 당당하다는 태도다.

"고마워요. 그러면 말은 해 둘게요."

"처제는 내가 누군지 알아?"

문영일 검사는 마음먹은 김에 시간을 내달라고 해서 만나게 된 처제 변상화에게 물었다.

"검사님이시지요."

"그건 직업이고."

"…죄송하지만 형부라고 말하기는 아직 아닌 것 같네요. 같이 산 친언니가 아니라서요."

"나는 상화를 보는 순간 이제 됐다 했어. 나도 동서가 있었으면 해서야. 그리고 상화가 결혼을 해 아이를 두어도 말은 올리지 않을 거야. 무슨 말인지 알겠지?"

문영일 검사는 처제인 변상화와 실질적 장모 임찬숙을 번갈아 바라보면서 말한다.

"그러서야지요."

장모 임찬숙 말이다.

"어머님도 이젠 말씀을 낮추세요. 저는 어디까지나 어머님 사위입니다. 영원히 모셔야 될 사위요."

"그래도 될까?"

"당연히 그러셔야지요. 그리고 저는 처제들이 너무도 예뻐 자랑할 겁니다."

"아니에요."

처제 변상화 말이다.

"언니가 말해서 알았지만, 언니를 돕는다는 것은 말이 안 돼. 그래도 동서감을 소개하는 건 괜찮겠지?"

"남자친구요?"

"왜, 싫어?"

"그거는 생각 좀 해 봐야지요."

"여러 말 필요 없어. 봐둔 동서감이 있어. 예쁜 처제가 있다는 말은 아직 안 했어도. 처제는 예쁘잖아. 남자들은 대단한 집안도 높은 학벌도 안 봐. 예쁘면 다야."

"저는 아닌 것 같은데요."

"아니기는 뭐가 아니야. 겸손할 필요 없어. 다른 말은 천천히 하기로 하고 아래 처제들 신랑감도 이 형부가 택해 줄 거니 그런 줄 알아."

문영일 검사는 처제를 도와주자, 그런 의미가 아니다. 친구 같은 동서를 만들고 싶어서다. 처제는 아니라고 고집을 피워도 나는 형부로서 그렇게 하고야 말 것이다. 사실대로 만들 자신도 있고. 사실로 이루어진다면 좀 웃는 삶도 살아지지 않겠나. 검사직이란 뭔

가. 설명이 필요 없이 남의 잘못을 매의 눈으로 캐내 쇠고랑 채우는…, 어쩌면 악질적 직업 아닌가. 때문으로 봐야겠지만 남자로서 호탕하게 웃어본 기억이 단 한 차례도 없었던 같다. 여담일 수는 있겠으나 돈이 많아 이자로 사는 사람과 빚으로 사는 사람의 행복지수는 어느 쪽이 더 높고 낮을까. 마음씨와 마음보가 말하겠지만, 같은 맥락에서 화려하다 할 수도 있는 검사직과 그렇지 못한 평범한 사람의 행복지수다. 행복은 주관적일 수밖에 없다 하겠으나 호탕하게 웃을 수 있는 길을 찾을 것이다. 삶에서 아무 가치도 없는 윤리와 도덕을 따질 게 아니다. 술은 언제부터 마시게 될지는 몰라도 돼지들에게는 미안하나 노릇노릇 구워진 삼겹살에다 소주도 한잔하면서 노래방도 갈 것이다.

"동생들은 아직 어린데요."

"고등학생들이라 아직 어리기는 하지. 어리기는 해도 처제들은 할머니를 닮아 미녀 중의 미녀들이야, 형부가 보기엔. 상화야 민망해할지는 몰라도."

"아닌데요."

미녀라는 말에 감사하다는 의미인지, 변상화는 약간의 미소를 짓는다.

"아니기는 뭐가 아니야. 처제가 예쁜 것은 없는 말일지 몰라도 이 형부에게 행복하고 예쁜 거야."

"아이고…"

"아무튼 그러니 결혼 않고 살겠다는 생각은 하지 마. 세 처제 식구들과 여행 꿈도 꾸고 있어. 말해도 될지 몰라도 그동안은 말 걸기조차 어려운 손위 처남들만 있었어. 그랬다가 처제들이 나타난 거야. 처제들이 있다는 것이 얼마나 다행인지 몰라. 상화는 여자라 잘 모르겠지만 남자는 편하게 말할 수 있는 대화상대가 필요해. 무슨 말인지 알겠어?"

"…"

처제 변상화는 결혼 안 할 거라고는 했으나 생각해 볼 거라는 건지, 형부 문영일 부장검사를 쳐다본다. 물론 속눈으로.

"처제들을 있게 해 주신 어머님 감사합니다. 처제들 때문에 웃고 산다는 선배 검사가 있는데 얼마나 부러웠는지 몰라요. 그래서인데 검사직 끝나면 변호사 개업일 거고 동서들도 같은 직업일 겁니다."

본인 자랑은 아닐 것이나, 문영일 부장검사는 장모 앞이라, 처제 앞이라, 열변을 토한다.

"문 검사와 따로 만나서 무슨 얘기를 나눴어?"

남편 변정수 씨 말이다.

"딸 많이 낳아줘서 고맙다고 합디다."

"뭐? 딸 많이 낳아줘서…?"

"상화 아빠야 아니겠지만, 사위는 처제가 많으면 좋은가 봐요."

"처제가 많으면 좋을 거라는 말, 말 되네."

"미안해요. 상화 아빠는 처제가 없어서."

"저제 없는 것이 어디 당신 탓인가. 탓이라면 장모님 탓이지. 안 그래?"

"그렇기는 해도요."

그래, 아내로서 겸손의 말이나 남편은 아들 얘기를 안 했다는 것이 고맙다는 의미인지 임찬숙은 편안한 표정을 짓는다.

"나는 우리 딸들이 제일 예쁘다는 생각뿐이야."

"문 검사도 그런 투로 말합니다."

"우리 딸들 짝도 잘 만나야 할 텐데, 모르겠다."

"그러잖아도 문 검사는 엉뚱한 남자들과 사귀지 말라는 단속도 합디다."

"어떤 놈이 빼앗아갈지 모르니 엄마로서도 감시 잘해야겠다."

"아빠는 보고만 있고요?"

"그런 문제는 엄마 몫이잖아."

"내가 딸만 낳은 것이 잘못이지만, 상화 아버지는 딸들 덕에 호강도 하게 오래오래 건강하세요."

"그래, 호강도 맛봐야지."

임찬숙, 변성수 부부를 실은 버스는 고향 집으로 내달린다.

"이런 일은 미리라도 말해 주었으면 덜할 텐데, 이게 뭐야."

"미안해요."

"미안은 무슨 미안이야. 그렇다는 거지."

남편 변성수 씨는 아내 임찬숙 표정을 보면서 손을 꼭 붙든다. 남편이야 그렇지만 아내 임찬숙은 소리 없이 운다.

"다 지나간 일들인데 울기는 왜 울어. 울 거 없어. 좋은 일만 남았는데"

변성수 씨 말에 건너편에 자리한 여자 노인이 쳐다본다.

"아니에요."

그렇게 말을 했지만 힘들었던 전날 기억 때문에 나도 모르게 눈물이 난 거예요. 지금이야 울 필요가 없어졌지만 얼마 전까지도 남몰래 울기도 했어요. 잘못된 불륜으로 해서 낳게 된 딸이기는 해도 내 새끼를 버린 몹쓸 년이다, 그런 생각 때문에요.

아내 임찬숙은 그런 생각으로 남편을 보는 것인지 손을 붙들어 준 남편에게 감사해하는 눈빛이다.

"당신 딸 부부가 법조인이라 마음이 좀 이상하더라고."

"다 지나간 얘기지만 사업 실패에서 겪은 트라우마 때문에요?"

"아닐 수 있겠어."

"그렇겠네요."

"비록 좋은 일에 만나기는 했어도 우리 집 사정 얘기까지 했을까?"

"서로 상처가 될 얘기가 될 것 같아 딸 얘기만 했어요. 그런데 왜요?"

"변호사 자기가 직접 본 것처럼 말해서 한편 놀랍기도 했어."

"그런 말 하기 좋아할 엄마가 어디 있겠어요."

"그렇기는 하지."

"변호사들마다 다 그런지 몰라도 얘기를 사실대로 안 할 수가 없

세 하는 바람에 말을 해버리고 밀았어요. 그런데 싱화 아버지에게
는 이제야 알게 해서 미안해요."

"미안해할 필요는 없으나 그런 말 듣기는 처음이라 내가 잘해 주
지는 못해도 남편인데 나를 숨기고만 살았나 싶어 마음은 좀 그랬
어."

"미안해요."

사실을 그동안 감추고 살았다는데 아내 임찬숙은 어찌 미안하
지 않겠는가. 많이 미안할 것이다.

"그때는 그랬으나 지금은 아니야. 우리 더 행복해지자고…."

남편 변성수 씨는 아내 임찬숙 손을 또다시 붙든다. 아내 임찬
숙도 고맙다는 의미겠지만 남편의 손 꼭 붙들었다.

남편이든 아내든 몸 비비고 살아가는 부부이기는 해도 감추고
싶은 것이 어찌 없겠는가. 있을 것이다. 다만 말을 안 해 모를 뿐이
지. 물론 다는 아닐지 몰라도. 생각을 해 보면 유부남이 덮치는 것
을 허락해버린 탓에 미혼모가 될 뻔했던 아내 임찬숙은 이제 남편
앞에도 숨을 크게 내쉴 수가 있게 된 것이다. 체중으로 고생했던
그동안의 병이 낫게 된 것처럼 말이다. '천국에 계시는 엄마~! 엄마
가 친부에게 데려다준 아기가 잘도 커서 누구도 부러워할 변호사
가 되었어요. 그런데다 생각지 못하게 생모인 저를 찾아주어 분에
넘치는 호강까지 누리네요. 좋은 남편이기는 해도 유부남과 놀아
난 사실이라 무덤까지 가지고 갈 수밖에 없었는데 그런 문제도 다
풀린 것 같고요. 엄마가 지금도 계셔서 이렇게 된 것을 보신다면

얼마나 좋아하실까 싶습니다. 오늘은 특별한 날이라 엄마에게 맛있는 것 사드리고 싶은데 무얼 드시고 싶어요?' 사랑 말이 모녀로부터 있게 된 것은 아닐지 모르겠으나 임찬숙은 세상 떠나시고 안 계시는 친정엄마가 보고 싶다.

"오늘 저녁은 집에서 말고, 사 먹자고."

남편은 집에 도착하자마자 넥타이를 풀면서 저녁을 사 먹자고 말한다. 멀리까지 다녀오느라 힘이 들 건데 밥까지 하게 해서야 되겠는가, 그런 마음일 것이다. 물론 저녁을 사 먹기는 오랜만이기는 해도.

"알았어요. 그런데 애들한테 미안하네요."

"미안하기는 한데 집에 없잖아."

두 딸들은 버스로 40여 분 거리밖에 안 되기는 하나 광주에서 공부할 수 있도록 조치를 해 주었다. 때문이기는 해도 딸들 얼굴이라도 보기는 학교 안 가는 날이나 볼까 말까다. 때문에 딸들도 명분만 자식일지 모르겠다. 맏딸 상화야 먼저 살던 곳 제 이모 집에 두고 왔으니 대학 졸업과 동시에 직장인으로 살면서 괜찮은 녀석 만나 결혼해 살아가면 좋겠다. 누구는 효를 말할지 몰라도 부모는 낳아 험한 세상을 용기 잃지 않고 잘 헤쳐나갈 수 있도록 길러줄 뿐이지 않겠는가. 남편 변성수 씨는 아내를 그런 생각으로 보는지 슬쩍 쳐다본다.

"그런데 딸이라는 말이 잘 안 나오는데 변호사가 하는 말이 상화를 데려다 사무실 직원으로 하겠다고 하던데 상화 아버지는 어떻게 생각해요?"

"그런 말 내게도 하더라고."

"그래요?"

"그래서 좋아들 하겠지요, 했어."

"좋아들 하겠지요, 했다고요?"

"그러면 아닌 건가?"

"그런데 상화는 자존심이 강하지요?"

"다른 애들과 비교해서?"

"자존심까지는 몰라도 상화 제 이모 말을 들으면 상화가 씩씩한 것 같기는 해도요."

"이모 말이면 자유롭지 못하다는 증거인 건데…."

"그래, 엄 변호사가 친언니이기는 해도 같이 있기는 자유롭지 못할 것은 분명하다. 때문에 언니 일 도와 달라 식으로 말해도 싫다 할 게 아닌가. 장사들 얘기지만 얼굴 아는 사람들이 있는 곳은 피하게 된다지 않은가. 그것은 마음 편한 자유일 것이지만 말이다."

"자유요?"

"그래, 자유."

"그래요. 속박이 아니라 자유가 중요하지요."

"우리 상화 얘기하다 말고 엉뚱한 말을 하고 말았는데. 엄 변호사가 그걸 모르고 있겠어? 상화 자존심까지 고려해 말할 테니 우리는 지켜만 보자고…."

"상화 너는 어떻게 생각할지 몰라도 우리는 엄마가 같아. 성장만 다를 뿐."

"아, 예."

떳떳하지 못한 엄마 과거 일이라 상화는 듣고 싶지 않으나 듣고 있다는 표정을 내보인다.

"내가 무슨 말을 하고 있는지, 상화 너는 알겠어?"

엄미진은 동생 상화를 똑바로 본다.

"예, 알아요."

"그래선데 내가 하는 일 좀 도와줄 수 있겠니?"

"그러면 변호사님 업무 일이요?"

"그렇지."

"직원이 부족하세요?"

"부족까지는 아니어도."

"부족하지 않다면 감사합니다만, 저까지는 아무래도 아닌 것 같습니다."

아닌 것 같다는 말을 하고 보니 언니는 싫다고 말로 알아들었을 게 아닌가. 그렇지만 나는 아니다.

"그런 말은 상화 생각을 모르면서 불쑥 꺼내버려 미안하다. 그러나 언니 일을 돕는다는 생각으로 있어 주면 해서 하는 말이야."

"엄 변호사님은 저를 돕자는 마음이신 것 같습니다. 감사합니다만, 저는 그렇지 못할 것 같아요."

"그건 왜?"

"저는 영문학을 했으니 영문학 강사가 되고 싶어 그렇습니다."

잘못된 성격인지 몰라도 누구 밑에서 일한다는 것은 내 생리에 맞지 않을뿐더러 언니 밑에서 일하는 것은 죽었다 깨나도 싫다. 그래, 언니이지만 싫으면 대들기도 할 그런 친언니라면 또 모를까. 그런 성격임을 아빠, 엄마도 잘 아실 것이지만 그렇다. 만나기 보기 전부터 그런 제안을 할 것이라는 생각을 못했을 뿐이다. 미리 알았더라면 바쁘다는 핑계를 댔을 텐데.

"상화는 변호사님이라고 깍듯이 하는데 그러지 말고 언니, 하면 안 될까?"

"아직은…."

"물론 업무 때는 아니겠지만 말이야."

어렵지 않게 말해도 될 친동생인데도 말하기가 이리도 조심이냐? 그래. 쉽게 말할 수 없기는 생물학적으로야 친동생이기는 하나 한집에서 같이 성장하지 못한 이유일 것이다. 그러나 성공한 언니로서 어찌 나 몰라라 하겠는가. 남편도 돕자고 하는 마당에

"…언니라는 말이 잘 안 나오네요."

"이해해. 만나자마자 언니라고 말하기는 쉽지 않겠지."

상화 너는 내게 언니라고 쉽게 말해도 될 친동생이다. 그러나 누구의 말도 쉽게 들을 나이가 아닌 대학생이면서 졸업반이다. 대학 졸업반이면 나름 지식인임을 내가 어찌 모르겠냐.

엄미진은 그런 표정으로 동생인 변상화를 본다.

"죄송해요."

"죄송이라는 말은 아니다. 그래, 난 변호사고 사무실도 가지고 있어. 그래서 내가 상화 입장이라도 편한 마음은 아닐 거야. 그걸 모르고 하는 말이 아니야."

"…."

그동안 만나보고 싶었는데 이렇게 만나주어 고맙다. 그 정도에서 그쳐야지, 언니는 여러 말을 한다.

"동생들 학교 문제는?"

"동생들 학교는 고3, 고1입니다."

"그래? 동생들도 봤으면 좋겠다."

흰 구름 떠 있고

"어머님은 막내 동서 차 타실래요?"

장모는 막냇사위가 더 편할 것 같아서 꺼낸 말이다.

"그럴까."

엄미진 생모 임찬숙은 그러면서 셋째 사위 아들 탁주성과 막냇 사위 아들 심기석 두 녀석들을 먼저 차에 오르게 한다. 길러준 손 주들이라 싫다 할 이유는 없겠으나 손주들은 할머니를 여간 좋아 하는 게 아니다.

"할머니!"

"왜…?"

"할머니는 삼촌이 왜 없어?"

"야! 그거야 못 낳았으니까 없는 거지 그걸 말이라고 하냐."

동생 탁주성 말이다.

"어허, 형한테 야라니…."

할머니 지천 말씀이다.

"나이는 같아도 생일로 따져 형, 동생 하는 거야."

심기석 엄마 변명화 말이다.

"주성이 너 쌍둥이 알아?"

할머니 물음이시다.

"쌍둥이…?"

"그래."

"우리 반은 아니지만 다른 반엔 쌍둥이가 있어."

"그러면 쌍둥이가 나이가 같아, 안 같아?"

또 할머니 물음이시다.

"그거야 같겠지."

"같겠지가 아니라 같은 거야."

"야, 그것도 몰랐냐."

"어허… 그러는 게 아니라고 했는데…."

할머니 지천 말씀이다

"엄마 뱃속에서 먼저 나오겠다고 다투기까지 한다는 거야. 사실까지는 뱃속을 들여다보지 않아 몰라도."

이번에는 막내딸 말이다.

"그래, 엄마 뱃속에서야 형 동생이 아니지만 밖에 나와서는 형, 동생 그러는 거야. 이제 알겠어?"

할머니 말씀이다.

"야, 지금부터는 나더러 형이라고 해라."

장난이 심하다 할 수 있는 심기석 손주 말이다.

"형은 무슨 형…."

"지금은 아니어도 중학교에 들이가시부디는 이름 부리지 말고 형! 그래라."

"그러면 나는 주성에게 동생, 그래야겠네?"

"동생 그런 말까지는 안 해도 장가를 들게 되면 형이 아니라 형님이라고 하는 거야."

이번엔 심기석 아빠 말이다.

"형님이라고 불러?"

"그것도 깍듯이야."

"그러면 큰일인데…."

"연습으로 지금 형님! 한번 해 봐라!"

심기석 엄마 변명화 말이다.

"이모 말대로 형님! 해 볼래?"

"기석 형님!"

"어이… 히히히…."

"웃을 일이 아니야. 장가들면서부터는 그래야 되는 거야."

할머니 말씀이다.

"그런데 할머니는 왜 이모들만 낳았어?"

손주 탁주성 말이다.

"아까 말했잖아."

"그래도 궁금해."

"그게 불만이야?"

"그건 아니지만 삼촌들은 없고 이모들뿐이잖아."

"너희들은 장가들어 아들도 낳고 딸도 낳고 그래라."

이것들아. 속 모르는 소리 마라. 어떤 사람은 내리 딸만 낳았다고 네 외할아버지는 증조할아버지 뵙기가 너무도 어려워하셨단다. 나중에 듣게 됐다는 얘기지만 시아버지께서는 기대했던 아들 손주가 아니라고 우시기까지 했단다. 그것도 아들 손주를 낳아 드리지 못해 어쩔 줄 몰라 절절매는 며느리 앞에서 말이다. 지금의 할미 마음 같아서는 딸들만인 게 얼마나 좋은데 우시기까지 하셨어요, 할 것 같다만 그때는 다들 그랬단다. 아무튼, 아들딸 구분 지어 낳을 수는 없어도 딸만 낳게 되었다는데 네 엄마들이 여간 밉기도 했었다. 지금이야 좋기만 하다만 만약 사람이 아니었다면 내던졌을지도 모르겠다. 여자들에게만 씌워지게 되는 한, 그런 한이 현대에 와서는 많이 누그러졌다고는 하겠으나 나이 많은 어른들은 아직도 아들 손주다. 그래서든 여자의 한이란 언제부터일까 싶기도 하다. 고전일 수도 있는 성경에서조차 남자만 등장시키지는 걸 보면 말이다. 확인까지는 못했으나 어느 부족이든 여자라는 대접은 남자들 자가용으로나 필요한 존재들은 아닐까 싶어 슬프다. 슬프기는 하나 너희들 외할아버지 변성수 씨는 아들 노래가 없었던 같아 다행이라면 다행이었다. 그러나 '여보, 나 사랑해요?' 묻기는 그만두더라도 잠자리에서조차 미안해했던 것 같다. 그렇게 미안해했던 여자라는 한이 이제야 풀린 것 같다.

물론 너희들 할미이기는 해도 말이다. 아무튼, 너희들은 아들딸 구분 짓지 말 것은 물론이고 너희들은 아빠, 엄마들처럼 우애하고

살아라. 형제간, 자매간 우애는 세상을 밝히는 조건 중 첫째 조건
이지 않겠나. 그래, 아직은 말귀조차도 못 알아들을 어린이들이다.
그렇지만 곧 청년이고 어른이 될 것이니 말이다. 그때까지 살아질
지는 몰라도….

"아기는 여자가 낳은 건데."

손주 탁주성 말이다

"주성이 너 그런 말 어디서 들었어?"

막내딸 명화 말이다.

"그러면 아기는 엄마들이 낳지, 아빠가 낳아…?"

"주성이 너도 아버님 날 낳으시고 어머님 날 기르시니…, 그런 노
래 들었지?"

할머니 말씀이다

"그건 지어낸 노랫말인데…."

"지어낸 말이 아니야. 주성이 너도, 기석이 너도 대학을 가게 될
거고 그래서 청년이 되면 장가갈 거잖아."

"장가…?"

"그래, 장가."

"그거야 커 봐야지."

"할머니는 지금 장가가면 그런 말 안 했는데…."

손주들과의 대화는 얼마나 재밌는지 모른다. 할머니 임찬숙은
손주들과 말을 계속 잇기 위해 좀 엉뚱한 대답을 한 거다.

"그러니까 할머니는 내가 장가가면 아들 낳으라는 거 아냐…?"

심기석 손주 말이다.

"주성이 너는?"

"나는 장가 안 갈 건데…."

심기석 손주와 탁주성 손주는 같은 초등학교는 아니나 나이는 같아 생일은 탁주성이가 다섯 달이나 낮다.

"장가 안 가면 누구랑 살 건데?"

"그거야 할머니랑 엄마랑 살면 되잖아!"

말을 어른들이 놀랄 만큼 잘하는 탁주성 손주 말이다.

"아니, 할미랑 살다니?"

"아빠, 엄마랑 할머니랑 살면 되잖아"

"그게 무슨 소리야. 할미는 꼬부랑할미가 되든지, 죽든지 그럴 건데."

죽든지 하는 말까지는 하지 말 걸 싶었는지, 할머니 임찬숙은 막내딸을 보면서 어색한 표정을 짓는다.

"할머니가 왜 꼬부랑 할머니가 되고, 왜 죽어…?"

손주 탁주성 말이다.

"그러면 꼬부랑 할머니가 싫다고…?"

"꼬부랑은 싫은데."

"할미가 잘못 말했다. 꼬부랑은 취소다. 아무튼, 너희들도 앞으로 네 큰 이모부처럼 되어라."

두 손주는 너희들에게 네 이모부처럼 잘 되어라. 할머니 말씀은 들을 필요도 없다는 듯 하품하다 할머니 무릎에서 코까지 골고 할머니 임찬숙은 니희들이 친손주면 더 좋있을 덴데, 한다. 그래, 아들딸 구분 필요 없는 현대에서야 전설 같은 얘기나 아낙들에게만 해당이 되는 백일기도다. 백일기도란 뭔가? 절간에서 목탁 두드리며 염불만 외는 스님 씨라도 받아오기 위해 애씀을 말하는 여자로 태어난 기막힌 사연을 말함이다. 그렇기는 해도 아낙으로서 아들이어야만 했다. 이것이 여자들의 한(恨)으로 스님들을 모독하는 말일지 몰라도 절간 스님들은 여자 맛을 넉넉하게 봤을 것이다. 그러니까 아낙은 스님들 정욕 해우소(解憂所)다. 그래서든 다행으로 아들일 경우 돌잔치는 시끌벅적하게 할 것 아닌가. 그러나 초대받게 된 손님들은 무엇을 보겠는가. 오랜만에 있게 된 아기라 아기 아빠 모습과 닮기는 했는지, 귓불이나 콧날이 봐질 것이다. 그러나 아기 아빠 씨가 아닌 스님 씨인데 닮을 수 있겠는가. 거기서 나온 말이 곧 발가락이 닮았네. 다 그렇기는 해도 스님들마다를 보면 잘들 생겼지 않은가. 때문에 스님 씨로부터 출생케 된 사람이 정계에 진출해 대통령까지 일지도 모른다. 아무튼, 이 할미는 여간 힘들 때도 있었다. 너희들 큰이모가 태어났을 때다. 엄마의 부화는 하늘을 찌를 듯하지, 그렇다고 태어난 아기를 고아원으로 보내버리기는 벼락 맞을지도 모르지, 때문에 어쩔 줄 몰라 했던 지난날 기억이다.

　너희들 큰이모부는 공부를 잘해서 검사가 되기도 해라! 말했지만, 그동안 부장검사까지였다는 이유 잘난 체 않고 아래 동서들에게 잘해 주려고만 해서 얼마나 고마운지 모른다. 아무것도 해 준 것 없이 바라만 본 장모로서 말이다. 그래서 생각이지만 딸을 둔 부모면 다들 그러리라 싶지만 딸 시집보낼 때 가족의 생명과 같은 토지를 팔아서까지 바리바리 싸주려고 했단다. 그것은 전통적 풍습이기도 하지만 시집으로부터 홀대받지 말고 탈 없이 잘살라는 의미일 것이다. 그러나 할미는 그 반대다. 물론 장모를 위하자는 아닐 것이지만 만약 아들만 두었다면 이런 재미를 상상이나 하겠냐. 며느리들에게 미안한 말이기는 해도 딸들에게도 말한다. 세상을 착각으로 살아간다. 해도 친정 부모는 시부모를 잘 모시는 게 어깨에 힘이 들어가 자랑도 하고 싶단다.

"당연하지. 나는 그렇게 키울 거야."

막내딸 변명화의 말이다.

"근데, 명화 네 둘째 언니가 결혼을 쉽게 하게 된 이유, 너는 아냐?"

"큰 형부 때문 아냐?"

"맞기는 한데 구체적으로 말이야."

"그거야 형부는 부장검사라는 이유로 억지가 포함되었다고 생각이 되는데…"

"억지결혼이 어디 있냐. 말도 안 되게…"

"나도 그랬잖아."

"심 변호사, 명화 말 듣고 있지…?"

장모들은 다 그럴까 몰라도 막냇사위는 친근감이다. 그래서 늙어지면 누구와 살 거냐고 묻기라도 한다면 막내와 살 거라고 말할 거다. 장모와 막냇사위, 막냇사위와 장모, 이건 인간적 윤리가 아니다. 어딘가 모르게 당기는 정감이 있어서다.

"예."

"예가 아니야. 내가 하고 싶은 말은 마누라에게 너무 쥐어 살지 말라는 거야."

"쥐어 살지 말라니, 엄마는 별말을 다 하네. 말도 안 되게…."

"다른 말 할 것 없다. 심 서방에게 잘해라!"

심 서방에게 잘해라 말은 업둥이로 보내진 딸이 변호사까지 된 큰 언니도 그렇지만 내 딸들은 누구 성격을 닮았는지 이기려고만 들어서다. 그래서 좋은 점도 있으나 걱정이 되기도 해서다. 모두는 아닐 것이나 아내들은 아들을 낳아주었다는 일말의 위세랄까. 당당함을 넘어, 남편을 부려먹으려는 태도도 보여서다.

"심 서방, 내가 잘못한 거 있어?"

아내 변명화 말이다.

"오빠! 그래야지, 심 서방이 뭐야."

"아니, 오빠…?"

"남편을 오빠라니… 애들이 듣고 있는데."

장모 임찬숙 말이다.

"그래, 오빠라는 말은 좀 그래도 무섭게 할 때 말고는 잘하지…."

막냇사위 심 변호사 말이다.

"무섭게 할 때라니… 무슨 말이 그래? 내가 언제 무섭게 한 거야. 엄마가 진짜 그런 줄 알잖아."

"그런 말 했다고 토라질 건 없다. 마누라가 무서워야 가정이 순탄하단다."

"자기 엄마 말 듣고 있지?"

"허허…."

그래, 남편으로서 못난 바보는 마누라를 닦달하는 거고. 아내로서 불쌍하기는 은행거래통장을 갖지 못하는 것이다. 은행거래통장은 삶의 자유이기 때문이다. 자유는 그만큼 소중해서 어쩌면 의식주보다 더 중요할 수도 있다 하지 않겠나.

"우리가 이만하면 괜찮게 살고 있잖아."

막내딸 명화가 엄마에게 하는 말이다.

"그래, 잘살고 있다. 그걸 모르고 하는 말이 아니야."

"엄마 마음 나 알아."

나도 이젠 엄마가 되었는데 엄마 마음을 어찌 모르겠어. 사위에게 자랑하고 싶어 하시는 말이지. 그래 신랑은 더 없는 신랑이다. 내 성격은 본시 칭찬받지 못할 성격이나 있는 말 없는 말 해도 신랑은 싫다 안 해서 고맙다. 그래, 여자로서의 자유란 뭔가. 설명이 필요하겠는가마는 남편에게 편하게 말할 수 있어야 자유다. 그것을 엄마는 딸만 낳게 되었다는 이유로 아버지를 어렵게 대하신 건 아닐까. 물론 어려운 아버지가 안 계시는 해도.

"우리 손주들 할머니 무릎에서 잠들게 하고…. 심 변호사, 고마워."

"아니에요. 제가 되레 감사하지요."

"엄마는 막냇사위에게 너무 감격하는 거 아녀?"

"이제야 히는 얘기디미는 네 큰 형부는 엉뚱한 놈 쳐다보지 못하게 해 달라는 편지까지 했더라."

"엉뚱한 놈 쳐다보지 못하게 해달라는 편지도 보냈었다고…?"

"느닷없는 편지지만 네 언니 앞으로 온 편지인 거야. 그래서 네 언니에게 보여주기 전에 아빠에게 보여준 거야."

"편지를 보신 아빠는 뭐라고 하시고?"

"다른 말은 않고 그냥 웃기만 하셨던 것 같다."

"그러셨겠지. 심 서방을 봐도."

"그런 얘기에서 나를 포함해? 말도 안 되게."

"말이 안 되기는… 말이 되지."

"그런데 엄마 얘기는 언니 결혼 얘기로 끝이여?"

"아니야. 네 형부는 예쁜 처제를 있게 해 주어 감사하다는 말도 했는데 그 말이 잊을 수가 없다."

"말씀드리지만 저는 여동생도 없는데 다 상화 처제를 보고 동서 감을 찾고 싶었습니다. 제가 아는 검사들 중 동서끼리 좋아들 하는 걸 보고 너무도 부러웠습니다. 장모님도 아시지만 저는 손위처남들뿐입니다. 그래서 특별한일 말고는 만날 기회도 없고 만난다 해도 할 얘기도 없습니다. 근데 한참 후배이기는 해도 잘생긴 검사가 부장검사인 제 밑으로 배속이 돼 온 겁니다. 그래서 물었지요. '이건 어디까지나 사적인 얘긴데 손 검사는 사귀는 여자 친구는 있을까?' 소개하실 여자는 있고요?' '내가 손 검사와 농담하려고 하는 말 아니야.' '그거야 알지요.' '장가는 가야지?' '장가가야지요.' '그래 장가가야지. 손 검사 나이가 스물일곱이잖아.' '예, 스물일곱이요.' '그래서 말인데 학벌은 내세울 수는 없어도 영문학을 했어' '학벌은 상관없어요. 그런데 나이는요?' '스물넷.' '나이로는 세 살 차이네요.' '그러네.' '예쁘기는 하고요?' ' 손 검사가 누군데 예쁘지 않은 여자를 소개하겠어.' '감사합니다.' '감사가 다 뭐야. 아무튼 그동안 다가온 여자는 없었을까?' '없었어요. 다가오는 여자가 있다 해도 사법고시 합격이 문제인데 한눈팔 수 있겠어요.' '그랬겠지. 묻는 내가 엉터리다. 나도 사법연수원 친구가 다가와 결혼을 했고 딸만 둘을 두었지만….' '따님이 둘이면 부장님은 복 받으셨네요.' '딸 둘만으로 복일 수는 없잖아.' '그러면요?' '복은 손 검사가 내 동서가 되는 거야. 무슨 말인지 알겠지?' '아이고, 저를 동서 삼아 어디다 써먹게요.' '다른 말 할 것 없이 쇠뿔은 단김에, 라는 말도 있잖아. 그래서 말인데 이번 주 토요일 시간 낼 수 있겠지?' '아이고, 부장님은 너무도 급하시네요.' '부장님 말은 공적 자리에서나 써먹고 한 가지 말해둘 게 있어.' '한 가지요…?' '예쁘기는 해도 눈빛이 좀 순하지 못해. 그러니까 고분고분한 여자가 못 된다는 거야.' '그러면 무서울 수도 있다는 거 아니에요?' '무섭게 생겼는지 일단은 만나나 보고 말해.' 네 큰 형부는 그랬다더라. 짐작이지만 네 언니 결혼이 쉽게 이루어진 건 부장검사 말을 거절하기는, 지시를 받아야 될 입장이라 심적 부담도 있었지 않았을까 싶다. 아무튼, 명화 네 결혼 문제도 네 큰 형부 역할이 크다고 엄마는 생각한다. 그걸 심 변호시는 인정할지 몰라도."

엄마 임찬숙은 재미있다는 표정까지 짓는다.

"저는 큰 형님이 아니라 작은형님이 말했어요."

"그건 나도 알아. 아무튼, 지금처럼만 살아줘."

"그런 말씀은 저한테 말고 안사람에게 하세요."

"명화에게 하는 말이야."

"나한테…?"

"그래. 말하지만 명화 네 큰 형부는 어쩌면 아버지 같은 형부야."

"나도 그런 줄 알고 있어."

"네 큰언니에게도 말이다."

엄마 임찬숙은 나이 때문일 것으로 단속 말까지다.

"우리 엄마는 대학 교수가 되셨어야 했는데…."

막내딸 명화는 엄마 말을 차 조심해라 말처럼 들었을 것이지만 말이다.

"대학 교수? 그래, 대학 교수 좋지. 그렇지만 엄마가 만약 대학을 나오기라도 했다면 오늘이 아닐 수도 있어."

"오늘이 아닐 수도 있다니… 그게 무슨 말이야?"

"이런 말 심 변호사에게 해도 될지 몰라도 심 변호사 장인은 건설업자였어. 물론 시시한 빌라건설업자이기는 해도 그래서야."

"그런 말은 내가 말해 줬어."

"아이고, 그랬구나. 모르고 있는가 싶어 말했는데."

뜻하지 못한 일이기는 하나 첫 직장에서 나와 괜찮다 싶은 직장을 찾고 있었는데 사원모집이라는 말을 듣게 돼 혹시나 찾아가 봤더니 사무실조차도 시시했다. 그래서 잘못 왔다 싶어 좋은 사람 구하세요, 인사하고 나오는데 사장이라는 사람이 얘기나 듣고 가라면서 붙드는 거다. 때문에 마음 약한 여자는 다 그런지 몰라도 조금만 근무해 보자는 것이 결국은 그 사장 마누라가 되었고. 심 변호사 마누라 명화까지 두게 된 거다. 이렇게 호강이기까지는 신의 도움일 수도 있겠으나 삶에 있어 엉터리일 수도 있는 임찬숙처럼 행복한 여자도 세상에 있을지 모르겠다. 손주들아, 할머니는 최고로 행복한 날이다.

"엄마의 일생, 글로도 남길까?"

"고마운 말이지만, 엄마가 살아온 길 모양만 다를 뿐 웬만한 여자들은 다 겪은 일인데 그걸 글로 남기는 건 반대다. 아무튼 더 말하면 네 아버지는 빌라 정도나 짓는 사장이지만, 유부남이 아니라 총각인 거야."

"엄마는 아버지가 유부남이 아니라서 결과적으로 막내인 나까지 두게 되었겠지만 총각이 어떻게 건설업에 뛰어들었을까."

총각이 건설업 사장일 수는 없을 건데 그게 너무도 궁금해서다.

"그거는 건설업에서 근무를 해 보니 돈이 보여서 그랬을 거야. 네 아버지는 말수가 적잖아. 그래서 자세히 말까지 안 했어도 그런 식으로 말하시더라."

"그런 식으로 말씀하시더라는 말은 신빙성이 좀 떨어지기도 하고 아버지가 건설 쪽에서 근무하셨다는 얘기는 처음 듣는데."

"처음 듣고 인 듣고보다도 명화 너까지 낳게 된 기다."

엄마 임찬숙은 말을 잘못 말했나 싶은지, 무릎에서 코 고는 손주들 손등 만지기까지다.

"나를 낳아주신 건 감사한 일인데 그땐 아버지는 엄마가 너무도 예뻐 놓치기 싫어 그러셨겠지."

내가 심 변호사를 남편으로 택하기는 엄마가 물려주신 예쁨의 무기를 써먹었다고 할까, 아무튼 큰 형부가 자신 있게 권유했기 때문이기도 해서다. 그러니까 예쁜 것은 하늘에서 뚝 떨어진 게 아니라 부모의 유전자 때문으로 보면 될 게다. 그러니까 콩 심은데 콩 나고 팥 심은데 팥 나듯 말이다.

"그때 엄마 나이가 몇인 줄 모르지?"

"꽃다운 나이?"

"그렇지, 스물네 살."

"스물네 살이면 장가갈 나이에서 아버지는 심 서방처럼 침 삼켰겠잖아."

"솔직히 말하자. 당신은 아니고?"

"나는 너무도 예쁘잖아."

"명화만 예쁘나. 나도 괜찮은 남자야. 왜 이래."

"괜찮기만 했나. 내 막내 사윗감이다. 엄마도 그랬다."

"자기 장모님 말씀 듣고 있지?"

"엄마 닮아서 그렇겠지만 이만하면 나 예쁘잖아."

"예쁘지. 그런데 예쁜 귀걸이 많던데 귀걸이는 왜 안 해?"

남편 심 변호사 말이다.

"나보고 귀걸이 하라고?"

"친구들 모임 때라도…"

마누라 자랑은 많은 돈을 내고 해야 될 철부지 같은 말일지 몰라도 아내 명화는 결혼을 안 한 아가씨 같아서다.

"자기는 대학을 나온 여성들 귀걸이 하는 거 봤어?"

"대학을 나온 여성? 얼굴만 보고 대학을 나온 여성인지 그걸 어떻게 알아. 말도 안 돼."

"말이 안 되기는 하지."

"귀걸이 말이 나와서 말인데, 전날 영국에서 있었던 일로 여성들 꾸밈은 귀걸이만이 아니라 아예 코걸이, 입술걸이까지일 것 같아. 그것을 막자는 차원으로 꽃 파는 직업여성들 말고는 귀걸이도 하지 말라는 왕의 명령이 내려지자 귀걸이가 곧 사라지더라는 거야. 만든 말이겠지만, 귀걸이도 예의 차원에서나 해야지 않겠어."

"맞는 말이네. 우리 엄마는 모르시는 게 없네."

"야, 이것아! 나도 고등학생 때는 인기도 있었다."

"지금도 곱지. 그런데 한 가지 궁금한 게 있는데, 아버지가 엄마를 사원으로 채용했을 때 월급이 얼마였어?"

"월급이 얼마였는지 기억에는 없는데, 나를 색시 삼고자 하는 사장이 월급으로 줬겠어? 안 그러니?"

"궁금한 게 더 있어. 그럼 사무실 직원이 엄마 혼자는 아니었지?"

"그게 궁금해?"

"당연하지. 사장이 총각이잖아."

"남자 직원들은 변 사장과 어떤 관계인지 간파했는지 말도 여간 조심히 하려고 했던 것 같다."

"엄마가 보이게?"

"보이게 하기는 아닌 것 같다."

건설업 직원들이라고는 하나 시시한 빌라공사라 공사가 끝나면 그만두게 되는 막일꾼들이었다. 막 일꾼들이기는 하나 모두는 동네 오빠들 같았다.

오늘에서야 생각이지만 그때의 직원들도 장가는 들었을 테고 자식들을 두었지 않았을까. 그들 이름은 기억에 없으나 자식을 두었다면 내 남편처럼 딸들만 두었을까. 그래, 어떤 모습으로든 그들을 한번 만나 예전 얘기를 나누며 자랑도 한다면 잘못이라 할까.

"남자들은 척 하면 알지."

딸 명화 말이다.

"어디 남자들만 척이냐. 여자들도 마찬가지지. 아무튼, 사실을 내보이기는 아닌 것 같았는지, 말하자면 식모도 두었다."

"공사장에는 함바(건설현장에 마련되어있는 임시 식당의 일본식 표현)도 있다면서."

"함바까지는… 집에서 출퇴근하는 인부들뿐이었어."

"자기야, 혹시 졸리는 건 아니지?"

"졸리다니, 아니야. 그런데 왜?"

"나는 월급 주는 사장이 아니잖아."

"그래서…?"

"그래서가 아니라 변 여사 손 붙들 마음이었으면 화장품값 정도는 봉투에 담았어야 하는 거 아녀? 장가들 사람 예의상으로든."

"화장품값 정도? 그런 말은 그때 말하지, 이제야 말해."

"엎드려 절 받지. 자기는 아내에게 가장 큰 선물이 무엇인지 알아?"

"그거야 알지."

"그게 뭔데?"

"은행거래통장."

"내게 있는 은행거래통장은 보관만 하는 통장이야."

"은행거래통장은 자유를 말함이라는 말 당신은 못 들었을까?"

"그건 마누라를 위하는 게 아니야. 돈 보관 통장이지."

주부로서의 은행거래통장은 절대적이다. 설명까지 필요하겠는가마는 남편은 돈 벌어다 주는 일벌레여야 하고, 아내는 돈 많이 벌어오게 서비스를 잘하는 존재여야 한다. 건강한 남편이 어미 노루를 잡아다가 각을 내주면 아내는 맛나게 만들어준다. 이것이 원만한 부부 역할로, 원시 시절 얘기만이 아니다.

"그거야 알고 있지."

"알고만 있으면 뭘 해. 행동으로 옮겨야지."

"행동은 무슨…."

"심 변호사, 너무 몰아세우지 마. 주눅 들겠다."

"엄마는…. 그건 그렇고, 우리가 화순으로 내려가게 된 건 아버지 건축 사업이 잘 안 돼서 그런 거지?"

"건축 사업이 잘 안 된 것보다 문제가 생기는 바람에 화순까지 내려가게 된 거야."

"건축 사업에 문제가 생겼어…?"

"건축 사업이 괜찮다 싶어 빌라 열 세대짜리 세 동을 또 건축했고, 분양도 어렵지 않게 되어 좋았다. 그런데 3년도 못 된 어느 날 건물이 쩍 갈라지기 시작한 거야. 빌라를 헐어 버려야 될 만큼…."

"빌라 세 동 다?"

"그렇지. 예가 될지 몰라도 시멘트 다리를 놓을 때 거푸집을 아주 무거운 자동차가 지나가도 끄떡없을 만큼 완벽하게 하고 시멘트를 부어야 되는 것처럼 빌라 건축도 그래야 하는 건데, 지반이 좀 약하기는 하나 높은 빌딩도 아니고 빌라라 괜찮겠거니 한 것이 그리 된 거지."

"아이고…."

"그래서 그동안 벌어 모아둔 돈도 모자라 사채까지 빌려 배상한 거야."

"그러면 어머님도 많이 힘드셨겠습니다."

"힘든 정도가 아니야. 세 딸을 학교도 못 보내면 어떻게 하나 앞이 캄캄했어."

"엄마 사랑해."

학교도 못 보낼 줄 알았다는 엄마 얘기를 듣던 막내딸 명화 말이다.

"나도 사랑한다. 심 서방으로부터 호강이라 고맙기도 하고."

"얘기를 들으면 건축업이란 정말 힘들다면서요."

사위 말이다.

"그렇지. 엉뚱한 손들이 많아…."

"엉뚱한 손이란 무엇인지 대충은 알겠는데 준공검사 과정에서 빼앗기게 되는 돈 말고 또 있다고?"

막내 딸 명화 말이다.

"있지. 말이 좀 거칠기는 하나 전직 경찰 나부랭이들. 동네 주먹패들…. 때문에 조폭을 등에 업기도 하지. 조폭들에게는 후하다고 해야 할까. 좀 많아. 그런 돈은 분양가에 적용하게 되지만 그렇게 몇 년을 하다 보면 괜찮은 친구가 되기도 하지. 그러니까 세상은 그렇고 그런다는 거야. 물론 심 서방 장인 얘기지만 그래. 나는 마누라면서 경리였어도 건축 사업이 무엇인지 다 알게 됐다고 할까, 아무튼 그래."

"그런데 건축원가는 없는 건가?"

"원가 알아내서 틀리기라도 하면 따지려고?"

"따질 수는 없어도 궁금해져서."

"집도 공산품 성격이라고 해석될지 몰라도 건축업은 분양만 잘되면 사업치고는 와따야. 물론 건축 과정에서 사고가 없어야겠지만."

그래, 세상을 원칙으로만 살 수는 없다. 그런 얘기를 하자면 지금은 많이 자자 들었으나 원칙만을 고수하는 사람을 두고는 상대 못할 사람이라고 비아냥거리기도 했다. 어디서든 꼼수는 존재한다. 국가적으로도 말이다. 그것이 곧 외교전략이라고 하겠지만 그렇다. 그래서든 원칙만으로 살고 싶으면 발전이 무시되는 우체국 집배원이 되는 것이라 할까 그렇다.

"그래서 건축업 실패는 거리로 나았기까지 하는 거야. 듣기만 했지만. 그건 그렇고, 너희들 연애가 아니라 네 형부가 연결해 준 커플이잖아. 그래서 궁금한데 어느 쪽이 먼저 마음에 든 거야?"

"엄마는 별 게 다 궁금하다. 당연히 심 서방이겠지."

"턱도 없는 소리."

"엄마가 무슨 말 하고 싶어 전혀 엉뚱한 말을 꺼내냐면 신랑감을 볼 때 걸음걸이를 보고, 색시감을 볼 때 눈매를 보라는 거야. 걸음걸이는 씩씩함을 말함이고 눈매는 자식을 똑똑하게 키워낼 수 있냐야."

"그래? 우리 엄마는 진짜야."

"이것도 누구로부터 배운 게 아니라 삶에서 터득한 거야."

"앞으로 애들에게 써먹어도 될 이론이네."

"그래, 써먹어라. 그리고 이런 말 심 변호사 앞에서 말하기는 좀 그렇지만 명화 너도 남자들 심리를 알아야 해."

"남자들 심리를 알라니⋯. 엄마는 그게 무슨 말이야?"

"아니야, 내가 엉뚱한 소리를 하고 있다."

엄마 임찬숙은 하지 말아야 할 말까지 했다는 듯 얼버무린다. 아직 칠십도 안 된 나이에 그래, 기분 좋은 날의 분위기를 망칠 수도 있는 말은 해서는 안 되지. 그러나 세상을 살아보니 여자라고 해서 아닐 수 있겠느냐마는 교과적일 수 없는 것이 남편들 심리인 것 같다. 나야 네 아버지로부터 아낌만 받고 살아온 삶이었지만, 얘기를 들으면 아니 게들 살아가는 것 같다. 그러니까 남편으로서의 당연한 의무 말이다.

"저는 어머님께 고발할 게 있어요."

"뭐 고발?"

"그래, 고발 건 해결은 변호사 일감이기는 하지."

장모 임찬숙은 재미있다는 태도다.

"명화는 용돈을 너무 적게 줘요."

"무슨 소리야. 용돈을 적게 주다니…?"

"아니야. 너무 많이 주는가 싶은데."

"돈은 남편인 내가 벌잖아. 그래서 하는 말이지."

"그건 인정해. 그렇지만 남편은 돈 벌어다 주는 사람 아니야?"

"명화 말이 나와서 말이지만 남자가 용돈이 넉넉하면 곤란할 수도 있어. 심 서방은 듣기 거북할지 몰라도."

말을 해놓고 보니 미혼모를 만들어버린 엄 이사 생각이 난다. 회사 운영자금이지만 개인 용돈처럼 내게 선심을 썼고, 그로 인해 모텔에 가게 됐고, 결국은 임신까지 했지 않았는가. 그때의 일이 오늘은 전화위복이 된 셈이지만 당시 마음고생은 얼마나 심했는가. 남자에게 용돈은 가정적으로 불행을 가져다주기도 한다. 자식을 두었으면 아내는 태풍이 불고 눈보라가 휘몰아친다 해도 가정을 지켜야 한다. 그동안의 경험이다.

"엄마, 그게 무슨 말이야?"

"사실대로 말하면… 돈이 있으면 다른 여자가 보이게 된다는 거지."

"저는 아니에요. 명화뿐이에요."

"남자로서 그건 아닌 것 같네. 그리고 말하다 보니 다른 말도 하게 되는데, 순박한 여자는 딸을 낳게 된다는 거야."

"내가 아들 낳는 건 순박하지 못해서…?"

"어머님 말씀이 맞네. 솔직히 당신은 여자로서의 순박과 거리가 있잖아."

"그러면 싸납다고?"

"누가 싸납다고 했나. 당신 눈치가 보인다는 거지."

"눈치가 보인다는 말은 의외다?"

"남자들끼리 모이면 다들 그래. 진담인지 몰라도."

"아이고… 억지 아양이라도 좀 떨어야 하는 건데…."

"억지 아양? 그건 내 성격상 이혼감이다."

"나도 타고난 성격인지. 아버지가 사랑만 해 줘서 그런지 잘 안 되네."

"그래, 성격은 고치지 못해도 마음보는 고칠 수 있어."

그래, 잘못하면 마음보라고 말하고, 살가운 태도면 마음씨라고 한다. 그래서 마음보와 마음씨는 한집에 살고, 타고난 성격은 이웃에 산다고 하면 말이 될지 모르겠다. 어쨌든 사람도 익어간다는 말도 있지 않은가. 익어가는 삶은 사물을 허투루 안 본다는 데 있지 않겠나. 안 좋은 모습도 자신을 돌아보게 되는 교육 말이다. 모두라고 말할 수는 없겠으나 교육자 집안은 어딘가 다름을 느껴지기도 해서다.

"어머님 말씀이 맞습니다."

"지금 한 말이 맞는지는 몰라도 개인이 지닌 개성 때문으로든 쉽지는 않겠지만, 서로들 이해하고 지금처럼만 살아."

심리적으로든 아내 없는 남자는 초라하기 이를 데 없는 거지꼴이고, 아이 없는 여자는 무엇으로도 채울 수 없는 텅 빈 가슴일 것이다. 그러므로 아내들도 남편들도 티격태격할 사람이 곁에 있다면 행복으로 여기라. 귀 있는 자들에게 말한다. 이혼은 자신을 망치는 최악이니, 개인 신변이 위태롭거나 그럴 때 이혼을 생각해 보라.

"나는 노력하는데…."

딸 명화 말이다.

"여자가 노력만으로는 불가능할 수도 있어. 무슨 말인지 알겠냐."

"자기는 엄마 말씀이 무슨 말씀인지 알아?"

내 남편도 한눈팔기는 얼마든지일 것이다. 다만 아닌 척만 할 뿐이다. 이런 문제에 있어 내 남편은 최고 직업이라고 해도 될 변호사이기도 해서 예쁜 여자에게 눈길만 주어도 다홍치마다.

"그런 말은 안 해도 되는데 하게 된다."

엄마 임찬숙 말이다.

"괜찮아. 무슨 말이든 해, 이런 기회 아니면 언제 하겠어."

우리 엄마는 기분이 여간 좋으신가 보다. 그래, 기분이 좋으셔야지. 누군들 순풍에 돛 단 배듯 그러겠는가마는 우리 엄마는 그동안 고생이 많으셨다. 엄마가 살아오신 삶 다 알 수는 없으나 큰 언니를 자신의 손으로 키우지 못할 미혼모일 때의 눈물, 그런대로 잘 나가던 건축 사업이 하루아침에 무너지는 바람에 시골로 내려가지 않으면 안 될 사정까지 내몰렸을 때의 일 등 말이다. 다행이라면 그런 악조건에도 아버지가 품어주신 바람에 엄마는 오늘이 있다고 생각하시는 것 같다.

"너희들의 삶은 늘 봄날만 되어라."

"감사합니다."

"감사는 아닌 것 같네."

장모의 기분은 하늘을 날고 있네. 심 서방 자네가 낳은 귀여운 손주들 숨소리도 듣고. 그래서든 손주는 누군가. 자식보다 더 사랑하고 싶은 존재가 아니겠는가. 그런데도 나이 때문에 힘들다는 이유를 들어 손주들을 가까이하지 않으려는 할머니들도 있는가 싶어 매우 안타깝기도 해. 손주 봐주기 힘들다는 말을 할 거면 해외여행 생각이나 말지.

할머니! 하고 부르는 귀여운 소리 그 무엇에 비교할 수 있겠어. 장가를 보내주었으면 손주를 안겨 주어야지, 소식도 없다니, 대관절 어떻게 된 거야!! 전날에서만 그랬을까. 아이고, 불알이 여간 크다! 할머니는 기뻐 어쩔 줄 모르고, 산모는 며느리로서 할 일 했다는 자신감이 넘친다면 살아볼 만한 세상 아닌가.

"근데 엄마가 한 말 중에 순한 여자에게서는 딸을 낳게 된다는 말이 생각나는데 제주도는 삼다도라는 말이 있잖아."

"여자가 많다는 말…?"

"그렇지. 제주 여자들은 억세서 딸들만 낳았을까? 여자가 많다는 말은 맞지 않은 말이다."

가정적으로야 아들과 딸의 균형이 안 맞겠지만, 집단은 균형이 맞게 태어난다.

"맞지 않는 말이라고?"

"그런 말은 누가 만들어 퍼뜨렸는지 몰라도 엉터리 말인 거야."

"엉터리라고 말하기는 남자는 아기를 만드는 사람으로만 여긴 것 같은데…"

"그렇기는 해도 여자가 많다가 아니라 남자가 적다는 말로 바꿔야 할 게다."

여자가 많다는 이유는 다른 말이 있으나 전날 풍선 시절로 거슬러 올라가 도전정신이 강한 남자이기는 해도 거센 풍랑 앞에서는 주검이 어쩔 수 없었을 것으로 여자가 많게 된 이유로 보면 될 게다.

"그렇기도 하네."

"엉뚱한 생각이기는 하지만, 우리는 제주도 여자로 태어나지 않은 것이 다행인지도 모르겠다."

"여자를 고를 수 있어서? 고른다는 말은 좀 그렇기는 해도."

"야, 거기까지는 아니다."

"여자 말이 나와서 하는 말이지만 자기도 다른 여자가 보이지?"

"무슨 소리야. 나는 아니야. 다른 사람은 몰라도…."

"인정할 것은 인정해. 괜찮으니까."

"진짜 아니야."

"못 믿을 게 남자들 마음이라던데."

"무슨 소리야. 나는 믿어도 될, 당신이 만들어주는 된장찌개 같은 남자야."

"심 서방은 말도 멋지게 한다."

"감사합니다. 저는 어머님으로부터 삶을 배웁니다."

"배울 거야 없겠지만, 심 변호사는 명화와 거리도 좀 두어야 해."

"뭐! 거리를 좀 두어?"

"아니야. 헛말이다."

"그러잖아도 저는 여간 조심해져요."

"가장으로서 조심까지는 힘들 건데…."

말이 자꾸 해지고 싶은 장모다

"조심은 무슨 조심이야. 내가 말 안 해서 그렇지 자기는 멋대로 하잖아!"

"멋대로 하다니…. 말도 안 돼."

"내가 엉뚱한 말을 하고 말았는데 그동안 살아본 느낌을 말하는 거야. 직업상이기는 해도 웃어보자 노력은 도덕 중에 도덕이야. 심 서방은 내가 지금 무슨 말을 하고 있는지 알겠지?"

장모 임찬숙 말이다.

"우리 엄마는 책 많이 본 사람처럼 말한다."

"책? 책 말이 나와서 하는 말인데 건설업 사무실 직원이기는 해도 전화 받는 일 말고는 내가 해될 일이라고는 아무것도 없잖아. 그래서 책이 봐진 거야. 책 보는 것을 네 아버지도 좋게 여겼고."

"아버지는 그런 면도 있었을 거야."

"있었을 거야가 아니야. 너희들 사랑은 대단했어. 비록 딸들이기는 해도 말이야."

"아버지는 나를 더 사랑하셨던 것 같아."

"더까지는 아닌 것 같고 많이 사랑하셨다. 그건 그렇고 심 서방도 인정하겠지만, 선진국은 책을 많이 보느냐에 있기도 하다는 것을 알아야 해."

가르치는 말인데 잘못했다. 대화상대가 누구든 존중을 중시해야 할 것은 당연하니 '제가(내가) 생각하기로는… 이렇습니다.' 하는 어법 연습도 필요할 것 같다.

"그렇지요."

"그래서 말인데, 일본이 바로 그런 국가라는 말들을 하더라고."

한국 여성들 가방에는 수다가 담겨 있으나 일본 여성들 가방에는 책이 담겨 있다는 거다. 사실인지는 확인 못했지만.

"우리나라는 하나도 없는 노벨상이 일본은 스물네 개나 된다고 하는 것 같은데 부럽네요."

"책이란 뭔가? 설명까지 필요하겠는가마는 간접체험 아닌가."

"그렇지요. 간접체험이지요."

"세상을 보려면 책만 한 게 없는데도 대학을 나오면 책과 담을 쌓아버리는 이유를 모르겠어."

"너무도 바빠서들 그렇지."

딸 명화 말이다.

"바쁘기는…. 독서는 본인 계발로 알아야 해."

"우리 엄마는 대학 교수가 되셨어야 하는 건데, 많이도 아쉽다."

"아쉽기야 하겠냐마는 이런 말도 오늘로 그만일 거다."

공부가 아니면 나이 많은 사람의 말은 잔소리가 된다는 것을, 세상을 살아본 입장에서 그걸 어찌 모르겠는가. 말하지만 나이 많은 사람은 고맙다, 미안하다, 이런 말만이다.

"정직할 수 없는 사회는 비단 우리나라만 아니라는 말도 듣게 되지만 정신 바짝 차려야 할 것 같습니다."

사위 말이다.

"지금 하는 말이 마누라 들으라고 하는 말이지?"

"그렇게 알아들었으면 다행이고…."

"엄마 얘기를 더 하자면 그땐 대학에 가는 사람이 많지 않아 여자로서 고등학교로 만족했다. 고급 인력이 넘쳐나는 오늘날처럼 취직이 어렵지 않기도 했지만."

"그때는 그랬겠지. 가난했던 시절이라."

"그땐 모두가 가난했지. '우리도 한번 잘살아보세!' 노래가 생각도 난다."

"엄마는 배곯지는 않았지?"

"생활은 고등학교 다닐 정도였는데 배곯았겠냐."

부양할 가족도 없이 엄마와 딸, 달랑 둘뿐인 생활에서 은행거래 통장도 가져 봤다. 그래서 남들이 말하는 보릿고개가 무엇인지도 모르고 살았다고 말할 것 같다. 아무튼 엄마의 결혼문제도 그렇다. 누구든 그렇겠지만 엄마는 고등학교 졸업은 했으니 결혼해야겠다는 생각보다 밥 벌어먹어야 해서 괜찮은 회사에 취직에만 관심이 있었다.

지금이야 슬프게도 쪼그랑 할미가 되고 말았으나 회사에 취직 당시는 여간 예뻤던 것 같다. 물론 혼자 생각이기는 했어도 엄마는 예쁘다는 무기를 취직에다도 써먹을 마음이었다. 취직이 안 되는 것은 예쁘지 않아서라고 어느 개그우먼은 그리 말하더라만 아무튼 엄마는 그렇게 해서 미림기업이라는 회사에 경리직 사원으로 취직을 하게 된다. 그런데 취직하고부터는 이상하리만치 예쁘다는 그동안의 생각은 없어져 거울도 대충 봐졌었던 것 같다. 그렇기는 본바탕이 예쁜데 화장까지 할 필요가 있겠느냐는 그런 생각이었으리라. 엄마야 그런 생각뿐이었지만 거래처 영업이사라는 사람의 눈은 예쁜 엄마에게로 꽂혔을까. 결국은 네 언니 미진이를 낳기까지다. 때문에 명화 네 외할머니와 엄마는 몸만 엄마고 딸일 뿐이었다. 그러니까 한 지붕 두 가족? 암튼 그랬다가 그게 풀리기는 너희들 태어나 재롱부리고부터라고 보면 될 게다.

그렇게 살던 어느 날 생모인 엄마를 만나고 싶다는 편지가 날아든 거다. 느닷없는 편지라 이니 이게 뭐야, 하기는 했다. 사실을 까맣게 잊지는 않았어도 말이다. 아무튼, 편지를 보낸 딸의 마음을 무시할 수는 없어 만나는 봤으나 전날 내 딸이 아니었다. 엄마가 본 딸은 어쩌면 엄마와는 상관없는 가정법률소 소장이더라. 그걸 명화 네 언니는 자랑하더라. 그러나 엄마는 어쩐지 아니었다. 핏덩이 때이기는 해도 피로 연결된 모녀간으로 오랜만이라 반가워해야 할 엄마 태도가 아님을 변호사까지 한 머리가 알아차렸을 것이지만 아무튼 그랬다. 그래, '엄마 사랑해' 말은 아기로서 젖 빨 때뿐이겠지만 낳아주어 고맙다는 말이어서 엄마는 서운한 마음도 들었다. 하늘나라에 계실 우리 엄마는 이 같은 사실을 기억이나 하실까. 친부가 키우게 하겠다는 생각으로 보내버린 손녀. 그렇게 보내졌던 손녀가 지금은 어떤 손녀인가. 누구도 부러워할 만큼, 가정법률사무소 소장까지 되었다. 그래, 제 남편 문 서방이 만든 호강이지만 이런 호강을 미진이 너를 낳지 않았다면 꿈이나 꿀 수 있겠냐.

"다행이다."

"다행인지는 몰라도 배곯기까지는 아니었다. 네 외할머니께서는 고생을 많이 하셨지만. 지금이야 복이 넝쿨로 굴러왔으나 외할머니는 돈 벌어다 줄 남편도 없는데다 딸은 미혼모가 되어버렸으니 눈앞이 캄캄하셨을 거다. 미혼모인 딸을 보고만 있을 수 없어 친부에게 업둥이처럼 보내주었다. 핏덩이 같은 네 큰 언니를 말이다. 그런 얘기는 다 지난 일이지만 지금도 누가 알까 봐 감추고 싶은 얘기다. 엄마 지난날 사정을 말 안 해도 명화 너는 어느 정도 알겠지만 말이다."

"그런데 명화가 제 기를 좀 살려주면 해요."

장모 얘기를 진지하게 듣고 있던 사위 말이다.

"뭐? 기를 살려줘?"

"명화 너, 혹 아들을 낳았다는 말도 안 되는 위세는 아니겠지?"

아들 선호는 여성들도 마찬가지인 것 같다. 그러면 아들이란 뭔가. 오늘날에서야 퇴색상태나 족보에 올릴 후손? '아들딸 구분하는 사람 마음 모르겠어.' '아들딸 구분할 거 없어.' 하는 말을 딸만인 사람도 할까? 아닐 것이다. 그것은 아들이 곧 힘이기 때문이다. 아들 선호는 비단 한민족 풍습만이 아닐 것으로 여권신장 말이 바로 그것이다. 그래, 아들 선호가 무시될 날이 오기는 올까? 아무튼 엄마는 딸들만이라 오늘이다.

"위세는 무슨 위세야. 그건 아니야, 엄마…"

"아니라는 말 믿겠다만, 만약 아들이 아니었으면 심 변호사 눈치가 봐질 게다. 내가 겪어본 장본인이니까."

"그러면 그땐 내가 딸로 태어난 것이 엄마는 많이도 서운했겠다."

"서운할 정도가 아니었다. 젖 물리기도 싫었다."

기다리는 아들이 아니었던 일이 추억일 수는 없겠으나 남편의 임신중절을 가로막지 못한 것이 후회였다. 향토예비군들에게 시도했던 남자들 수술 말이다. 그러니까 국가적으로 인구가 너무 많아져서는 안 된다는 이유의 불임 수술. 옛 전통만 고집할 수 없는 성

개빙 시대로 가는 마당에 감출 필요도 없는 얘기이지만, 임신을 가로막자는 차원의 콘돔을 가정마다 배분도 했다. 그렇게 배분된 콘돔은 간수 소홀로 애들의 장난감이 되기도 했다.

"젖 안 물리면 죽을 수도 있잖아."

"그때 일을 생각하면 너무했다 싶어 미안하기는 하다."

"엄마가 그러시는 걸 아버지도 아셨어?"

"그걸 어떻게 모를 수 있겠냐. 알고도 남지. 아닌 척만 했을 뿐이지."

엄마가 말 안 해도 명화 너는 잘 알겠지만 네 아버지는 명화 네가 젖을 떼고부터는 여간 좋아하신 것 같다. 계시기라도 하면 그때 그랬냐고 묻고도 싶다. 그렇지만 네 아버지는 하늘나라에 가시고 안 계신다. 오늘을 보여드리지 못해 많이도 아쉽다. 아무튼, 이런 얘기에서 부부란 뭔가 정의를 설명해 줄 사람 있을지 모르겠으나 살을 맞대고 살면서 딸이든 아들이든 자식 여럿 두고 오늘처럼 웃는 것이 아닐까.

"여기는 어딜까?"

"엄마 많이 지루해서?"

그래, 지루하시겠지. 우리 차는 어린 두 녀석들을 위해, 노인이신 엄마를 위해 천천히 몰았기 때문이다.

"안 지루해. 처음 길이라 궁금해서야."

느닷없기는 하나 췌장암이라는 병마를 이기지 못해 하는 수없이 하늘나라에 계실 변성수 씨. 이런 호강을 당신 마누라 혼자만 누리게 돼 미안해요. 생각이지만 당신은 참 좋은 남편이었소. 아들이 있어야 할 집안에 딸만 낳았음에도 당신은 서운해하기보다 수고했다고 미역국도 손수 끓여주곤 했었지요. 특히 고마운 것은 생모를 만나보고 싶다는 느닷없는 편지로 안 내용이나 마누라가 미혼모였음이 들통났음에도 세상을 살다 보면 뜻하지 못한 별별 일들을 겪게 될 거라면서 당신은 등을 두들겨주기도 했어요. 오랜 기억으로 건축업 실패 충격 때문은 아닐 것이나 사산(死産) 징조인 하혈할 때 당신은 미안해서 어쩔 줄 몰라 했었어요. 따지고 보면 소박을 맞아도 할 말이 없는 딸만 낳은 여편네이고 유부남과 놀아나기도 했을 지저분한 여편네인데도 말이에요.

그동안의 삶을 다 말하기는 딸들에게조차 어렵겠으나 유부남으로부터 낳게 된 딸 엄미진, 그렇게 태어난 엄미진을 키워내기는 너무도 어려워 친부에게 보내고 말았다는 미안함, 그런 미안함을 잊어버릴 수는 도저히 없다.

사랑하는 딸들아! 엄마는 체질 때문인지 몰라도 아들을 낳지 못했다. 그래서 속상했고 네 아버지에게도 여간 미안했다. 물론 아들을 못 낳게 된 게 엄마의 탓도, 책임도 아니기는 해도. 목적지로 가는 가로수 길은 누구의 수고로 건설되었을까. 변호사이기도 한 막냇사위 자동차는 굴러가는 게 아니라 아예 미끄러져 가는 느낌이다.

도망치지 못하게 하려는 주인 억지일 수 있으나 길 건너편 목줄까지 맨 지 염소는 임찬숙 호강자동차에 관심도 없는 듯 풀만 뜯고 있다. 물론 풀 뜯기도 바쁜 마당에 변호사인 막냇사위 자동차에다 관심까지 둘 필요가 있겠는가마는 염소 배가 축 처져 있어 보인다. 축 처진 염소 배를 보니 임신은 혹 아닐까. 전혀 엉뚱한 생각이나 짐승들은 사람들과 달리 아들만을 선호하지 않을 게 아닌가. 목줄 멘 저 염소만이 아니라 모든 짐승들마다는 그럴진데 사람들만은 어찌 된 셈인지 여자들조차 아들을 선호하는가 말이다. 딸만 두게 된 여자로서 슬프지 않을 수 없다. 분에 넘치는 호강이기는 해도 말이다.

그래, 사람으로서 도움을 주고받는 것은 당연하다 할 것이나 우리 딸들 효도 모습, 그리도 멋진 사위들 모습, 재롱떨다 잠든 손주들 모습, 동네 친구들에게 자랑하고 싶다. 그래서든 딸들아! 사위들아! 손주들아! 복 많이 많이 받아라!

누가 봐도 복이 아닐 수 없는 호강

딸만 낳게 된 여자로서의 분에 넘치는 호강

오늘을 맛보라고 남편은 많은 애도 썼으리라.

딸들로부터 호강하라고

하늘은 오늘따라 이리도 높고

누구를 위하자는 건지 몇 점뿐인 하얀 구름이다.

사실을 사진으로나마 보여 주고 싶다면 잘못일까.

나이 차이 때문인지

어쩌면 누이동생처럼 바라보시던 남편의 눈빛

그동안 말 못 했던 사연까지 올려드리고 싶다.

지금 당장

막내딸 부부와 나누고 있는 얘기까지도

어디서 어떻게 태어났든 세상에 태어난 이상

누구에게나 주어지게 되는 삶

아들을 못 낳았다는 여자로서의 억울함

오늘로 해서 다 내려놓게 될 하루

어디가 끝일지 모를 넓고도 검푸른 바다

거센 풍랑도 굴하지 않았을

알아들을 수도 없는 갈매기 소리

늦게나마 마음 놓으셨을 우리 엄마

오늘을 죄다 보여드리고 싶습니다.

호강을 보여드리고 싶습니다.

할미 무릎에서 잠든 손주들 숨소리까지도

대나무 문살로까지 휘몰아치는 눈보라

겨울임을 무슨 수로 알아차렸을지.

그리도 애달피 울던 문풍지

조상으로부터 이어진 보릿고개 길

핫바지로 걷기는 너무도 힘겹던 길

흰 구름 떠 있고

후손에게까지 이어질지도 모를 험한 길

지푸라기 화롯불에서도 맛나게 구워질 밤고구마

가마솥 솜씨에서도 익어갈 보리 개떡

쪼그리고 앉은 누렁이 군침 삼킬지도 모를

족보로서는 아들이어야만 했던 탯줄

여자로서의 한스러움

여자라는 한스러움 누구는 인정한다 해도

나는 절대로 아니야.

절대로…

세상에 태어난 이상 괜찮은 존재로만 살 거야.

늘 푸른빛으로

천년만년…

엄마가 입혀준 색동저고리 추억하면서

이리도 청명한 날 찔레꽃 노래도 부를 거야.

젊음도 필요 없어

비록 할머니이기는 해도 늘 오늘로만 살 거야.

무엇과도 바꿀 수 없는 손주들 숨소리,

멈추려 해도 내달리기만 하는 세월 붙들 수는 없어도.

"엄마, 다 온 것 같네. 내릴 준비해."

가로수 길

"아이고… 금방 온 것 같다."

"금방이 아니야. 장장 두 시간이나 걸렸어."

"두 시간이나…?"

다 온 것 같다는 막내딸 말에 코까지 드르렁거리던 손주들은 눈 비비며 내릴 태세고. 먼저 도착한 세 명의 사위들은 무슨 얘기를 나누는지 둘러들 서 있고, 끝없이 펼쳐진 푸른 바다 위엔 갈매기 날고….

그동안 힘들었던 일이 전화위복이 된 일이나 맏사위는 '예쁜 처제를 만나볼 수 있게 해 주어 고맙습니다.' 했었다. 느닷없는 말에 당황했는데, 그 말이 떨어지자마자 동서감을 찾았는지 소개를 해 얼마잖아 곧 결혼으로 이어져 막냇사위까지다. 그래서인지 어느 사위도 맏사위를 큰형님처럼 모시려는 모양새들이라, 장모로서 마음 편하고 좋다. 딸만 넷을 둔 장모이지만 오늘은 어느 때보다 흐뭇하고 호강이다.

생각을 해 보면 아들을 낳느냐, 딸을 낳느냐는 신의 영역으로 이해를 해야 할지 모르겠으나 자식 두기는 마음대로 할 수 없는 체질 때문인지 딸만 넷을 두게 된 것이다. 그래서 따뜻하게 품어주는 남편 앞에서도 당당하지 못했다. 그러나 딸만 낳게 된 한(恨) 많은 여자의 일생이라는 말, 오늘부로 해서 삭제한다. 모두들 사랑한다. 복 많이 받아라.